遠藤周作

엔도 슈사쿠 문학 연구

-신과 인간의 문학-

遠藤周作

엔도 슈사쿠 문학 연구

-신과 인간의 문학-

이평춘 지음

어문학사

엔도 슈사쿠
遠藤周作
1923~1996

만주 다롄(大連)에서 4살 경의 모습(1927년)
오른쪽부터 엔도 슈사쿠, 어머니 이쿠(郁), 형 마사스케(正介)

고베 슈쿠가와(夙川) 성당에서 견진성사를 받은 엔도 형제의 모습(1935년 12월 8일)
중앙 주교의 왼쪽 끝에 엔도와 형 마사스케

게이오대학 불문학과 재학 중의 엔도(오른쪽)와 친구
친구의 이름은 모토오 테쓰(本尾 哲)

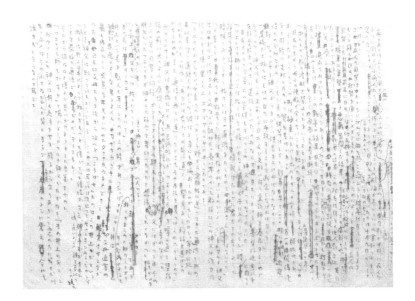

『침묵』의 초고

서 문

일본 작가 엔도 슈사쿠(遠藤周作, 1923~1996)와 만난 것은 40년 전이다. 20대의 청춘이었고 '길잡이'라는 회보의 편집위원을 하고 있을 때였다. 필자의 담당은 화제의 책을 소개하며 서평을 쓰는 것이었다. 그때 편집회의에서 정해진 책이 엔도 슈사쿠의 『침묵』이다. 그때는 몰랐다. 그 첫 만남이 내 인생을 어디로 끌고 갈지.

『침묵』과의 강렬한 만남은 삶의 방향을 정하는 데 큰 역할을 했다. 그때는 펼쳐지는 대로 걸어갔고 도착지가 어디인지 알지 못했지만, 미래를 고민하던 시기였던 만큼 삶의 이정표가 되기에 충분했다. 문학을 하고 있었기에 엔도 슈사쿠에 대한 호기심은 증폭되었고, 그에 대해 알고 싶은 강한 열망이 쌓여 일본 유학을 결정하게 되었다. 떠나기 전, 나는 이렇게 기도했다. "이 길 또한 당신의 도구가 되게 하소서. 저를 펜으로 도구 되게 하소서." 그것은 약속이었다. 그 약속은 묶이지는 않았지만 내가 나아가야 할 방향이 되어 주었다. 이 약속과 기도는 고

비 고비마다 나를 후려치는 채찍이 되었고 위로가 되어 주었다. 이 기도는 멈추지 않았고, 외롭던 내 길을 비춰주는 등불이 되었다.

그리고 많은 세월이 흘렀다. 엔도 슈사쿠가 40, 50대에 발표한 성서 이야기 3부작인 『예수의 생애』(1973년/2021년), 『그리스도의 탄생』(1978년/2022년), 『나의 예수』(1976년/2023년)를 한국어로 번역하여 가톨릭 출판사에서 출간하였다. 이 3부작의 마지막 한국어 번역서인 『나의 예수』가 출간되었을 때, 나는 그 약속의 짐에서 비로소 가벼워질 수 있었다.

이 책은 그 과정에서 쌓아 왔던 연구 논문이다. 예를 들어 우리가 『침묵』을 읽고 감동 혹은 문제의식을 느낀다면, 『침묵』의 저자는 왜 침묵을 쓰게 되었는가, 어떤 과정을 통과했는가, 침묵을 쓸 수밖에 없는 어떤 이유가 그에게 있었는가, 그의 문학 출발점부터 이런 문제의식이 있었는가, 아니면 어느 시점부터 변이된 것인가, 변이되었다면 그 매개는 무엇인가라는 여러 의문을 갖게 된다. 그것을 알기 위해 작가론부터 공부하였고, 초기 작품부터 하나하나 정독해 나갔다. 그 과정의 결과로서 한 편 한 편의 논문이 완성되며 발표되었고, 엔도 문학으로 박사 학위를 받게 되었다.

엔도 슈사쿠는 일본을 대표하는 가톨릭 작가이다. 일본 근현대 작가들 중에 그리스도교 신자들은 많았지만 엔도만큼 독특하고 일관된 작품 세계를 이어 간 작가는 없었다. 무엇이 그를 그 방향으로 이끌었을까. 필자의 관심은 거기에 있었다. 그를 그 길로 이끌어 간 것이 무엇이었고 『침묵』 집필의 개연성은 어디에 있었는지 알고 싶었다. 그 무엇이 결국 73년의 작가 인생을 통틀어 집약시키며 이끌었는가. 본서는 그 연구의 결과물이다.

엔도 문학의 핵심이라고 할 수 있는 '신의 문제'와, '동양과 서양', 나아가서는 '동양의 神과 서양의 神'의 대립 구조 속에서 엔도가 선택해야 할 길은 무엇이었는지, 그 과제가 어떤 무게였는지를 조명하였다. 제기된 이 문제에 관한 엔도의 생각은 다음과 같았다.

> '예수의 생애'를 쓴 저자는 동서고금을 통해 많이 있다. 그런데 굳이 같은 제목으로 이 『예수의 생애』, 『그리스도의 탄생』을 발표한 것은 무엇보다도 내가 일본인이고 나의 독자가 일본인이기 때문이다. 일본인인 내가 알 수 있는 '예수의 생애'가 아니면 일본 독자의 공감을 얻지 못한다고 나는 오랫동안 생각해 왔다.
>
> 서양의 지성이나 감각에 단련되어 온 그리스도교에 대해 우리 일본인이 위화감이나 거리감을 느끼는 것은 사실이다. 그렇기에 그들의 사고에 기초한 예수상이 일본인에게 낯설게 느껴지는 것도 어쩔 수 없다.
>
> 그러나 서양인이어야 예수를 알 수 있는 것은 아니다. 우리 일본인으로서도 알 수 있는 예수가 존재하는 것이다. 성경을 읽고 그리스도교를 살펴보며 나는 일본인과도 친숙해질 수 있는 예수의 이미지를 발견했다. 그리고 그 예수야말로 나의 예수가 되었다. 그러한 나의 예수

를 이 책에서 부각시키고자 했다. 그것이 이 책의 테마이다.

『예수의 생애』(1973년/2021년)

상기의 인용문에서 나타나듯이 '동양인이나 일본인에게도 친숙해
질 수 있는 그리스도교' 문제가 결국 50년 동안 그의 문학을 이끌어
갔다. 그의 문학이 어디서부터 출발하여 어디에 도달하게 되었는가를
모색하는 것이 본서의 목적이며 과정이다. 따라서 초기 작품부터 말기
작품에 이르기까지 그의 신상神像이 투영된 대표작을 열거하며 이야
기를 진행한다. 순서는 문학의 출발선인 「신들과 신과(神々と神と)」부터,
마지막 작품이자 도달점인 『깊은 강(深い河)』에 이르기까지 神像의 변
화를 추적해 간다. 이 연구를 통하여 엔도 문학 전반에 걸친 '신의 문
제'를 통합적으로 조명할 수 있게 되었다.

전체 구성을 살펴보면, 제1부-제1장부터 제8장까지 엔도 문학의 출
발부터 순차대로 神像 또는 神像의 변화 과정을 고찰하면서 엔도의
마지막 작품인 『깊은 강(深い河)』에 이르러서는 모든 것을 포용하고 융
합시키며 함께 흐르는 통합의 세계에 도달하였음을 규명하였다. 이 연
구 과정을 거치면서 필자가 분석한 엔도 문학의 키워드는 '예수'와 '사
랑'이라는 결론에 이르게 되었다.

제1부에서 나름의 결론에 이른 필자는, 궁극적으로 종교문학이 나
아갈 방향을 생각하게 되었다. 하여 제2부는 그 방향성을 갖고 진행한

연구이다. 따라서 제2부-제9장은 '한국과 일본의 종교문학 비교 연구'이고, 제11장은 '종교문학의 기능과 역할'에 관한 연구이다. 이를 진행하기 위하여 빅터 프랭클(Viktor E.Frankl)의 로고테라피(logotherapy) 이론을 도입하였다.

지금까지 엔도 문학은 '다신성(多神性)을 지닌 동양적 토양에서의 그리스도교 토착화 문제'에 중점을 두었다고 평가받아 왔다. 그 평가에 입각하여 본서는 그 근거와 과정을 작품 속에서 논증하였다. 따라서 지금까지 평가된 엔도 문학의 핵심적 문제에 하나의 답이 될 것이라 생각한다. 그리고 엔도의 각 단행본을 읽어 온 독자가 많을 것이다. 그러한 독자들에게 작가와 작품을 통합적으로 연결하여 엔도 문학 전체의 틀을 알기 쉽도록 제시하였다. 이 책을 통하여 73년 동안 걸어온 한 작가의 길이 보일 것이고, 그의 전 생애를 볼 수 있을 것이다. 그때의 울림은 단편적으로 읽었던 작품과는 또 다른 감동을 선물할 것이다.

지금까지 여러 곳에 발표했던 논문을 한데 묶어 보완, 정리하면서 단행본으로 출간하게 되었다. 비록 부족함이 많지만, 미미하게나마 엔도 문학 전체의 틀을 파악하는 데 조금이나마 도움이 되고, 엔도 슈사쿠 문학 연구에 디딤돌이 되기를 희망한다.

목차

1부

遠藤周作

엔도 슈사쿠
遠藤周作
1923~1996

1. 초기 문학의 '神'像 확립 과정

「신들과 신과(神々と神と)」는 엔도 슈사쿠(遠藤周作)의 초기 평론이다. 게이오대학(慶応義塾大学) 불문과 재학 중인 24세에 발표되었다. 주변의 많은 영향을 받으며 발표한 평론이지만, 이곳에 나타난 문제의식이 결국 엔도 문학 50년의 방향을 결정하게 된다. 아마도 엔도는 이 평론을 쓸 당시, 자신의 이 문제의식이 그의 전 생애를 이끌어 가리라 예측하지 못했으리라. 1996년 그가 서거하고 난 후 더 이상의 그의 새로운 작품을 만나지 못하고 있는 상황에서 그의 문학 전반을 살펴본다면, 이 초기의 문제의식이 결국 그를 마지막 작품인 『깊은 강』까지 이끌고 간 핵심 동력이었음을 알 수 있다. 따라서 엔도 문학 연구는 그의 초기 평론을 시야에 넣지 않고서는 성립할 수 없다는 결론에 이르게 된다.[1]

---

1 엔도는 게이오대학(慶応義塾大学)에 입학하기 전, 1941년(18세) 4월부터 조치대학(上智大学) 예과 갑류(독일어반)에 입학하여 1년 동안 적을 두게 된다. 이때 교우회 잡지 「上智」(上智학원출판부 발행) 제1호에 논문 「형이상학적 신, 종교적 신(形而上的神、宗教的神)」을 발표한다. 이때의 나이가 18세였고, 「신들과 신과」를 발표한 나이가 24살이었다.

그런 의미로 본 텍스트에서는 엔도 슈사쿠의 초기 평론 「신들과 신과」를 가장 먼저 열거하기로 한다. 엔도가 소설가로 출발하기 이전의 발표작이자 대학 재학 중에 발표한 내용이기에 시기적으로도 가장 앞선 작품이고, 초기 평론을 기초로 하지 않고서는 엔도 문학 전체를 이해할 수 없기 때문이다.

오늘까지 엔도 문학 연구는 주로 소설에 중점을 두고 평론은 다소 소홀히 여겨 온 경향이 있지만, 엔도가 서거한 현시점에서는 새로운 엔도 문학 연구의 필요성이 요구되고 있다. 따라서 엔도 슈사쿠의 초기 평론인 「신들과 신과」는 그것이 그의 문학을 어떤 방향으로 이끌어 갔는지, 또한 그의 신관神觀이 어떤 여정을 거쳐 확립되어 갔는지를 알 수 있는 귀한 자료가 되기에 이를 먼저 고찰하기로 한다. 이를 통하여 엔도 문학 50여 년의 과정이 어디에서 출발하여 무엇을 향해 전진해 갔는지를 알 수 있을 것이다. 그 과정을 통하여 그의 문학이 궁극적으로 추구하고자 한 세계가 무엇이었는지가 조명될 것이다.

엔도 슈사쿠가 문학가로서 출발한 것은 대학 시절에 발표한 평론 「신들과 신과」부터이다. 대학 졸업 후 연구자가 되기 위해 프랑스로 유학하게 되었으나 연구를 계속하는 사이에 연구자보다는 소설가를 꿈꾸게 되었다. 건강상의 문제로 유학을 계속할 수 없다는 변수가 작용하긴 했지만 연구자로서의 한계를 느끼고 있었던 것 같다. 결핵이 발병되어 2년 반 만에 귀국하게 되었고, 귀국 후 발표한 것이 첫 소설 『아덴까지(アデンまで)』이다. 요컨대 엔도 문학의 출발점은 학생 시절의

평론부터이고, 소설가 엔도의 출발점은 유학 이후의 『아덴까지』라고 할 수 있다.

오늘날까지의 「신들과 신과」에 관한 연구는 가즈사 히데로(上總英郎)[2]의 다음과 같은 말로 대표된다.

> 엔도 슈사쿠는 이 제3의 신인新人 가운데 한 사람이다. 어린 시절부터 체험해 온 가톨릭시즘의 영향, 또 첫 평론이라고 할 수 있는 「신들과 신과」 등에서 명시하고 있는 서구적 사상 풍토와 일본의 그것과의 대립을 엔도는 그 출발에 있어서 고려하지 않을 수 없었다.

또한, 엔도 연구의 전문가인 다케다 도모쥬(武田友壽)[3]는 엔도 문학을 비평가와 소설가로 나누어 다음과 같이 언급하고 있다.

> 엔도 슈사쿠의 비평가 시절을 어떻게 의미 부여할 것인가? 이전에 내가 『엔도 슈사쿠의 세계(遠藤周作世界)』(1969년 간행)를 썼음에도 불구하고 지금 와서 새삼스레 이처럼 자문自問하지 않을 수 없는 것은, 작년 제2의 엔도 슈사쿠의 세계라고도 할 만한 『〈침묵〉 이후』란 제목의 저서를 발표할 때쯤, 『침묵』 이후부터 『여자의 일생』까지 16년 남짓의 엔

2   가즈사 히데로(上総英朗), 「遠藤周作と外國文學」, 「國文學解釈と鑑賞」, 1986년 10월 호.

3   다케다 도모쥬(武田友寿), 「遠藤周作—昭和二十年代」, 「國文學解釈と鑑賞」, 1986년 10월 호.

도의 창작 활동 전개가 결국은 비평가 시절의 문제에 관여되어 있음을 깨달았기 때문이다. (중략) 현재까지의 '엔도 슈사쿠론(遠藤周作論)'에 있어 비평가 시절에 대한 평가를 소설가 엔도 슈사쿠의 첫걸음으로 평가하는 것이 일반적이었다. (중략) 30년이 넘는 창작 활동에 있어서 「신들과 신과」로 시작한 10여 년에 이르는 비평 활동기가 어떤 관계가 있으며, 어떤 의미를 지니고 있는 걸까.

이는 지금까지 엔도 문학 연구가 주로 소설에 중점을 두고 있었다는 것에 대한 문제 제기이다. 특히 다케다 도모쥬는 엔도의 초기 평론에 대해서도 관심을 갖고 많은 평론을 써 온 연구자이고, 그 결과 "16년 남짓의 엔도의 창작 활동 전개가 결국은 비평가 시절의 문제에 관여되어 있음을 깨달았"다고 언급하고 있다.

엔도 문학 연구 가운데서 초기 평론에 관해 발표된 논문은 가사이 아키후(笠井秋生)의 「初期評論群의 의미」[4] 와, 다케다 도모쥬의 「호리 다쓰오의 주변」, 「가톨릭 작가의 문제」, 「비평의 토대」[5], 사토 야스마사(佐藤泰正)의 「엔도 슈사쿠의 <호리 다쓰오論>에 관하여」, 「프랑수아

4   가사이 아키후(笠井秋生), 「初期評論群の意味」, 『遠藤周作論』, 双文出版社, 1987년 11월.

5   다케다 도모쥬, 「堀辰雄の周辺」 「カトリック作家の問題」 「批評の基軸」, 『遠藤周作の世界』, 中央出版社, 1969년 10월.

모리아크」[6], 다카야나기 슌이치(高柳俊一)의 「가톨릭 작가의 문제」, 「종교와 문학」[7] 정도에 그치고 있다.

더불어, 「신들과 신과」를 논하기 위해 명확히 해야 할 점은, 이 평론 「신들과 신과」에는 두 개의 본문이 있다는 점이다. 하나는 1947년 12월 「시키(四季)」에 발표된 초출이고, 다른 하나는 1954년 7월 『가톨릭 작가의 문제』[8]에 수록되어 있는 「신들과 신과」이다.

다카노 도시미(高野斗志美)는 「엔도 슈사쿠의 두 개의 얼굴(遠藤周作の二つの貌)」[9] 가운데서 「신들과 신과」의 한 구절을 다음과 같이 인용하고 있다.

> 어떻든 "우리가 가톨릭 문학을 대할 때, 가장 중시할 점 가운데 하나는 이들 이질적인 작품이 우리에게 주는 거리감을 결코 경원시하지 말 것". 이 거리감이란 우리가 본능적으로 지니고 있는 범신론적인 피가 끊임없이 가톨릭 문학의 일신론적 피에 반항하게 하고, 투쟁하게 한다는 의미인 것입니다.(「신들과 신과」, 쇼와22년 12월) (필자 첨부·1947년 12월)

---

6   사토 야스마사(佐藤泰正), 「遠藤周作の〈堀辰雄論〉をめぐって」, 『近代日本文学とキリスト教·試論』, 基督教学徒兄弟団, 1963년 9월.
     「フランソワ·モーリヤック」, 『遠藤周作と椎名麟三』, 翰林書房, 1994년 10월.

7   다카야나기 슌이치(高柳俊一), 「カトリック作家の問題」「宗教と文学」, 『遠藤周作その文学世界』, 山形和美編国研選書, 1997년 12월.

8   엔도 슈사쿠, 『가톨릭 작가의 문제』, 早川書房, 1954년 7월.

9   다카노 도시미(高野斗志美), 「遠藤周作の二つの貌」, 「國文學解釈と鑑賞」, 1975년 6월 호.

다카노 도시미는 인용 끝머리에 "쇼와 22년 12월(필자 첨부·1947년 12월)"로 기록하고 있는데, 위에서 인용한 "우리가 가톨릭 문학을 대할 때, 가장 중시할 점 가운데 하나는 이들 이질적인 작품이 우리에게 주는 거리감을 결코 경원시하지 말 것(我々がカトリック文学を読む時、一番大切なことは、これら異質の作品がぼく等に与えてくる距離感を決して敬遠しないこと)"이라는 이 내용은 1947년 12월 「四季」에 발표된 「신들과 신과」에는 없는 내용이고, 1954년 『가톨릭 작가의 문제』에 수록되어 있는 내용이다. 뒤에 더 상세히 논할 생각이지만, 이 내용은 1947년에 발표된 초출의 내용이 아니다.

오쿠보 미노루(小久保実)는 그 차이점을 알고 나서 "동일한 제목의 두 가지 에세이로 생각하는 편이 좋을 것이다."[10]라고 말하고 있고, 가사이 아키후는 "「신들과 신과」(「四季」, 쇼와 22년[1947년] 12월)와 『가톨릭 작가의 문제』(早川書房, 쇼와 29년[1954년] 7월 간행)의 제1장 「신들과 신과」는 종종 혼동되고 있지만, 양자는 전혀 다른 것이다."[11]라고 말하고 있다.

그러나 본인은, 이 두 개를 같은 제목의 별개의 것이라고는 생각하지 않는다. 이 둘을 '초출'과 '개정판'으로 정하여 논의를 진행코자 한다. 확실히, 초출 「신들과 신과」는 노무라 히데오(野村英雄) 앞으로 보낸 편지 형식을 취하고 있음에 반해 『가톨릭 작가의 문제』 제1장의 「신

---

10   오쿠보 미노루(小久保実), 「堀辰雄と遠藤周作」, 「國文學解釈と鑑賞」, 1986년 10월 호.

11   각주 4와 동일.

들과 신과」는 편지 형식을 취하고 있지 않다. 그러나 호리 다쓰오(堀辰雄)의 『마취목꽃(花あしび)』과 릴케를 다루면서 '신들의 세계'와 '신의 세계'의 차이점을 언급한 후 '신의 세계'를 지향하고 있는 점에서는 동일하므로, 본인은 두 개의 평론을 '초출'과 '개정판'으로 정하여 論을 진행하고자 한다.

또한 엔도 초기 문학에 영향을 끼친 호리 다쓰오를 빼고 「신들과 신과」를 고찰하는 것은 무리가 있다고 생각한다. 그런 이유에서 본 논문에서는 「신들과 신과」를 논함과 동시에 호리 다쓰오의 『마취목꽃』도 함께 다루기로 한다.

2. 「신들과 신과」의 배경

엔도 슈사쿠의 초기 평론 「신들과 신과」는 1947년 12월 「四季」에 발표되었다. 엔도가 게이오대학 문학부 불문학과에 재학 중일 때의 일이다. 이 평론에 대해서 엔도는, "나는 일주일 걸려 20매 정도의 에세이를 쓰고 「신들과 신과」라는 제목을 붙였는데, 그것은 나중에 내 소설의 중심 테마가 되었다."[12]라고 말하고 있다.

「신들과 신과」의 초출은 'H·N님' 앞으로의 서간문 형식을 취하고 있다. 이 'H·N님'이라는 이니셜은 누구를 의미하는 걸까? 그것은 본

---

12   엔도 슈사쿠, 「나는 왜 소설가가 되었는가(私はなぜ小説家になったのか)」, 『私が歩いてきた道』, 中学教育 12월, 1971년 12월.

문에서 인용된 詩「반짝이는 별(瞬く星)」의 작자이며 가톨릭 시인인 노무라 히데오이다.

그 점을 엔도는 「모딜리아니의 소년」 가운데서 "나는 그때 노무라 씨의 시 한 수를 빌려, 자신과 가톨릭시즘과의 문제를 다룬 에세이를 「四季」에 발표하게 되었다. 내가 글을 쓴 것은 그것이 처음이었다."[13]라고 말하고 있다.

「신들과 신과」의 집필 배경으로 짐작되는 것은, 게이오대학 문학부 예과에 입학한 그가 가톨릭 신자를 대상으로 하는 성 필립보 기숙사에 들어가, 거기서 가톨릭 철학자인 요시미쓰 요시히코(吉滿義彦)를 만났던 일과, 『프랑스 문학 소묘』의 저자이자 게이오대학 불문학과 강사였던 사토 사쿠(佐藤朔)와 만났던 일이다. 엔도는 그들을 통해 20세기 프랑스 가톨릭 문학가의 이름을 알게 된다. 그리고 요시미쓰로부터 여러 문학서를 빌려 읽게 된다. 엔도는 그가 쓴 「요시미쓰 선생님(吉滿先生のこと)」 가운데서 "선생님이 주신 자극은 몇 가지 있는데, 그중 하나는 일본인과 그리스도교라는 문제에 대해 생각하게 하는 계기를 주신 점이다."[14]라고 진술하고 있다. 이처럼 요시미쓰로부터 종교적, 사상적 자극을 받으면서 자신이 어렸을 때 받은 세례와 종교에 대한 믿음을 자기 나름대로의 논리로 구축해내게 되었다.

---

13   엔도 슈사쿠, 「モジリアニの少年」, 遠藤周作文学全集第十二巻, 新潮社, 2000년 4월.

14   엔도 슈사쿠, 「吉滿先生のこと」, 遠藤周作文学全集第十三巻, 新潮社, 2000년 5월.

배경으로서 생각되는 또 한 가지는 요시미쓰 요시히코의 소개로 만난 호리 다쓰오이다. 「책이 부족한 시절의 기쁨(本不足の時代の悦び)」에서 엔도는 "선생님이 호리 다쓰오 씨 앞으로 보내는 소개장을 써 주셨다. 이렇게 해서 호리 씨의 작품을 읽기 시작하게 되었다."라고 말하고 있는데, 「신들과 신과」 안에 호리 다쓰오의 『마취목꽃』에 대해서 다음과 같이 밝히고 있다.

> 『마취목꽃』은 교정본을 가지러 靑磁社(세이지샤)에 다녔기 때문에 내게
> 는 특히 애착이 가는 책이었는데, 그 『마취목꽃』은 그분만의 것이 아
> 니라 당신의 것이기도 하고, 우리들의 것이기도 합니다. 그분이 깨닫
> 게 해 주신 그 피, 그 신들의 세계에 대한 향수가 그토록 매력 있고,
> 유혹적인 것은······

엔도는, 『마취목꽃』은 "당신의 것이기도 하고 우리들의 것이기도 합니다."라고 말하고 있다. 그가 호리 다쓰오의 세계에 깊이 공감했음을 알 수 있는 대목이다. 「신들과 신과」에서 엔도는 호리 다쓰오가 들어간 '신들의 세계'와 투쟁할 필요성을 이야기하고 있는데, 그것은 호리의 세계에 강하게 이끌린 결과이다.

3. 호리 다쓰오의 『마취목꽃』

『마취목꽃(花あしび)』[15]은 1946년 3월에 간행된 호리 다쓰오(堀辰雄)의 단행본이다. 호리 다쓰오는 젊은 시절부터 모리아크와 라이너 마리아 릴케의 영향을 받은 작가이다. 후에 일본 고대 문화를 동경하게 된 호리 다쓰오는 일본 야마토(大和)[16]의 고풍을 배경으로 한 고대 소설을 구상하기 위해서 나라(奈良)를 방문하며 각지를 돌아다녔다. 「시월(十月)」, 「고분(古墳)」, 「죠류리지(淨瑠璃寺)의 봄」은 그 시기의 기행문이다. 「시월」의 내용을 발췌하여 보면, "어쨌든 어딘가 야마토의 고풍을 배경으로 하여 목가적인 작품을 쓰고 싶다. 그리고 가능한 한 그것에 만요슈(万葉集)적인 기운이 감돌게 하고 싶다."라고 쓰고 있다.

　『마취목꽃』의 일부분인 「죽은 자의 글(死者の書)」은 고대소설에 대한 동경을 '객'과 '주인'의 대화 형식으로 풀어 가고 있다. 원래 「죽은 자의 글(死者の書)」은 오리구치 노부오(折口信夫)의 작품이다. 오리구치 노부오는 1939년 1월부터 3월까지 『일본평론』에 「죽은 자의 글(死者の書)」을 발표했으며 이는 중편소설로서 고대를 살아가고 있는 고대인을 주

15　'마취목꽃'이란 고대로부터 일본인에게 친숙한 식물로 『만요슈(万葉集)』에도 등장하는 나무이다. 『만요슈』가 성립된 나라시대(710년-794년) 말기까지 많은 사랑을 받았고, 하이쿠의 봄의 계절어 중 하나이다.

16　야마토(大和)란 옛 일본 명이다. 현재는 나라현(奈良縣)의 관할 지역을 일컫고 있다. 원래는 덴리시(天理市) 부근의 지명에서부터 시작되었으며 처음에는 '倭'라고 썼었는데 겐메이 천황(元明天皇) 때 국명으로 두 글자를 사용하도록 정해짐에 따라서 '倭'에 해당하는 '和'에다 앞에 '大'자를 붙여서 '大和'로 칭하였다.

인공으로 하는 소설이다. 작품 전반은 불교를 배경으로 한 고대 이야기로, 죽은 자의 환생으로부터 시작되는 소설이다. 이러한 오리구치 노부오의 「죽은 자의 글(死者の書)」과 같은 제목으로 호리 다쓰오는 『마취목꽃』의 일부분인 「죽은 자의 글(死者の書)」을 집필하였는데, 이 가운데서 '객'은 오리구치 노부오의 「죽은 자의 글(死者の書)」에 대해서 다음과 같이 언급하고 있다.

> 그 「죽은 자의 글(死者の書)」은 유인한 고대소설이다. 그 소설만이 고대를 호흡하고 있다. 그러한 작품이 하나라도 있기 때문에 나 같은 사람도 무언가 고대를 묘사할 수 있을 듯하다. 나는 야마토 여행을 떠나기 전에 처음으로 그 소설을 읽었다. 그 속에 너무나도 신비롭게 그려진 가쓰라기(葛城)의 니죠산(二上山)에 일종의 동경마저 품어 왔던 것이다.

이 대목을 보면, 호리가 얼마나 고대 풍경인 가쓰라기(葛城)의 니죠산(二上山, 이전 야마토 언어로는 후타카미야마)의 아름다운 모습에 신비와 동경을 지니고 있었는지를 알 수 있다.

그리고 「시월」, 「고분」, 「죠류리지의 봄」에 「나무아래(樹下, 쥬게)」와 저자의 「후기」를 첨가하여, 1946년 3월 15일 세이지샤(靑磁社)에서 단행본으로 간행된 것이 『마취목꽃』이다. 앞에서 인용한 엔도의 말은 이 교정에 관여했음을 뜻하고 있다.

여기까지가 호리 다쓰오의 작품인데, 엔도 슈사쿠는 호리 다쓰오의 『마취목꽃』에 심취해 평론 「마취목꽃론―범신론의 세계(花あしび論―汎神論の世界)」를 썼다. 이 평론이 쓰인 시기는 1947년 9월로 보여지며, 다음 해인 1948년 10월 「고겐(高原)」에 발표되었다[17].

다시 말해, 엔도는 「신들과 신과」(1947년 12월)를 집필하기 전에 호리 다쓰오의 『마취목꽃』을 읽고, 「신들과 신과」를 발표한 10개월 후에 「마취목꽃론―범신론의 세계」를 발표했던 것이다. 그런 의미에서 보면 엔도의 「신들과 신과」라는 평론이 탄생하게 된 배경에는 호리 다쓰오의 『마취목꽃』이 있었고, 나아가 그곳에 그려진 일본 고대의 모습 없이는 「신들과 신과」가 성립되지 않았다 해도 과언이 아닐 것이다. 왜냐하면 일본인이면서 가톨릭 세례를 받고 또한 20세기 프랑스 가톨릭 문학을 접하고 있던 엔도가 호리 다쓰오의 『마취목꽃』과 만나고 그 것에 공감할 수 있었던 것은 호리 다쓰오가 사랑한 일본 고대의 풍경 즉, 「죠류리지의 봄」에서 묘사한 美의 세계, 그리고 그 속의 신들(神々)의 세계를 가톨릭의 일신론과의 괴리로 깨닫게 되었기 때문이다. 또한 그 자각에 의해 엔도의 「신들과 신과」가 집필된 것이었다.

---

17   엔도 슈사쿠, 「花あしび論(汎神論の世界)」, 「高原」, 1948년 10월.
초출 끝부분에 "1947. 9. 17. 롯코산 기슭에서(一九四七. 九. 十七 六甲山麓にて)"라고 기록되어 있다. 엔도는 1948년 3월에 「堀辰雄論覺書1」을, 7월에 「堀辰雄論覺書2」를, 10월에 「堀辰雄論覺書3」을 각각 「高原」에 발표하였으며 「花あしび論(汎神の世界)」는 「堀辰雄論覺書3」에 해당한다.

4. 「四季」에 발표된 초출의 세계

「신들과 신과」의 초출(1947년 12월) 내용을 고찰해 보자. 앞에서도 언급했듯이 이 평론은 서간문 형식으로 되어 있고, 수신인은 詩 「반짝이는 별」의 작자인 노무라 히데오이다. 엔도는 노무라에게 보내는 편지 가운데 「반짝이는 별」을 인용하면서 「신들과 신과」論을 전개하고 있다.

> 저 밤하늘의 별들을 통해 당신은 옛날 이방인의 신들을 떠올리고, 나는 인간의 격렬한 결의를 느꼈습니다. 그리고 지금 당신도 나도, 신들을 버리고, 결의를 뛰어넘어 전능한 이의 위대한 질서를 사랑하려 하고 있습니다.

라고 말하고 있다. 이는 노무라가 밤하늘의 별들을 보며 이방인의 신들을 떠올리고 있는 것에 대해 '나' 즉 엔도는 노무라가 떠올리고 있는 이방인의 신들을 의식하고, 그 의식을 통하여 범신론적인 신들을 저버리고 유일신인 전능한 이의 위대한 질서를 사랑하려고 하는 강렬한 결의를 느낀다는 것이다. '나'는 그 결의로서 라이너 마리아 릴케의 『두이노의 비가悲歌』를 열거한다.

엔도가 릴케의 『두이노의 비가』를 언급한 것은 릴케의 비가에 묘사되어 있는 인간의 삶과 죽음의 절대적인 숙명, 그로부터 초월하려는 릴케의 능동적 자세를 통해 노무라의 「반짝이는 별」에서 묘사되어 있는 신들을 버리고, 전능한 이의 위대한 질서를 사랑하려고 하는 능동적인 결의를 말하기 위함이다.

『두이노의 비가』는 1912년 두이노에서 쓰이기 시작하여 1914년까지 스페인과 파리에서 단편적으로 쓰여졌다. 그러나 집필이 중단되었다가 10년의 세월이 흐른 1922년에 재차 다뤄져 완성되었다. 『두이노의 비가』는 「제1비극」에서 「제10비극」까지의 10편[18]의 소네트 형식으로 되어 있는데, 「제1」부터 「제10」의 번호는 창작순이 아니다.

엔도는 『두이노의 비가』의 중심을 제8번의 비가에 두면서, 제4, 제1로 돌아와 인간의 절대적인 한계로서의 '존재의 질서'를 언급하고 있다.

세상 속에는 죽음을 의식하는 존재가 있고, 또한 죽음을 의식하지 못하는 존재가 있다. 엔도는 '죽음을 의식하는 존재'를 '어머니의 따스한 체온을 알고 있는 대상'으로 받아들이고 있다. 그 무엇보다도 죽음으로부터 위협당하고 있는 존재인 인간은 죽음의 세계를 응시하지 않으면 안 된다. 이런 관점에서 엔도는 릴케의 비가의 중심을 인간의 절망적 운명인 죽음의 의식에 두었던 것이다. 게다가 엔도는 죽음의 의식으로 가득 차 있는 '존재의 질서'를 바라보면서 현세를 긍정하려고 결의하는 릴케를 의식하고 있었다. 엔도는 『두이노의 비가』에서 죽음을 의식하는 '존재의 질서'를 발견함과 동시에 고뇌에 찬 현세를 긍정하고, 그것을 사랑하려는 인간의 애처로운 결의와 용기를 보기 시작한 것이다.

---

18   「신들과 신과」에서 릴케의 『두이노의 비가』를 제12까지라고 표기하고 있는데, 이는 잘못된 표기라고 생각한다. 프린트 오류인지 여부는 확인할 수 없다.

그러나 엔도는 릴케의 영향을 많이 받았던 호리 다쓰오가 릴케의 현세 긍정의 능동적인 자세를 정반대의 것으로 받아들였다고 말한다.

릴케의 능동적 자세가 그분을 통해 수동적으로 굴절되었기 때문에 그분은 릴케의 영웅의 세계가 아니라 신들의 세계로 들어가셨습니다.[19]

릴케는 인간의 삶과 죽음은 단절된 것이라고 인식하고, 인간의 절대적 한계로서의 죽음의 문제를 극복하기 위한 능동적인 자세를 보여 주었다. 그에 반해 호리 다쓰오는 수동적 세계에 머물렀던 것이다. 왜 호리는 수동적 세계에 멈췄던 것일까? 그것은 일본의 고대古代에는 삶과 죽음의 단절이 없기 때문이다. 일본의 '신들의 세계'에는 삶과 죽음이 연결되어 있으며, 일상日常과 성聖이 아무런 무리 없이 혼합되어 있는 것이다. 때문에 거기에는 릴케와 같은 능동적 자세도 투쟁의 자세도 존재할 이유가 없다. 호리가 선택한 '신들의 세계'에서는 죽음과 삶이 아무런 위화감 없이 공존하고 있었기 때문이다.

이것은 비단 호리만이 느낀 문제가 아니다. 엔도도 그것에 공감하고 있었다. 엔도는 "『마취목꽃』은 그분만의 것이 아니라 당신의 것이기도 하고, 우리의 것이기도 합니다. 그분이 깨닫게 해 주신 그 피, 그 신들의 세계에 대한 향수가 그리도 매력 있고, 유혹적이었던 것은……

19   엔도 슈사쿠, 「신들과 신과(神々と神と)」, 「四季」, 1947년 12월.

우리 동양인이 신의 자녀가 아니라 신들의 자녀인 까닭이 아니겠습니까?"라고 말하고 있다. 이 표현으로 보면, 엔도도 일본인으로서의 자신이 '신의 자녀'가 아니라 '신들의 자녀'라는 점을 자각하고 있었다는 것을 알 수 있다. 즉, '그 신들의 세계에 대한 향수'를 '매력 있고 유혹적'인 것으로 자각하고 있는 것이다.

이 내용에서 알 수 있는 것은, 엔도는 호리 다쓰오가 속한 '그 신들의 세계에 대한 향수'를 자기 자신의 세계로 받아들이고 있었다는 점이다. 엔도는 호리 다쓰오의 수동성을 부정하면서도 '우리 동양인이 신의 자녀가 아니라 신들의 자녀'라는 점을 부정하지 못하고, 호리 다쓰오에게 끌려 들어가고 있었다.

이에 대해 사토 야스마사는 「엔도 슈사쿠의 《호리 다쓰오論》에 관하여(遠藤周作の《堀辰雄論》をめぐって)」에서

> 호리 다쓰오의 『광야(曠野)』 1편이 처음에 의도된 만요적万葉的 향수와는 전혀 다른, 『슬픈 이야기의 종말』을 보이고 있는 사실에서, 『체념의 매력』에 대한 패배의 징조를, 그 호리 다쓰오 비판의 명확한 징조를 보려 하고 있다.

라고 쓰며 엔도가 호리 다쓰오를 비판하고 있다고 말하고 있다. 그리고 다케다 도모쥬는 「호리 다쓰오론堀辰雄論의 주변周辺」에서

엔도는 경애해 마지않는 호리 다쓰오를 그 범신성과 함께 거부하고,
　　기꺼이 결별하였다.

라고 지적하고 있다. 즉, 엔도가 호리 다쓰오의 범신론에 동감하면서
도 그를 거부하고 있다는 것이다.

　두 사람 모두 엔도가 호리 다쓰오를 비판하고 있다고 말하고 있으
나, 필자는 오히려 엔도가 호리 다쓰오의 범신성을 끝내 부정하지 못하
고 『마취목꽃』에 공감하고 있었다고 생각한다. 또한, 그곳에 머물지 않
고 '신의 세계'를 지향하고 있었다. 때문에 거기에는 갈등이 있었다. 따
라서 릴케의 『두이노의 비가』에 나타난 능동적 자세를 통해서 '신들의
세계'에서 '신의 세계'로 들어가기 위한 투쟁의 결의를 나타낸 것이다.

　다시 말해 엔도는 '신들의 세계'에 살아가고 있는 자신이 '전능한
이의 위대한 질서'인 '신의 세계'에 들어가기 위한 방법으로서, 그리고
릴케와 같은 능동적인 자세를 취하려는 의도로서 릴케의 『두이노의
비가』와 호리 다쓰오의 『마취목꽃』을 열거했던 것이다.

　일본인에게는 일본인만이 알 수 있는 정서가 있고, 신들의 나라에
대한 향수가 있다. 프랑스인이 그들의 신의 세계에 존재하고 있듯이,
일본인은 신들의 세계에 속해 있다. 일본인이 서양 등의 문학에 친근
감을 느끼는 것은, 그 이국異國의 문학 속에서도 일본인과 같은 범신론
적 요소를 느끼기 때문일 것이다. 그러기에 서구의 사상과 문학 속에
서 일본적인 것을 수용해 온 것이다. 그리고 그러한 수용을 알고 있던

엔도는 더욱 '신의 나라'에 들어갈 것을 목표로 삼았다.

엔도는 '신들의 나라'에서 '신의 나라'로 여행하고자 할 때 "다신多神에서 유일신唯一神에로 투쟁했던" 로마인의 고통을 확실히 느낄 수밖에 없다고 말한다. 신들의 자녀인 일본인들이 신의 자녀들의 심리, 언어, 모습 등을 느끼기 위해서는 가톨릭시즘을 아는 것만으로는 소용이 없다. 가톨릭시즘은 사상뿐만 아니라 사상의 배경이 중요하기 때문이다. 요컨대, 가톨릭시즘에 의한 사상적 극복이 직접 신에 대한 믿음으로 연결되는 것은 아니다. 특히 가톨릭시즘을 알면 알수록 일본인인 '나'는 "신들의 자녀로서 피의 함성 소리를 듣지 않으면 안 된다."라는, 신들의 세계에서 살고 있는 인간의 입장에 대해 엔도는 언급하고 있다.

엔도는 『마취목꽃』에 흐르는 피가 자신 속에서도 흐르고 있다는 것을 뚜렷이 의식하지 않고서는 신의 나라를 향한 여행은 할 수 없다고 말하고 있다. '신들의 세계'에 유혹당하면서도 '신의 세계'로 여행하기 위해서 엔도가 필요로 했던 것은 인간의 한계를 극복하려 했던 릴케의 능동적 자세이며, 그 능동적 자세에서 생겨난 결의와 투쟁이었다.

5. 개정판 내용

『가톨릭 작가의 문제』는 엔도가 유학에서 돌아온 지 1년 반이 지난 1954년 7월에 하야카와쇼보(早川書房)의 『현대예술선서11(現代藝術選書11)』

로 간행되었다. 이때 엔도는 머리말인 「서문」을 새롭게 써서 첨부시킴과 동시에 「신들과 신과」를 광범위하게 수정했다. 본서 제1장 1절에서 두 개의 본문이 있다고 언급한 것이 바로 이를 지칭한다. 따라서 『가톨릭 작가의 문제』 제2장인 「신들과 신과」를 읽을 때는 「서문」을 함께 읽어야 한다.

구체적인 예로서 『가톨릭 작가의 문제』 제2장 「신들과 신과」의 처음 도입 부분은 다음과 같이 시작된다.

> 나는 지금, 가톨릭 문학을 읽을 때 가장 중요시해야 할 것은, 이 이질적인 작품이 당연히 우리들에게 안겨주는 '거리감'을 결코 경원하지 않는 일, 오히려 그것을 의식하고, 그것에 저항하는 일부터 시작해야 한다고 썼습니다.

도입 부분에서 '나는 지금', '썼습니다'라고 과거형을 사용한 것은 바로 앞의 제1장 「서문」을 전제로 했기 때문이다.

「서문」의 내용을 구체적으로 보면, 엔도는 일본 청년이 가톨릭 작가의 소설을 읽는 것과 프랑스 청년이 그것을 읽을 때의 감각은 상당히 거리가 있다고 말한다. 왜냐하면 소설에 인용되어 있는 성서의 인용구를 그리스도교적 분위기를 전혀 모르는 일본 청년이 읽는 것과 고백성사로 인한 죄 사함을 믿고 있는 프랑스 청년이 읽는 것은 전혀 다르기 때문이다. 서구의 청년들은 그리스도교 신자이든 아니든 신에 대해 무관심할 수가 없다. 그들 중에 무신론자라는 것은 '신을 거부하는' 것을 의미하지만 일본인 중에 무신론자라는 것은 '신이 있든 없든 상관없다'는 것을 의미한다. 그만큼 심리적 차이가 크다는 것이다.

일본인이 가톨릭 문학을 대할 때 가장 중요히 생각할 점은 이들 이질적인 작품이 일본인에게 안겨주는 '거리감'을 결코 경원해서는 안 된다는 것이다. 오히려 그 거리감을 의식하고, 그것에 저항하는 것에서 시작되는 것이라며 「서문」을 마무리하고 있다. 이어서 앞서 언급한 제2장 「신들과 신과」의 첫머리에서 '거리감'에 대해서 서술하고 있는 것이다.

그리고 릴케의 『두이노의 비가』를 거론하면서 릴케를 사랑한 호리 다쓰오가 릴케의 현세 긍정의 능동적인 자세를 어떻게 받아들였는지를 언급하고 있다. 즉, 릴케의 능동적 자세를 호리 다쓰오는 수동적으로 굴절시켰다고 말하고 있다. 이 논지는 초출과 기본적으로 같다. 게다가 가톨릭시즘(일신론적 세계)을 믿지 않고 오히려 범신론적 요소에서 출발한 릴케와도 결별하고 호리 다쓰오가 다른 방향으로 걸어갔다는 것은, 서양의 범신론조차도 때때로 동양의 범신론과 다른 성격을 지니고 있기 때문이라고 말하고 있다.

다시 말해, 릴케가 속한 서양의 범신론 세계에서 인간은 천사도 될 수 없고, 새도 될 수 없는 절대 고독한 존재 조건을 지니고 있다. 그러나 호리 다쓰오가 속한 일본에서 인간은 신들의 일부분이며, 신과 인간 사이에는 어떤 존재적 차이도 없다. 따라서 인간은 자연과 우주 속에 위화감 없이 그대로 융화될 수 있는 것이다. 그러나 가톨릭시즘은 그와 같은 동양적 범신론을 거부한다.

가톨릭시즘은 릴케가 인식한 것과 마찬가지로 인간과 신과 천사 간에 엄격한 존재 질서가 있다. 인간은 물론 신의 품으로 돌아갈 수 있다. 그러나 그것은 동양의 수동적 형태는 아니다. 인간은 인간밖에 될 수 없는 고독한 존재 조건을 지니고 있다. 따라서 신도 아니고, 천사도 아니다. 그런 의미에서 신이나 천사와 대립하는 것이다. 그러므로 엔도는 신들과의 투쟁은 물론이고 신과의 투쟁 없이는 신에게 돌아갈 수 없다고 말하고 있는 것이다.

6. '신들과의 투쟁' 과 '신과의 투쟁'

지금까지 「신들과 신과」의 초출과 개정판의 내용을 고찰해 보았다. 초출부터 개정판까지의 기간은 6년 7개월이다. 엔도가 프랑스 유학을 한 것은 이 기간에 속한다. 그리고 유학에서 돌아와 1년 반 후에 수정을 거쳐 간행된 「신들과 신과」에는 초출에서는 보이지 않았던 두 가지 관점이 보인다. 그중 하나는 '거리감'이고, 또 하나는 '신과의 투쟁'이다.

인간은 인간밖에 될 수 없는 고독한 존재 조건이 주어져 있습니다. 따라서 신도 아니고, 천사도 아닌, 그런 의미에서 신과 천사와 대립하는 것입니다. 끊임없이 신을 선택할 것인지, 거부할 것인지에 대한 자유가 있는 것입니다. 즉, 신과의 투쟁 없이 신의 품에 돌아간다는 것은 가톨릭시즘이 아닙니다.

가톨릭 신자는 끊임없이 투쟁해야 한다. 자기에 대해, 죄에 대해, 그를 죽음으로 이끄는 악마에 대해, 그리고 신에 대해.

이것은 초출에는 없었던 내용이다. 초출은 "'신의 세계'로의 여정에는 '신들의 세계'에 유혹과 고통 없이는 갈 수 없다는 점을 기록한" 것이다. 그런데 개정판에서는 "신에 대한 투쟁"이 언급되고 있다. 그 신은

가톨릭 신자의 본래 자세는 동양적인 신들의 세계가 지닌 수동의 세계가 아니라 전투적인, 능동적인 것입니다. 그가 투쟁을 끝내고, 그 영혼이 되돌아갈 때에도 신의 심판이 기다리고 있습니다. 영원한 생명인가, 영원한 지옥인가, 하는 심판이 기다리고 있습니다.

라는 심판하는 신이며, 엔도의 후기 소설에 등장하는 사랑의 신이 아니다. 엄격한 부성적 신이다. 그럼, 초출에는 나타나지 않았던 '신에 대해서' '투쟁하지 않으면 안 된다'라는 엄격한 신이 개정판에는 어떻게 해서 나타난 것일까?

즉시 떠오르는 것은 그의 프랑스 유학 체험이다. 인간을 신과 엄격하게 구분하는 서양 세계를 체험함으로써 부성적 신관父性的 神觀을 만

들어 간 것은 아닐까라는 생각이다.

그러나, 엔도는 유학 이전부터 부성적 신관을 지니고 있었다. 이미 고찰했듯이 프랑스 유학 이전인 1948년 10월에 엔도는 「마취목꽃론—범신론의 세계」를 발표했다.

다음은 「마취목꽃론—범신론의 세계」에서 프랑수아 모리아크가 믿고 있던 일신론의 세계에 대해 엔도가 기술한 내용이다.

> 이 작가가 믿는 일신론, 가톨릭시즘에 있어서 신적인 것은 존재 조건적으로 인간을 초월하고, 때문에 인간적인 것은 신과 맞서는 것이다. 이 투쟁은 예를 들어, 이 모리아크와 그 밖의 가톨릭 작가와 같이 신 안에서 투쟁하든, 또 스스로를 신이라고 하여 신에 맞선 니체와 랭보처럼 투쟁을 하든, 일신론적 세계인 서구에서는 신과 항상 투쟁했던 것이다. 이 자기自己와 신 앞에 엄연히 현존하는 존재 질서와 맞서 인간이 저항하고 투쟁한 것은 이 일신론의 구조에 의한 것이다.[20]

즉, 엔도는 유학하기 전 단계에서 이미 '인간은 신에 대해 항상 투쟁한다'는 일신론의 구조를 알고 있었던 것이다. 그와 더불어

---

20   엔도 슈사쿠, 「堀辰雄論覚書三—花あしび論(汎神論の世界)」, 「高原」, 1948년 10월. 본 논문에서의 인용은 『遠藤周作文学全集』 제9권을 사용했다.

이 동양의 범신 세계에 있어서는, (적어도 호리 다쓰오의 범신성에 관한 한) 신적인 것과 인간적인 것은 잘 융화된다. 신적인 것이 인간적인 것 위에 서지 않으므로 거기에는 저항도, 반역도, 투쟁도, ― 모든 영웅주의가 존재할 이유가 없다. 따라서 인간은 바로 반역과 저항 없이 신과 일치한다.[21]

라는 동양의 범신 세계도 알고 있었다. 엔도는 일신론의 구조를 이해함과 동시에 호리 다쓰오의 범신론의 세계도 알고 있었다. 그리고 그 두 세계의 차이를 전제로 「신들과 신과」를 썼던 것이다.[22]

그럼, 「마취목꽃론—범신론의 세계」에 나타난 신과의 투쟁이 같은 시기에 쓰인 「신들과 신과」에서 나타나지 않는 이유는 무엇인가? 그것은 「신들과 신과」가 가톨릭 신자인 노무라 히데오 앞으로 보낸 편지 형식을 취하고 있기 때문이라고 생각된다. 가톨릭 신자 앞으로 보낸 편지이기 때문에 엔도는 새삼스럽게 일신론의 구조에 대해 설명하지 않고, 도리어 '신들의 세계'에 대한 유혹에 대해 언급했던 것이다. 그러나 그 편지 속에서도 '투쟁'의 모습이 릴케의 능동적인 자세와 '영웅주의' 속에 내포되어 있는 것이다. 즉, 인간에게는 삶과 죽음의 경계가 있고, 인간은 죽음을 운명처럼 받아들일 수밖에 없는 존재이다. 그

21   엔도 슈사쿠, 「신들과 신과」, 「四季」, 1947년 12월.
22   「마취목꽃론—범신론의 세계(花あしび論—汎神論の世界)」 발표는 1948년 10월이고, 「신들과 신과」의 초출은 1947년 12월이다. 두 평론의 집필 시기는 거의 같은 시기로 보인다.

리고 그것을 어떻게 수용할 것인가라는 문제를 안고 있다. 그러므로 거기에는 갈등과 투쟁이 자리하고 있다. 릴케는 그 문제를 극복하려는 능동적인 자세로 투쟁하려고 했던 것이다.

그리고, 『가톨릭 작가의 문제』 제2장에서는 노무라 히데오 앞으로 보낸 서간문 형식을 취하지 않음으로써 가톨릭 신자 이외의 사람들을 대상으로 한 「신들과 신과」를 썼던 것이다. 따라서, 엔도의 '신들과의 투쟁' 그리고 '신과의 투쟁'은 유학 이전, 초출을 쓸 당시부터 존재했던 것이 된다.

7. 초기 문학의 '부성적 신'의 세계

지금까지의 고찰을 통해, 엔도에게 있어서 호리 다쓰오의 영향이 얼마나 컸는지를 다시 한번 확인하게 되었다. 이 영향이라는 것은, 엔도가 호리 다쓰오의 『마취목꽃』과 만나고 그것에 공감하는 과정을 통해 일본의 '신들'의 세계와 가톨릭의 '일신론' 세계와의 차이를 자각하게 되었다는 점일 것이다. 다시 말해, 엔도 문학의 출발점인 「신들과 신과」를 쓸 당시 그는 이미 호리 다쓰오의 책을 탐독하며 『마취목꽃』과의 연관성을 갖고 있었다. 그에 머물지 않고 『마취목꽃』에 의해서 눈 뜨게 된 일본 고대 야마토의 신들의 세계와, 자신이 믿고 있던 가톨릭의 일신론 세계의 괴리감을 「신들과 신과」에 썼던 것이다.

그러나, 엔도는 호리 다쓰오와는 달리 '신의 세계'를 지향했다. 호리의 '신들의 세계'에 공감하면서도 그것을 부정하고 일신론의 세계로 들어가려 했다. 그 결의로 '신들의 세계와의 투쟁'을 말하고, 또한 일신론의 구조인 '신'과의 투쟁을 받아들이려 했던 것이다. 그러므로 거기에는 갈등과 투쟁이 존재했다.

또한 여기서 잊어서 안 될 것은 「신들과 신과」 이후, 소설가로서 출발할 당시의 엔도에게는 엄격한 부성적 신父性的 神이 존재했다는 점이다. 엔도는 1954년 11월 첫 소설 『아덴까지』를 발표하며, 소설가로서 출발한다. 그 시기 엔도가 품고 있었던 신관은 「신들과 신과」와 마찬가지로 투쟁하지 않으면 안 되는 엄격한 부성적 신관이었다.

그러나 후에 엔도 문학은 '부성적 신'이 아니라 '모성적 신'을 통과하며 '사랑의 신'에 이르게 되는데, 그 전이轉移가 '언제, 왜, 어떻게'라는 의문으로 남는다. 본 저서는 그 과정을 구체적인 작품을 통하여 발표순으로 고찰하고자 한다.

제2장
엔도 슈사쿠 첫 소설
『아덴까지 アデンまで』

1. 엔도 문학의 스타트 라인

『아덴까지(アデンまで)』는 엔도 슈사쿠의 첫 소설이다. 엔도는 1949년
게이오대학 불문학과를 졸업하고, 1950년 6월 전후 일본 최초의 유학
생으로 프랑스로 건너갔다. 프랑스 리용 대학에 입학하여 프랑스 현
대 가톨릭 문학을 공부하며 2년 반을 지냈다. 그러나 갑작스러운 결핵
발병으로 유학을 지속할 수 없어 귀국하게 된다. 『아덴까지』는 엔도가
유학을 도중에 포기하고 돌아온 후 처음으로 발표한 소설이며 프랑스
를 배경으로 하고 있다. 즉 그의 유학 체험을 바탕으로 하는 소설이다.

엔도가 프랑스 문학과 만나게 된 것은, 도쿄 시모키타자와(下北沢)의
헌책방에서 우연히 『프랑스 문학 소묘』를 알게 되면서부터다. 엔도가
22살 때의 일이다. 저자인 사토 사쿠(佐藤朔)가 게이오대학 불문학과의
강사였던 것이 계기가 되어 엔도는 게이오대학에 진학해 프랑스 문학
을 공부했다. 그는 재학 때부터 「신들과 신과」[1]와 「가톨릭 작가의 문

---

1   엔도 슈사쿠, 「신들과 신과」, 「四季」 5호, 1947년 12월.

제」²를 발표했으며, 이곳에 나타나 있는 일신론과 범신론의 문제는 엔도 슈사쿠 생애에 걸친 테마로 일관하게 된다.

1953년 엔도의 나이 30살, 그는 결핵으로 유학을 계속할 수 없어 귀국한 후 소설에 착수하여 「아덴까지」³를 시작으로 「학생」⁴, 「백색인」⁵을 발표하고 「백색인」으로 제33회 아쿠타가와상을 수상했다.

엔도의 첫 소설 『아덴까지』는 동양인인 주인공이 프랑스 백인 여성과 만나 사랑에 빠지게 되지만 그 사랑을 이루지 못하고 돌아간다는 내용이다. 그 주인공이 왜 돌아갈 수밖에 없었는가는 매우 중요한 문제로 제기되고 있다. 그것은 '색'의 문제와 맞물려 있다. 즉 '하얀 피부'와 '황색 피부' 혹은 '검은 피부'가 대변하고 있듯, '하얀 피부'와 '황색 피부'의 갈등과 차별이 주요 주제이고, 그것이 나중에 '백색인의 God'과 '황색인의 God'으로까지 확대되어 간다.

야마모토 겐키치(山本健吉)는 「엔도 슈사쿠-그 일관된 주제」⁶에서 엔도 문학의 테마를 다음의 네 가지로 정리했다. ①신의 문제 ②인간의 죄의식 ③비인간적인 행위 및 그와 같은 행위를 산출하는 정신 구조에

---

2   엔도 슈사쿠는 대학 재학 당시 평론 「신들과 신과」(「四季」, 1947년 12월), 「가톨릭 작
        가의 문제」(「三田文学」, 1947년 12월)를 발표하였다. 「가톨릭 작가의 문제」는 유학 후
        인 1954년 7월, 단행본(평론집) 『가톨릭 작가의 문제』로 早川書房에서 출간된다.

3   엔도 슈사쿠, 「아덴까지」, 「三田文学」, 1954년 11월.

4   엔도 슈사쿠, 「학생」, 「近代文学」, 1955년 4월.

5   엔도 슈사쿠, 「백색인」, 「近代文学」, 1955년 5, 6월.

6   야마모토 겐키치(山本健吉), 「遠藤周作-그 일관된 주제」, 『엔도 슈사쿠遠藤周作』,
        群像 일본의 작가22, 소학관, 1991년 9월.

대한 규탄 ④유색인종과 백인종과의 차별관에 대한 항의이다. 그러나 '차별관에 대한 항의'가 나타나 있지 않아서인지 야마모토는 제4의 주제가 나타난 작품으로서 『아덴까지』를 들고 있지 않지만, 『아덴까지』가 '유색인종과 백색인종'의 문제를 다룬 작품임에는 틀림이 없을 것이다.

그 '색'에 대한 인식은 유학 전에 발표한 「신들과 신과」, 「가톨릭 작가의 문제」에서는 두드러지지 않았던 문제였다. 그것은 엔도가 유럽에서 유학을 하고 프랑스에서 생활하면서부터 그의 의식에 싹트기 시작한 것으로 추정된다. 후일에 엔도는 그리스도교의 신을 '양복'에 비유하면서 다음과 같이 서술하고 있다.

> 나는 처음으로 이모와 어머니에 의해 입혀진 양복을 의식했다. 양복은 내 몸에 전혀 맞지 않았다. 어떤 부분은 헐렁헐렁하고 어떤 부분은 기장이 짧았다. 그리고 그것을 알고 난 후부터 나는 양복을 벗으려고 몇 번이나 생각했다. 우선 그것은 무엇보다도 양복이었고 내 몸에 맞는 기모노(和服)가 아닌 것 같이 생각되었다. (중략) 나는 그 양복을 벗어버릴 수 없었다. 나는 사랑하는 사람이 나를 위해 준 옷을 확신과 자신 없이 벗어버릴 수가 없었다. (중략)
>
> 시간이 지나며 나는 더 이상 벗으려 하지 말자고 결심했다. 나는 이 양복을 나에게 맞는 기모노로 고치려고 생각한 것이다. (중략) 다른 사람들처럼 알몸으로 자신의 옷을 찾고 고르는 것-그것은 문학일 것이

다. 그러나 타인에 의해 입혀진 헐렁헐렁한 양복을 내 몸에 맞게 평생토록 노력하는 것도 문학이지 않을까 하는 생각이 들었기 때문이다.[7]

엔도는 '기모노'와 대비시키며 그리스도교를 자신의 몸에 맞지 않는 '양복'이라고 했다. '양복'이 맞지 않는다는 것은 일본의 문화 풍토와 서양의 문화 풍토의 차이에 의한 것이라고도 보여진다. 그러나 만약 그렇다고 한다면 내 몸을 양복에 맞추는 것, 즉 내 몸을 서양 문화에 융합시켜 서양의 문화에 적응하려는 것도 한 가지의 가능성으로 생각할 수 있다. 그러나 엔도는 자기 몸에 양복을 맞추려고 했다. 왜냐하면 몸이 변할 리 없기 때문이다. 이와 같이 변할 수 없는 절대적 상징이 '피부색'이다. 앞에서도 서술했듯이 「신들과 신과」에서의 그리스도교를 신앙하는 자로서의 '서구'라는 관념이, 실제로의 유학을 통해 프랑스라는 유럽과 만나고, 거기서 생활하고, 프랑스인과 접촉하는 행위를 통해서 '피부색'의 차이로까지 확장하게 된다.

엔도는 동양과 서양의 관계 속에서의 자신과 그리스도교에 대해 다음과 같이 서술하고 있다.

대학을 나온 후 유럽에 갔기 때문에, 당시 유럽 안에서의 '기독교법과 유럽'이라고 하는 것을 다소 느끼고는 있었습니다. 내가 지금까지 좁은 틀 안에서 생각하고 있던 기독교가 동시에 유럽의 하나의 근본을

---

7   엔도 슈사쿠, 「맞지 않는 양복」, 「新潮」, 1967년 12월.

형성하는 사상이라는 것을 몸으로 체험하고 왔습니다. (중략) 내 안의 번민 '그리스도교와 나'라는 것이, 때로는 '서양과 나'라고 하는 문제로 환원될 때가 때때로 있었기 때문입니다.[8]

이와 같이, 그의 의식의 변화는 몇 개의 단계를 밟으면서 형성된 것으로 보인다. 그 단계로 생각할 수 있는 것이 ①그리스도교와 만난 자신 ②서양과 동양의 이질감에의 갈등 ③유럽에 있는 일본인인 자신. 그가 유럽에 건너가 서양을 직접 만난 사건은 이러한 의식 형성에 결정적으로 기여했을 것이다. 즉 그의 유학 체험 속에서 동양인인 자신과 서양의 대립적 의식이 구체성을 띠며 형성된 것이라 볼 수 있겠다.

유학 전에 발표한 「신들과 신과」[9]에서 엔도가 말한 것은 "가톨릭시즘, 즉 일신론적 세계를 믿지 않고, 오히려 초기의 시집에서부터 범신론적인 요소로 출발한 릴케조차, 일본의 시인과는 다른 방향으로 걸어간 것은 대체 왜일까요. 그것은 서양의 범신론조차도 때로는 동양의 범신론과 다른 성격을 갖고 있는 것을 나타내고 있습니다."와 같이 일신론과 범신론과의 대립이었다. 『가톨릭 작가의 문제』에서도 가톨릭을 믿는 것과 소설가로서의 대립을 어떻게 극복할 것인가의 문제가 제기되어 있다. 그러나 '피부색'에 대한 언급은 전혀 눈에 띄지 않는다. 그러나 이후 엔도는 프랑스-유럽과의 조우를 통해 동양인인 자신과

8   「대담- 문학—약자의 논리 중에서」, 「國文學」, 1973년 2월.
9   엔도 슈사쿠, 「신들과 신과」, 「四季」 5호, 1947년 12월.

서양 간의 결정적인 거리를 느끼게 되었으며, 이러한 거리감은 나아가 '피부색'의 이질감, 즉 '색'에의 자각으로 발전하게 되었다. 이러한 자각은 '유학'에서 비롯된 것이라 생각된다.

그러므로 유럽으로부터 돌아오는 배 위에서 회상하는 형식으로 구성되고, 귀국 후에 첫 소설로 발표된 『아덴까지』는 소설가로서 엔도 문학의 출발점이라고 할 수 있다. 그것을 뒷받침하는 내용을 작품을 통해 고찰해 보려고 한다.

2. 작품 구성

작품은 화자인 '내'가 프랑스를 떠나기 위해 '아덴'행 배를 타기 전날부터 시작된다. 여자는 '나'를 배웅하기 위해 함께 마르세이유까지 와 있다. 내일이 되면 '나'는 유럽을 떠나 일본을 향한 귀국길에 오른다. 그 여행길에 여자가 함께하고 있다. 그러나 함께 가는 것은 마르세이유까지이고, 거기부터 '나' 혼자 갈 수밖에 없다. 내일을 맞이하기 위해 둘이 마지막으로 보낸 밤 여자는 눈물을 보인다.

새벽이 되어 '나'는 여자의 "이 나라에서 잡는 마지막 손"을 잡은 후 유럽을 떠난다. 그리고 작품은 배 위에서 체험하고 생각한 일, 프랑스에서의 일, 거기에서 만난 '백인 여자'와의 체험과 회상 등으로 교차되어 있다.

작품은 단락별로 일곱 개의 절節로 나눠져 있다. 작품의 내용을 미야사카 사토루(宮坂 覺)[10]의 분석을 참고하면서 선상船上에서의 생활生活과 회상回想이라는 관점에서 정리해 보면 다음과 같이 나눌 수 있다.

제1절

1. 마르세이유에서 헤어지기 전날의 두 사람(헤어지기 전)

제2절

1. 마들렌이라는 화물선 4등실에서 만난 '병에 걸린 흑인 여자'(선상)

제3절

1. 누워 있는 '흑인 여자'(선상)

2. '백인 여자'와 만난 때를 회상한다(회상)

3. 두 사람 사이에 사랑이 싹튼다(회상)

제4절

1. 리용 여행에서 처음으로 만난 살갗과 살갗, 자신의 황갈색 피부에의 자각(회상)

제5절

1. 흑인 여자에의 감상(선상)

2. '백인 여자의 친구들'과 인종의 문제로 언쟁(회상)

3. 백인 선의船醫와 수녀가 흑인 여자를 진찰(선상)

4. 미국 유학생과 함께 경험한 흑인 매춘부 일(회상)

---

10   미야사카 사토루(宮坂覺), 「《아덴까지》, 《황색인·백색인》」, 山形和美편, 『엔도 슈사쿠 그 문학 세계』, 国研選書3, 1997년 12월.

5. 검은색은 죄의 색이라고 생각한다

6. 파리로 돌아오고 나서의 '나'와 '백인 여자'(회상)

7. 병에 걸린 흑인 여자에게 약을 먹인다. 그녀의 "흑인은 이대로 좋아."라는 말을 들은 나는 그녀의 얼굴을 때린다.(선상)

8. 흑인 여자 격리실로(선상)

제6절

1. 선상에서 보이는 수에즈운하와 운하 사이의 황갈색 사막 풍경(선상)

제7절

1. 흑인 여자의 죽음과 수장(선상)

2. '나'는 흑인 여자의 수장을 도우면서, 눈앞에 보이는 홍해가 자신의 피부색과 닮았다고 생각한다(선상)

3. '색'의 의미

이렇게 정리해 보면 '흑인 여자'에 대한 '나'의 태도는 분명히 변화하고 있다. '나'는 '흑인 여자'와 화물선의 4등실에서 만났다. 배가 출발할 때부터 줄곧 흑인 여자는 누운 채로 오른손을 얼굴에 대고 죽은 듯이 움직이지 않았다. 그 흑인 여자에 대한 '나'의 행동을 살펴보자. '나'는 4등실에 들어갔을 때 그곳에 누워 있는 흑인 여자에게 "여기가 4등실이죠?"하고 말을 건넨다. 그러나 그녀는 대답을 하지 않았다. 열이 나는 몸을 천으로 두른 그녀의 몸으로부터 가능한 한 멀리, 그러나 그녀와 같이 바닥에 트렁크를 두고 '나'도 누웠다. 식사 시간에도 그녀는 누워만 있다. '나'는 식사를 가져다줄 뿐 말을 시키지 않으려고 신경을 썼다. 하지만 그녀는 식사에 거의 손을 대지 않는다. 바닥에 누워 있을 때 '나'는 눈앞에 역한 냄새가 나는 이 다갈색의 육체를 응시하고, 그 육체가 인간의 몸이 아니라 하나의 물체라고 생각한다. 동시에 그 다갈색을 정말 추한 것이라고 생각하게 된다. 그리고 검은색은 추하다고 말해버린다. 여기에서 화자의 의식의 변화를 볼 수 있다. 그러나 '나'도, 이 흑인 여자도 추한 인종에 영원히 속해 있다.

더욱이 제5절의 7번 장면이 되면, '나'는 약병을 손에 들고 그녀에게 먹이려고 하지만 그녀는 "이대로 좋아. 흑인은 이대로 좋아."라고 말한다. 그 말을 들은 '나'는 손을 들어 그녀의 얼굴을 친다. 왜 때리는지, 왜 이 여자를 미워하는지 모른다. 후에 그녀는 죽고, '나'는 그녀의 죽음에 아무런 감정의 변화도 느끼지 못한 채로 그녀가 수장되는 것을 지켜본다.

이렇게 처음에는 단지 바라보고 있는 관계에서 시작하여 선원이 들어오고 나서는 흑인 여자의 인생에 개입하게 되고 마침내는 때리게 되는 것이다. 이러한 '나'의 '흑인 여자'에 대한 변화는 '백인 여자'를 회상하면서 시작된다. '백인 여자'와의 관계를 회상하고, 그녀와의 관계 속에서 자신의 초라한 "황갈색 피부"를 추하다고 생각하게 되고, 끝내는 '검은색은 죄의 색'이라고까지 확대되어 간다. 다시 말해 '백인 여자'를 회상하는 것이 '나'의 행동의 변화를 불러일으키고 있는 것이다. 양자가 어떻게 관련되어 있는지 분명히 하기 위해 '나'의 회상 속에서의 '백인 여자'에 대해서 알아보고자 한다.

4. 유색인종과 백색인종

'나'가 '백인 여자'와 알게 된 것은 3년 전의 일이다. 프랑스에서 유학하고 있는 일본 청년인 '나'는 폐병이 낫게 되어 병원에서 나온다. 그러나 대학에 갈 마음도 없어졌다. 전 하숙집에서는 폐병을 싫어하기에 새로운 하숙집으로 옮긴 후였다.

'나'의 옆방에 살고 있던 그녀는 프랑스인 여자 대학생으로 파리에는 연고자가 한 사람도 없다. 낮에는 대학에 다니고 밤에는 가정교사를 하거나 베이비시터로 돈을 벌었다. '나'와 그녀는 연고가 없는 파리라고 하는 환경 속에서 만났다. 다음은 어느 겨울날, 두 사람이 파리에서 리용으로 여행을 간 날 밤의 일이다.

처음 나는 거울에 비친 모습이 정말 내 몸이라고는 생각할 수 없었다. 병을 앓았다고는 하나 나는 일본인으로서는 균형 잡힌 몸을 갖고 있었다. 키도 서양인만큼 크고 가슴둘레도 팔다리도 부끄럽지 않을 만큼 살이 붙어 있다. 육체로 말하자면 나는 백인 여자를 안고 어색한 자세를 취할 이유가 없었다.

그렇지만 거울에 비친 것은 그것과는 다른 것이었다. 방의 등불로 새하얗게 빛나는 눈부신 여자의 어깨와 가슴 옆에서, 나의 육체는 생기 없이 암황갈색을 띄고 있었다. 가슴과 배에 걸쳐서는 그다지 심하지 않았지만 목 언저리에서부터 이 황색은 점점 뿌연 빛을 발하고 있었다. 그리고 여자와 내 몸이 서로 뒤엉킨 두 색에서는 아름다움이나 조화는 찾아볼 수 없었다. 오히려 그것은 추악했다. 나는 거기에서 새하얀 꽃잎에 들러붙은 황토색의 벌레를 연상했다. 그 색깔 자체도 담즙과 다른 인간의 분비물을 떠오르게 했다. 손으로 얼굴도 몸도 가리고 싶었다. 비겁하게도 나는 그때 방의 불을 끄고 어둠 속으로 자신의 육체를 감추려고 했다.

처음 백인 여자의 살과 자신의 살이 만난 밤. 거울에 비친 두 사람의 나체를 통해서 자각하는 자신의 추해 보이는 황색 피부. 백인의 피부는 희며 아름답고, 황색인의 피부는 누렇고 추하다고 생각되는 열등감에서 벗어날 수가 없었다. 왜 하얀 피부는 아름답고 황색 피부는 추하게 보였을까. 작품 속에서는 "나는 그 경위는 모른다."라고 말하고 있지만, 작가인 엔도는 이에 대해 「유색인종과 백색인종」[11] 중에서 다음과 같이 말하고 있다.

11   엔도 슈사쿠, 「유색인종과 백색인종」, 「群像」, 1956년 9월 호.

만약 아폴로 상이 그리스가 아닌 다른 나라, 흑인의 세계에서 태어났다면 어땠을까. 흑인은 추하다고 하는 고정 관념이 생겼을까. 흰색이 명석이나 청순을 의미하는 데 비해 검은색은, 예를 들면 '검은 미사'라든가 '검은 마술'과 같이, 뭔가 악마적이고 비그리스도교적인 어두운 것을 서양인에게 연상시키는데, 이러한 우열한 편견이 흑인을 무겁게 내리눌렀을까. 인종적 편견은 주로 이 백인 표준주의에서 생겨난 것이다.

엔도는 피부색에 의한 편견이 "백인 표준주의"에서 생겨났다는 것을 알고 있다. 그러나 작품 속에서의 '나'는 모른다고 말한다. 즉, 왜 황색 피부를 추하다고 생각하는지, 그 경위를 묻는 것을 포기하고 추하다고 받아들여 버린다. 『아덴까지』의 '나'는 그런 인물로 설정되어 있다. 피부가 다르다는 것은 '다르다'고 하는 이질異質로서 대등하다. 그때의 '이질'은 말할 것도 없이 평등일 것이다. 그러나 '나'에게 있어서의 '이질'은 평등 위에 성립된 것이 아니었다.

그리고 '나'의 눈에 비친 자신의 비참함에 대한 자각으로부터 남녀 관계가 붕괴되고 말았다. 나의 피부가 그녀의 것보다 추하다는 것을 깨달은 오늘 아침, 어제까지, 무의식적으로 갖고 있던 나와 그녀와의 평등 의식은 무너졌다.

백인 여자가 "사랑만으로 충분하지 않아?", "인종은 모두 똑같아."라고 말하고 있지만 '나'로서는 극복할 수 없고 넘을 수 없는 두꺼운

벽이 있었다. 그것은 자신이 '황색인'이라는 자각이다. '동양'과 '서양'의 이질감을 인정함으로 생기는 것은 평등이다. 그러나 '황색'은 추하다고 생각하는 비참함에서 '나'는 벗어날 수 없다.

> 그렇다. 인종은 모두 같다. 그 사이에 여자는 나에게 빠지고, 내가 그 사랑을 거부하지 않았던 것도 이, 인종은 모두 같다고 하는 환영이 있었기 때문이다.

'인종은 모두 같은 것이다'라고 '나'는 생각하고 있었다. 흑인도, 황색인도, 백색인도 모두 평등하다고 생각하고 있었다. 그러나, 그가 선상에서 만난 흑인 여자와 평등하지 않았다. 그리고, 거울에 비친 '나'의 피부도 '여자'의 피부도 그 의식 속에서는 평등하지 않았다. 평등하다고 생각하고 있었던 것은 인종에 대해 갖고 있었던 환상에 지나지 않았다.

"안아 줘, 사랑만으로 충분하지 않아?"라고 하는 '백인 여자'의 말을 생각해내면서, '나'는 "그러나 사랑만으로 충분하지 않았다. 사랑만으로 여자는 황색인이 될 수 없었고, 나는 백색인이 될 수 없었다."라고 생각한다. 이 일을 경계로 해서 '백인 여자'와의 사랑은 파국을 향하게 된다. 그리고, 일본을 향해 돌아가는 배의 4등실에서 우연히 만난 '흑인 여자'가 눈앞에 있다. '백인 여자'와의 사이에 의식하지 않으면 안 되었던 색의 문제가 지금, 눈앞의 '흑인 여자'에 의해 재현되고 있다. '나'는 그 병에 걸린 여자에게 약을 먹이려고 했지만, 그녀는 "이 대로가 좋아. 흑인은 이대로가 좋아."라고 말하면서 약을 거부한다. 그 때, '나'는 손을 들어 흑인 여자를 때렸다. 왜 '나'와 당연히 평등해야 할 그녀를 때리고 만 것일까.

'나'가 '흑인 여자'를 때린 것은, '백인 여자'의 회상을 통해 황갈색 피부를 가지고 있는 자신의 비참함을 다시금 자각했기 때문이다. 그러나, 그것만이 아니다. 흑인 여자는 "흑인은 이대로가 좋아."라고 말하며, 스스로를 학대하면서 죽음을 맞으려고 한다. 그런 그녀에 대한 분노가, '나'로 하여금 그녀를 때리게 한 것이다. 거기에는 황갈색의 피부를 자신의 숙명으로 받아들이는 태도와 동시에 그 숙명을 강하게 거부하고 싶은 의지도 내포되어 있을 것이다. 그렇지만 결국 그 숙명을 거부할 수 없다는 것을 인식할 수밖에 없었고, 자신의 피부색을 운명으로 받아들일 수밖에 없다는 것을 인정해야 했다.

5. 동양인의 숙명

자신의 피부색을 숙명으로 받아들인 이상 '나'는 유럽에 계속 머무를 수 없다. '나'는 황갈색 피부의 인간이 숨 쉬는 일본으로 돌아간다. 유럽을 떠나 일본으로 돌아간다고 하는 선택은, 황갈색의 피부를 자신의 피부로 받아들이는 결단일 것이다. 그러나, 그리 결단했다고 하더라도 '나' 안의 열등감이 없어지는 것은 아니다. 유럽을 떠나, 동양으로 들어가려고 하는 수에즈 운하를 지나면서 '나'는 "계급적 대립은 없앨 수 있겠지만, 색의 대립은 영원히 없앨 수 없다. 나는 영원히 누렇고, 그 여자는 영원히 하얄 것이다."라고 생각한다. 그렇게 생각하는 '나' 앞에는 "역사도 없고, 시간도 없고, 움직임도 없는, 인간의 영위를 완전히 거부한 무감동한 모래 속을 한 마리의 낙타가 지평선을 향해 걷고 있는 풍경"이 펼쳐지고 있다. 3년 전에도 "이 낙타와 사막이 상징하는 풍경이 내 눈에 비쳤음에 틀림없다." 하지만, "그때 나는 결코 그것에 감동하지 않았다." 그러나 3년 후 지금, 유럽에서 만난 백인 여자와 헤어지고 일본으로 돌아오는 현재, '나'는 그 풍경에 "참을 수 없는" 향수를 느낀다. 지평선을 향해 터벅터벅 걸어가는 '낙타'에, 피부에 대한 열등감을 안고 돌아갈 수밖에 없는 무력한 자신의 모습이 겹쳐지는 것이다. 그러나, 가령 무력할지라도 '나'는 걸으려 하고 있다.

가사이 아키후(笠井秋生)[12]는 이 광경에 대해서 다음과 같이 말하고 있다.

> 작자는 여기에서, '황갈색의 사막'을 "역사도 없고, 시간도 없는, 인간의 영위를 완전히 거부한 무감동한 모래"라고 형용하고 있지만, 소설의 말미에는, 주인공인 '나'에게 "사막과 같은 색으로", "탁해지고 있는", "이 아라비아의 틈에 끼인 좁고 긴 홍해는 나의 피부색과 이처

---

12   가사이 아키후, 「최초의 소설 《아덴까지》」, 『엔도 슈사쿠론(遠藤周作論)』, 双文社 출판, 1987년 11월.

럼 닮아 있는 것인가. 그림자도 없고, 빛도 없고, 순수하고 쇠약한 황갈색을 띠고 있다. 거기에는 역사도 시간도 신神도 선善도 악惡도 없었다."라고 독백하고 있다. 말을 덧붙일 것까지도 없지만, 주인공 '나'의 "눈에 비치는" "황갈색의 사막"은, 일본의 범신론적 정신 풍토를 의미하고 있는 것이다. (중략) 또, "황갈색의 사막"을 "지평선을 향해 터벅터벅 걷고 있는" "한 마리의 낙타"에, 일본이라고 하는 풍토 속에서 가톨릭 작가로 걷게 되는 엔도의 모습이 겹쳐진다.

이 소설의 타이틀이 '일본까지'가 아니라 '아덴까지'로 되어 있는 것에 대해서 엔도 슈사쿠는 미요시 유키오(三好行雄)와의 대담[13] 속에서 "내 소설의 경우, 사이공이 아닙니다. 정확히 중근동(中近東), 한쪽은 유럽으로 한쪽은 동양으로 들어가는 정확히- 홍해입니다. (중략) 절반의 나는 유럽, 절반의 나는 동양이라는 지점에" "일부러 장소를 두고 있는 것입니다."라고 말하고 있다.

이를 통해 우리는 자신의 황갈색 피부를 숙명으로 받아들이며 터벅터벅 걷고 있는 '나'가, 동양의 나라 일본에서 서구의 그리스도교라는 양복을 입고 살아가려는 가톨릭 작가로서 엔도의 의지를 나타내고 있음을 확인할 수 있다. 또한 이 초기의 의지가 엔도 문학의 향방을 결정짓는 지점에 서 있었음을 느끼게 한다.

---

13   「대담- 문학─약자의 논리 중에서」, 「國文學」, 1973년 2월.

제3장
엔도 슈사쿠의 『백색인(白い人)』의 신
- 도전과 반전을 통과하며 -

1. 서론

엔도 슈사쿠의 『백색인(白い人)』은 제33회 아쿠타가와상을 수상한 작품이다. 1955년 「근대문학」 5·6호에 게재되었으며, 12월에는 『백색인·황색인』이라는 제목으로 고단샤(講談社)에, 1975년 6월에는 『엔도 슈사쿠 문학 전집』 제1권(신초샤, 新潮社)에 수록되었다.

『백색인』을 집필할 당시 엔도(32세)의 근황을 살펴본다면 다음과 같다. 결핵으로 유학을 중도 포기하고 돌아온 엔도는 야스오카 쇼타로(安岡章太郎)를 통해 요시유키 준노스케(吉行淳之介)와 함께 '구상(構想)의 모임'에 입회했다. 이곳에서 엔도는 미우라 슈몬(三浦朱門) 등과 알게 되며 오쿠노 다케오(奧野健男)의 권고로 『현대평론(現代評論)』에도 참가하면서 '제3의 신인'의 멤버로 활동하게 된다. 이 시기인 1954년 11월, 유럽의 정신세계인 '신의 세계'를 경험한 '나'가, 결국 동양의 '신들의 세계'로 돌아올 수밖에 없게 되었다는 내용을 담은 자전적 소설 『아덴까지』를 발표하였고, 6개월 뒤에 『백색인』을 발표하였다.

『백색인』의 구조를 살펴보면, 먼저 『아덴까지』에 등장하는 거리감, 즉 누런 피부를 자신의 숙명으로 받아들이며 귀국해야만 했던 '나'가 느끼는 유럽과 '그리스도교'에 대한 거리감이 전제되어 있다. 따라서 『백색인』에 그려진 중심인물은 '신의 세계'를 거부하며 대항하는 인물로 설정되었다. 엔도는 『백색인』과 『황색인』[1]을 같은 시기에 병행하여 썼고, 같은 해에 두 작품을 각각 발표했다. 이처럼 이 시기 엔도에게 있어서 '백색'과 '황색'은 첨예하게 대립되는 색이었고, 사상이었고, 신관이었다. 엔도에게 있어서 '백색'과 '황색'의 이분법적 대립 양상이 싹트게 된 동기를 고찰하기 위해서 그의 성장 배경을 더듬어 볼 필요가 있다.

엔도는 12살 때 어머니에 이끌려 세례를 받았다. 엔도의 자작 연보에는 다음과 같은 내용이 있다.

1923년(다이쇼 12년) 3월 27일, 도쿄시 스가모(巢鴨)에서 아버지 엔도 쓰네히사(遠藤常久), 어머니 이쿠(郁)의 차남으로 태어났다. 형인 마사스케(正介)와 두 형제. 당시 아버지는 야스다 은행(후지은행 전신)에 근무, 어머니는 우에노 음악학교(도쿄 예술대학 전신) 바이올린 科의 학생으로, 안도 미유키(安藤幸)(고다 로항의 누이동생)와 함께 모기레프스키의 제자였다. 1926년(다이쇼 15년, 3세) 아버지가 전근함에 따라 만주의 다롄(大連)으로

---

1   『백색인』은 1955년 「근대문학(近代文学)」 5, 6월, 『황색인』은 같은 해인 1955년 11월 「군조(群像)」에 발표되었다. 한국어 번역판은 이평춘 옮김, 『신의 아이(백색인)·신들의 아이(황색인)』이다. 어문학사, 2010년 4월.

이주한다. 1929년(쇼와 4년, 6세) 다롄시 大廣場 초등학교에 입학. (중략) 매일 아침부터 저녁까지 바이올린 공부를 하고 있는 음악가 어머니의 영향을 많이 받았다. 손가락에 피를 흘리면서도 바이올린을 켜고 있는 어머니를 보고 어린 마음에도 깊은 감동을 받았던 것이다. 1932년(쇼와 7년, 9세), 이즈음부터 부모의 불화가 시작되고, 매일 어두운 기분으로 통학했다.[2]

10살 때, 부모의 이혼으로 엔도는 어머니에게 이끌려 일본으로 돌아오고, 고베(神戶)시의 롯코(六甲) 초등학교로 전학, 고베에 살던 가톨릭 신자인 이모(모친의 언니)의 권유로 슈쿠가와(夙川)에 있는 성당에 다니게 되었으며 다음 해, 세례를 받고 입교한다. 세례명은 바오로였다. 엔도는 그 일에 대해 "아니, '받았다'라기 보다 '받게 되었다'라고 하는 편이 옳다. 왜냐하면, 그것은 '나'의 어쩔 수 없는 의지에서 나온 행위는 아니었다."[3]라며, 자신의 선택이 아니라 어머니에 의해 '받게 된' 것이라고 밝히고 있다.

그것은 마치 "이 과자를 먹겠습니까?" "네, 먹겠습니다."라는, 외국어 회화의 문답과 유사한 행위였다. 나는 그때 자신이 얼마나 중요한 결정을 했는지 몰랐다. 이 한마디의 답변이 일생 자신에게 어떠한 짐을

2   별책신평(別冊新評), 『엔도 슈사쿠의 세계(遠藤周作の世界)』, 新評社, 1973년 겨울 호.

3   엔도 슈사쿠, 「맞지 않는 양복(合わない洋服)」, 『엔도 슈사쿠 문학 전집(遠藤周作文学全集)』 제10권, 新潮社, 1975년 10월.

지우게 되었는지도 전혀 생각하지 않았다.[4]

소년 시절, 엔도는 한 치의 의혹도 품지 않고 교회를 다녔으나 소년 시절이 끝나면서 서서히 그리스도교에 대한 여러 의혹과 의문을 갖게 된다. 이런 고민은 대학 예과에 다니기 시작하면서 더욱 심해지고 드디어 그리스도교에서 멀어진다. 멀어질 뿐 아니라 아주 그리스도교를 버리려고 생각한 적도 여러 번 있었다. 그러나 그런 시도가 모두 실패로 끝난 것은 어머니를 배신할 수가 없었기 때문이었다. 어머니에 의해 믿기 시작한 그리스도교를 완전히 저버리는 것은 어머니를 저버리는 것이 되기 때문이었다. 그래서 저버릴 수 없는 상태로 교회에 속해 있었다.

"나는 가톨릭 신자였기 때문에 철들기 시작한 이후부터 신의 문제로 괴로움을 당해 왔습니다. 외국 문학을 배울 나이가 된 이후도 신의 전통이 장구한 백색인의 세계와, 신이 있든 없든 상관없는 이 동양 세계와의 사이에서 방황했습니다. 그 일은 프랑스로 건너가 더욱 심해졌습니다."[5]라고 엔도는 말하고 있다. 그가 서양에서 서양 문학을 공부함에 따라 더욱 강해지는 '백색인'의 세계와 '황색인'의 세계 간의 갈등은 엔도 문학의 뿌리가 되어 가고 있었다. 이 점에 대해 엔도는 아쿠타

---

4   각주 3과 동일.

5   엔도 슈사쿠, 「감상 - 아쿠타가와상 수상의 말(芥川賞受賞のことば)」, 「文藝春秋」, 1955년 9월.

가와상 수상 소감에서 다음과 같이 말하고 있다.

> 작년 말이 되어 나는 소설을 쓰기 시작했습니다. 작품의 첫 행에 쟈크 몽쥬라는 외국인의 이름을 써넣었습니다. 그러자 이 이름에서 신과 악마, 신과 인간, 선과 악, 육체와 영혼, 그 모두의 피비린내 나는 투쟁에 관해 쓸 수 있을 것 같은 느낌이 들었습니다. 하지만 나는 쟈크가 아닙니다. 백색인이 아닙니다. 피부색이 누런 일본인입니다. 그래서 나는 다시 일본인의 이름을 거기에 썼습니다. 그러자 갑자기 그 누런 빛을 띤 얼굴에서는 격정이 사라져 버렸습니다. 작가로서 나는 이 점에 대해 많은 고민을 했습니다.[6]

엔도가 프랑스에 갔을 때, 무엇보다도 선망을 느꼈던 것은 그 나라 도처에 그리스도교가 뿌리내리고 있었다는 점이다. 땅 구석구석 긴 역사를 지닌 그리스도교의 냄새와 풍습과 감각이 있었다. 어느 동네를 가도 거기에는 낡은 교회가 있었다. 사람들은 그 교회 주위에서 생활하고, 일하고, 죽어가고 있었으며, 초원에는 오래된 성모상이 있었다. 그런 환경 속에서 엔도가 느낄 수밖에 없었던 것은 다음과 같은 것이었다.

---

6   엔도 슈사쿠, 「감상 - 아쿠타가와상 수상의 말(芥川賞受賞のことば)」, 「文藝春秋」, 1955년 9월.

우리 일본인에게는 이런 그리스도교의 역사도 전통도 감각도 문화유산도 없습니다. (중략) 더욱 두려운 것은 이 일본인의 감각으로는 그리스도교를 받아들일 수 없는 무엇인가가 있다는 점입니다.[7]

또한, 1965년에 발표된 소설 『유학(留學)』이 1989년 영국에서 번역(M·윌리암스), 출판되었을 때 그는 서문에서 이렇게 쓰고 있다.

나는 극동에서 왔으며, 한동안 체류할 뿐인 내가 프랑스를 이해한다든가 하는 것이 도대체 가능할까, 라는 의문을 갖기 시작했다. 유럽의 전통, 풍부한 문화유산과 자신감에 대하며 일본 사람인 나는 상대방과 나 사이에 헤아리기 힘든 거리를 인식하게 되었다. (중략)
유학 2년째의 그 언제인가부터 나는 점차 자신이 일본인이라는 점을 강하게 의식하게 되었다. 유럽의 예술과 문화를 접촉하면 할수록 그것이 내게 있어서는 어디까지나 이질적인 감정과 감각에서 생겨난 것이라고 의식되었다.[8]

이와 같은 이질감과 거리감은 이윽고 『백색인』과 『황색인』에서 결

---

7   엔도 슈사쿠, 「나의 그리스도교(私の基督教)」, 『엔도 슈사쿠 문학 전집』 제10권, 新潮社, 1975년 10월.

8   J·Thomas Rimer(J·トマス·ライマ), 「사랑이라는 가장 고귀한 선물(愛というもっとも尊い贈り物 - 現代世界文學における遠藤周作)」, 『「遠藤周作」とShusaku Endo』, 春秋社, 1994년 11월.

실을 맺게 된다. 엔도에게 있어서의 '백색'과 '황색'은 단순한 '색'의 문제만이 아니라, '백색의 세계가 상징하는 신'과 '황색의 세계가 상징하는 신들'의 문제로 귀결되기 때문이다.

2. 주요 작중 인물

『백색인』의 주인공인 '나'는 못생긴 아이였다. 더욱이 선천적으로 사팔뜨기였다. '나'의 아버지는 프랑스인인데, 독일인 어머니와 결혼하여 그 사이에서 외아들인 '나'가 태어났다. '나'는 리옹 대학 법과생이 된다. '아버지'는 어머니가 외출했을 때 다른 여자를 집으로 데리고 와서 정사를 벌이는 남자였다. '어머니'가 엄격한 청교도가 되었던 것도 아버지의 방탕한 생활에 대한 혐오 때문이었는지도 모른다. 어머니는 아버지에 대한 반감에 '나'에게 엄격한 금욕주의를 강요했고, 아이로서의 즐거움과 자유를 모두 금했다. 그리고 육욕을 느끼게 하는 일체의 것을 멀리하게 했다.

또 다른 남자 '쟈크'는, '나'와 마찬가지로 비쩍 말랐고 '나'처럼 못생겼다. 그의 땀에 찌든 얼굴과 벗겨진 머리 위에는 붉은 머리카락이 초라하게 남아 있다. 이 남자는 사팔뜨기인 '나'보다도 더 못생겼다.

'마리 테레즈'는 '나'와 같은 학교에 다니는 여자인데, '쟈크'의 사촌이다. 그녀의 몸은 풋내가 나는 듯 빈약했다.

다케다 도모쥬(武田友壽)가 "『백색인』은 인간 내면에 내재하는 악과

선을 그리스도교를 토대로 한 선과 악으로 묘사하고 있고, 그 갈등은 두 사람의 인물을 통해서 나타나고 있다."[9]라고 말했듯이, 『백색인』에는 선과 악의 양면성과 더불어 '신의 전통이 오래된 백색인의 세계' 속에도 그 신을 믿는 인간과 그 신을 부정하는 인간이 존재하고 있으며, 이 둘이 항상 대립하고 있음을 알 수 있다. 따라서 본 장에서 이 두 가치관과 신앙관이 어떠한 양상으로 대립하고 있는지 고찰하려고 한다.

3. 과거의 시간

이 작품은 수기手記의 형태를 취하고 있으며, 동시에 과거의 회상으로 구성되어 있다. 그리고 화자話者의 시간은 세 시점으로 구분된다. 하나는 일기日記를 쓰고 있는 현재이고, 또 하나는 회상된 시간이다. 그리고 세 번째 역시 과거인데, 단순히 지나간 기억을 더듬는 방식이 아니라 '나'가 직접 그 과거의 공간 속에 들어가 말하는 듯한 방식, 즉 현재형 과거 시점으로 서술된다. 그가 회상하는 이유는 자신이 프랑스인이면서도 나치의 비밀경찰과 한편이 되어 동포를 괴롭히는 길을 선택하게 한 요인을 이야기하기 위해서다. 그러기 위해서 그는 유년 시절의 기억까지 거슬러 올라간다. 먼저 일기를 쓰고 있는 현재의 시점은 다음과 같다.

---

9   다케다 도모쥬, 「《백색인》의 배경《白い人》の背景」」, 『엔도 슈사쿠의 세계(遠藤周作の世界)』, 中央出版社, 1969년 10월.

1942년 1월 28일, 이 기록을 남겨 둔다. 연합군은 이미 발랑스로 다가 오고 있기 때문에 빠르면 내일이나 모레에는 리옹시에 도착할 것이 다. 패배가 이미 결정적이라는 것은 나치 자신이 가장 잘 알고 있다. 지금도 이 글을 쓰고 있는 나의 방의 창유리가 심하게 흔들리고 있다. (중략) 연합군에 대한 나치의 증오심은 어제부터 리옹 시민에게 쏟아지 고 있다. 궁지에 몰린 쥐가 고양이가 아니라 동족에게 덤벼들듯이, 오 늘 프란츠, 한츠, 페터라는 나치 병사들은 오로지 리옹 시민들을 괴롭 히기 위해 거리로 몰려오고 있다. (중략) 서두르지 않으면 안 된다. 이 제 여유가 없다.[10]

거기에 또 다른 '나'의 과거의 '회상'이 겹쳐진다.

봄이 끝나 가는 어느 날의 일이다. 나는 열두 살이었다. 그날, 나는 아 파서 학교에 가지 않았다. 어머니는 나를 2층의 침대에 눕혀 놓은 채 아래층의 응접실에서 이따금 찾아오는 목사와 이야기를 나누고 있었

---

10   『백색인』의 모든 인용은 『엔도 슈사쿠 문학 전집(遠藤周作文学全集)』 제1권(新潮社, 1975년 6월)을 사용하였다.
一九四二年、一月二八日、この記録をしたためておく。連合軍はすでにヴア ランスに迫っているから、早くて明日か明後日にはリヨン市に到着するだろ う。敗北がもう決定的であることは、ナチ自身が一番よく知っている。
今も、このペンをはしらせている私の部屋の窓硝子が烈しく震えている。(中 略) 連合軍にたいするナチの憎しみは昨日から、リヨン市民に注がれている。 死に追いつめられた鼠が猫にではなく自分の一族に飛びかかるように、今 日、フランツ、ハンツ、ペーター、といったナチの兵士たちはリヨン市民た ちをくるしめる、それだけの爲に街になだれんでいる。(中略) 先を急がねばな らない。もう余り時間がないのだ。

다. 조용했다.[11]

이와 같이 현재 시점에서 회상 시점으로 전환되는 구조로 되어 있
는데, 끝부분에서는 쓰고 있는 현재로 돌아오지 않고 회상 속의 현재
상태로 끝나고 있다.

나는 일어서서, 조금 전의 그 파리가 탈출구를 찾아 어리석게도 머리
를 부딪치며, 바깥세상에 대한 환영을 품고 이리저리 날아오르던 창
으로 다가갔다. 어둠 속에서 리옹은 불타고 있었다. 베르크르 광장도,
페라슈 역도, 레퓨브릭 거리도, 이본느가 늙은 개의 목을 하얀 허벅지
로 짓누르던 크로와 르츠의 언덕길도 새빨갛게 타올랐고, 그 불은 이
거리의 밤하늘을 끝없이 태우고 있었다.[12]

'나'는 소설 첫머리에서 "불란서인이면서 나치의 비밀경찰과 한편
이 되어 동포를 괴롭히는 길을 선택하게 한 요인을 설명하기 위해서
유년 시절의 기억까지 거슬러 올라가지 않으면 안 될 것이다.", "1942

11   あれは春も終わりの日である。私は十二歳だった。その日、私は病気で学校
を休んでいた。母は私を二階のベットにねせたまま、下の客間で、たまたま
尋ねて来た牧師と話しをしていた。しずかだった。

12   私はたち上がって、さきほど、あの蠅が脱れ路を求めて、おろかにも頭をう
ちつけ、戸外に幻影を抱きながら、かけまわった窓に近づいた。闇のなかで
リヨンは燃えていた。ベルク一ル廣場もペラッシュ驛も、レビュブリック街
も、あのイボンヌが老犬を白い腿でくみ敷いたクロワ・ルッスの坂道も眞赤に
燃え上がり、その火はこの街の夜空を無限に焦がしていた。

년 1월 28일, 이 기록을 남겨 둔다."라고 밝히며 일기를 쓰고 있는 현재의 이야기로 시작하여 이후에는 과거에 대한 회상을 반복한다. 그런데 일기 마지막에서 일기를 쓰고 있는 현재로 돌아오지 않고, 그대로 과거 시점에서 마무리한 이유는 무엇일까? "동포를 괴롭히는 길을 내게 선택하게 한 요인을 설명하기 위해서" "이 기록을 남겨 둔다."라고 이야기하기 시작한 때에는, 그 이유가 자신 안에 정리되어 있어 "내게 선택하게 한 요인을 설명"할 수 있었으리라. 때문에 '나'는 일기를 쓰기 시작했다. 그런데, 회상하면서 일기를 쓰기 시작한 '나'의 시점이 현재로 돌아오지 않고 과거 상태에 머무른 채 소설이 끝났다는 것은, 과거를 회상하는 동안 '나'에게 어떤 변화가 일어났다는 점을 의미할 것이다. 그 변화를 알아보기 위해 회상의 시간을 더듬어 보고자 한다.

4. 죄와 악의 개화

'나'가 '악'을 의식하기 시작한 시점은 어렸을 때부터이다. '나'가 12살 때 침대에서 목격한, 늙은 개를 학대하는 하녀 이본느의 눈. 그녀의 희고 통통한 무릎은 '나'의 인생에 결정적인 흔적을 남겼다. "다른 소년들이라면 아무렇지도 않게 넘겨버렸을 이 사건이 왜 내게만 지워지지 않을 낙인"으로 남겨졌던 것일까? 그것은 "나의 육욕에 대한 자각은, 학대의 쾌락과 함께 개화되었기" 때문이다.

'나'에게 결정적인 상처를 남긴 또 다른 하나는 아버지의 말이다.

"너는 평생 여자애들한테 인기가 없을 거야."라고 소리치는 아버지의 저주이다. 결코 사랑받지 못했던 아이의 증오심이 자라기 시작했다. 그러던 어느 날, 아버지가 '나' 앞에서 손가락을 움직이며, "오른쪽을 보란 말이야. 오른쪽을!"이라고 외친다. '나'가 자신의 못생긴 모습을 정확히 인식하게 된 것은 이때부터였다. 잔혹하게 이 말을 한 아버지를 '나'는 증오했다. 이에 대해 이케우치 테루오(池內輝雄)는 다음과 같이 말하고 있다.

> "오른쪽을 보란 말이야. 오른쪽을!"이라는 말은 소설 속에 자주 사용되며, 키워드로서의 역할을 하고 있다. 즉, 주인공의 '오른쪽'에는 미美, 선善, 덕德, 이성理性 등이 있는데, 그는 결코 볼 수 없다는 숙명을 상징하고 있는 것이다. 그러나 중요한 것은 이 숙명적, 본질적인 열등의식, 이를테면 약자로서의 의식을 지닌 인간이 강자로 바뀌는 장치이다.[13]

'나'는 유년 시절 아버지로부터 사팔뜨기인 자신의 추함을 지적당하고, 선과 미와는 거리가 먼 증오의 세계에 빠져들었던 것이다.

'나'의 내면에 악을 형성시킨 또 다른 한 사람은 어머니이다. 어머니는 엄격한 청교도이며, 아버지에 대한 반발로 엄격한 금욕주의를

---

13   이케우치 테루오(池內輝雄), 「白い人・黃色い人」, 「國文學解釋と鑑賞」, 第四十卷 七號.

'나'에게 강요했다. 지금의 '나'의 무신론은 아버지의 교육 때문이 아니라, 청교도인 어머니에 대한 반항에서 비롯되었다. '나'는 그런 어머니에게 반항하기 위해 일부러 '신'을 거부했다.

어머니는 어린 '나'가, 죄의 연결 고리인 육욕에 눈뜨는 것을 경계했다. 그에 대해 미키 사니아(三木サニア)는 "육욕에 대한 자각이 '학대의 쾌락과 함께 개화되었다'라는 설정은 '나의 삶의 기반에 사드적 삶이 깊이 뿌리내렸음을 시사하고 있다'."[14]라고 말하고 있다. '나'는 다음과 같이 회상한다.

> 다른 아이는 괜찮은데 왜 자신만이 그런 감각에 눈을 떴는지, 지금도 나는 불가사의하게 생각하고 있다. 프로이드파에 의하면, 이런 사디즘은 어머니에 대한 아이의 콤플렉스에 의한 것이라고 한다. 만일 그 이론대로라면, 나는 자신을 엄하게 교육시킨 어머니를 마음속으로 은밀히 증오하고 있었던 것이 아닐까? 아이로서의 기쁨과 자유를 금하고, 그 크로와 르츠의 방에서 유년기를 보내게 한 어머니를 통하여 모든 여성에 대한 증오심을 키우고 있었던 것일까?[15]

---

14 三木サニア, 「『白い人』の世界」, 『遠藤·辻の作品世界』, 雙文出版社, 1993년 11월.

15 なぜ、そのような感覚が、他の子供には目覚めず、自分だけにひらかれたのか今でも私はふしぎに思っている。フロイド流にいえば、こうしたサディズムは子供の母にたいするコンプレックスによると言う。もし、その理論通りならば、私は自分をきびしく教育した母を心ひそかに憎んでいたのではあるまいか。子供としての悦びや自由を禁じ、あのクロワ·ルッスの一室に幼年期を送らそうとした母の中に女性のすべてにたいする増悪を養っていたのだろうか。

‘나’에게 있어서의 ‘죄’라는 개념은 어머니로부터 강요된 개념이었다. 육욕은 ‘죄’라고 생각하고 있는 어머니의 생활 방식은 ‘나’에게도 강요되었다. ‘나’는 어머니로부터 강요된 금욕주의에 대한 반발로 사디스트가 되어버렸다. 게다가 죄의 개념은 사디즘적인 학대의 쾌락을 동반하며 ‘악’으로 확장되어 갔다.

엄밀히 말하면, ‘죄’와 ‘악’은 각각 지니고 있는 의미가 다르다. 시모노 다카후미(下野孝文)는 엔도의 소설 『스캔들』에서 소설가 ‘스구로’가 말한 “오늘날까지 써온 죄의 이야기가 아니라 악의 이야기라는 점이었다.”라는 말을 거론하면서 ‘죄’와 ‘악’의 문제에 대해 다음과 같이 말하고 있다.

> 스구로를 통해서 ‘죄’는 “한계가 있고, 구원을 숨기고 있는” 것, 한편 ‘악’은 “극단까지 치닫고, 막다른 곳까지 가지 않으면 안 되는 격정 激情”이라고 나누어 설명되고 있다. (중략) 이 스구로가 말하는 ‘죄’와 ‘악’의 차이, 그것은 엔도 자신이 거듭해서 언급하는 점이기도 하다.[16]

‘나’가 12살 때 자각한 사디스트적인 쾌락은 죄를 뛰어넘어 ‘악’으로 까지 확장되었다. 악에 대한 유혹이 구체적인 행위로 돌출된 사건이 일어났다. 아버지와 아라비아의 아덴으로 여행 갔을 때의 경험이다.

16　시모노 다카후미(下野孝文), 「遠藤周作論—〈罪〉と〈惡〉について—」, 鹿兒島大学, 「国語国文学」, 三十九.

갑자기 처녀는 동료 소년을 지면에 눕혔다. 그의 다리는 서서히 완만한 곡선을 그리며 뒤로 젖혀진 채, 머리 위까지 이르렀다. 그 자세는 교미하는 순간의 전갈과 같았다. 알몸의 처녀는 소년의 다리와 머리 위로 뛰어올랐다. 소년의 몸은 거의 견딜 수 없을 만큼 활처럼 휘어졌다. "끼이!"[17]

이 광경을 목격한 나는 아랍 소년의 눈이 피학被虐의 환희로 빛나며 떨고 있는 것을 놓치지 않았다. 이 경험은 나에게 은밀한 비밀로 남아, 때때로 그 광경을 떠올리며 나는 '악의 쾌락'에 도취됐다.

5. 모성과 신에 대한 반역

인간의 모든 행위는 피학과 가학의 본능에 의해 존재하고 있다. '나'는 이와 같이 믿음으로써 '나'의 못생긴 용모에 가해진 사회의 눈에 대한 반역을 꾀했다. '쟈크'와 '마리 테레즈'를 선택한 것은 '나'의 어머니, 즉 엄한 교육을 시킨 그녀의 청교도주의에 대해 복수하는 쾌락이 있었기 때문이다. "나의 무신론은 청교도인 어머니에 대한 반항에서 시작되었다고 하는 편이 옳다."라고 '나'는 고백한다.

---

17   突然、娘はつれの少年を地面に寝かせた。彼の脚は徐々に灣曲してそりかえったまま、頭の上まで届いた。その姿態は交尾の刹那の蠍のようだった。裸体の娘は、少年の足と頭との上に飛び上がった。少年の体は、殆ど耐えきれぬ程、弓なりになった。
「キイ！」

엔도는 유학 후 마르키 드 사드에 대해 연구하고, 『아덴까지』를 발표한 같은 해에 「마르키 드 사드 평전評傳」을 발표한다. 미키 사니아가 "내 삶의 기반에 사드적인 삶이 뿌리 내렸음을 시사한다."라고 말했듯이 『마르키 드 사드 평전』 속에서는 다음과 같이 사드와 그의 어머니와의 관계가 언급되고 있다.

사드적 세계에 있어 모성이란 아이를 가두는 것이며, 그 자유를 억압하는 존재이다. 모성은 그 모성애라는 에고이즘의 미명하에 아이를 속박하는 존재이다. 사드는 그 점에서 확실히 모친에게 공포, 증오를 느끼고 있다. 유년의 그는 모친과 그것을 둘러싼 세계 속에서 인간의 자유를 빼앗는 그 무엇을, 희미하지만 왕정과 그리스도교의 모습에서 간파했음에 틀림없다.[18]

또한, '나'가 '마리 테레즈'를 능욕하는 장면에 대해 가사이 아키후(笠井秋生)는,

---

18   엔도 슈사쿠, 「마르키 드 사드 평전(マルキ・ド・サド評傳(1))」, 「現代評論」, 1954년 6월 創刊.
      「マルキ・ド・サド評傳(2)」, 「現代評論」,1954년 12월.
      초출은 上記와 같지만, 이곳에서의 인용은 『遠藤周作文学全集』 제9권(1975년 7월)을 사용하였다.
      サド的世界にあっては母性とは子供を閉じこめるものであり、その自由を扼殺する存在なのである。母性は子にたいする束縛をあの母性愛というエゴイズムの美名の下に営む存在である。サドはたしかに母親にその点で恐怖、憎悪を感じている。幼年の彼は母親と、それを取りまく世界の中に人間の自由を奪うものを王政と基督教の姿でおぼろげながら見ぬいたにちがいないのだ。

작가 엔도는 『백색인』의 주인공인 '나'를 그가 이해하는 사드의 후예로 등장시켰다고 생각해도 좋을지 모른다. 『마르키 드 사드 평전』에 있어서의 사드의 모친에 대한 증오는 이윽고 그리스도교에 대한 저주로 바뀌어 전개된다. 『백색인』의 '나'는 '청교도인 어머니에 대한 반항에서' '무신론'자가 되고, '쟈크'가 믿는 가톨릭시즘을 저주한다. 사드전의 사드에게는 '처녀의 가면을 벗기는 것은 동시에 그리스도교가 가르치는 신의 이미지를 벗기는 것'을 의미하는데, 『백색인』의 '나'에게 있어서도 '처녀 강간'은 그리스도교의 상징인 '십자가 상像'의 '파괴'를 의미했다.

라고 논하고 있다. 그리고 '나'에게 '신에 대한 반역'을 더욱 구체적으로 실현시킬 계기가 찾아왔다. 나치의 협력자가 된 '나'의 앞에 항독抗獨 운동가로 체포된 '쟈크'가 나타난다. 고문을 받아 사지에 경련을 일으키던 '쟈크'가 '나'에게 "이유가 뭐야. 왜 내가 미운 거야?"라며 헐떡였다. 그에 대해 '나'는 다음과 같이 말하고 있다.

"네가 현대의 영웅이 되고 싶어 하기 때문이지."
"네가 만약 우리의 고문을 받고도 입을 열지 않는다고 한다면 말이지, 그건 영웅주의에 대한 동경, 자기희생의 도취에 의한 것이 아닐까? 도취한다, 공포를 극복하기 위해 뭔가에 도취한다, 죽음을 초월하기 위해 주의(主義)에 도취한다. 레지스탕스도, 너 같은 그리스도교도도 마찬가지야. 인류의 죄를 짊어진다."[19]

'쟈크'가 고문을 견딜 수 있었던 것은 그가 쥐고 있던 십자가 때문이라는 것을 안 '나'는 그를 때렸다. 그리고 다음과 같이 말한다.

내가 짓밟고, 때리고, 저주하고, 복수하고 있는 것은 그 소년, 이 쟈크만은 아니었다. 그것은 모든 인간, 환영을 품고 태어나 환영을 품고 죽는 인간들에 대한 것이었다. 그는 마룻바닥 위를 나비 유충처럼 나뒹굴었다. 나뒹굴 때마다 속옷이 찢어졌다. "악마!" 하고 그는 소리쳤다. "악마!"[20]

'쟈크'를 증오하고, 때리는 이유는 무엇일까? 그것은 '쟈크' 배후에 존재하는 '그리스도교'에 대한 증오심 때문이었다. 따라서 '쟈크'를 증오함으로써 그리스도교에 대한 도전을 시도한 것이다.

엔도는 이 도전을 통해서 예수를 배신한 유다의 모습을 '나'와 중첩

---

19   「お前が現代の英雄になりたいからさ」
     「お前が、もし、俺たちの責め道具に口を割らぬとしたらだ、そりゃ英雄主義
     への憧れ、自己犠牲の陶酔によるものじゃないのか。酔う。恐怖を超えるた
     めになにかに酔う。死を克えるために主義に酔う。マキだって、お前さん等
     基督教徒だって同じことだぜ。人類の罪を一身に背負う。」

20   私が踏みつけ、撲り、呪い、復讐しているのは、その少年、このジャックだ
     けではなかった。それすべての人間、幻影を抱いて生まれ、幻影を抱いて死
     ぬ人間たちにたいしてであった。彼は床の上を芋虫のように転げまわった。
     「悪魔」と彼は叫んだ。「悪魔！」

시키고 있다. 즉, '나'는 어머니에게 반발하고 그리스도교에 도전하기 위해 '쟈크'를 고문하고, 더 나아가 나치의 협력자가 됨으로써 프랑스인을 배신한다. 동포에 대한 배신을 통해서 엔도는 유다의 입장을 '나'에게 중첩시켰던 것이다. 학생 시절 '나'는 '쟈크'에게서 받은 『신앙의 환희』라는 책의 마지막 페이지에 쓰여 있는 다음과 같은 독후감을 읽는다.

> "누가 그리스도가 고통스러워하지 않았다고 하는가? 그리스도는 생애에 두 차례 심리적인 고통을 맛보게 되셨다." 녀석은 '맛보게 되셨다'고 수동형으로 표현했다. "한번은 이튿날의 박해, 고문을 예감한 겟세마니 동산에서 주님이 피와 같은 땀을 흘리셨던 순간이다. 또 한번은 그가 유다에게 배신당했을 때이다. 그리스도가 유다를 사랑하지 않으셨다고 누가 말할 수 있을까?"[21]

이 내용을 읽은 '나'는 다음과 같이 생각한다.

> (유다?)라며 나는 고개를 갸우뚱했다. 창 저쪽 드루느 거리에 위치한 성당의 종탑이 검푸른 빛을 띤 채 우뚝 서 있다. 남빛이 된 저녁 하늘을

21 「基督がくるしまなかったと言うのか。基督はその生涯に二度の心理的苦痛を味わわされた」味わわされたと奴は受身形に表現していた。「ひとつは明日の迫害、拷問を予感したゲッセマネの園で、主が血のごとき汗をながし給うた瞬間である。今ひとつは、彼がユダに裏切られた時だ。ユダを基督が愛さなかったと誰が言えるか」

비둘기 떼가 비스듬히 가로질러 되돌아가는 것이 보였다. 왜 지금까지 이것을 알아채지 못했을까? 왜 그리스도교 신자를 괴롭히기 위해서는 성서를 반대로 읽는 것이 가장 좋다는 것을 생각하지 못했을까?[22]

'나'는 '어머니'와 그리스도교에 도전하기 위해 '쟈크'를 고문했다. 그리고 나치의 협력자가 됨으로써 프랑스인을 배신하고, 동포를 배신한 것이다. 엔도는 이러한 구성으로 '나'에게 유다의 입장을 중첩시켰던 것이다

6. 신의 세계

'쟈크'와 '나', 두 인물을 비교해 보면, 두 사람의 성격과 자세가 정반대임을 알 수 있다. 우선, '쟈크'의 경우, "나는 자신의 얼굴이 십자가임을 알았다. 그리스도가 십자가를 짊어졌듯이 어린아이인 나도 그것을 짊어지지 않으면 안 된다는 것을 알았다.", "신학교에 들어갔다. 십자가를 지려고 생각했다.", "열네 살 때의 십자가는 달라졌다. 나는 그리스도처럼 내 얼굴만이 아니라 이 세상의 얼굴을, 추한 얼굴을 짊어질 생각이다."라고 말하고 있는 데 반해 '나'는, "'십자가의 효용을

---

22   (ユダ)と私は首をひねった。窓のむこうにドロ－ヌ街の教会の塔が蒼黒く浮んでいる。藍色になった夕空を斜めにきって鳩の群れが帰るのが見えた。なぜ、今までこれに気がつかなかったのか。なぜ基督者をくるしめるには聖書を逆さまによむことが一番いいと考えなかったのか。

나는 믿지 않으니까' 나는 정원으로 내려가 사과를 발로 짓밟았다.",
"인간은 원죄原罪에 의해 왜곡되어 있다는 점뿐이다. 인간은 아무리 발버둥 쳐도 악의 심연에 빠져들어 간다. 어떤 덕행도 의지도 우리를 순화시키기에 불충분하다. 얀세니즘의 이러한 사고방식이야말로 확실히 나의 인간관을 뒷받침하는 것이다."라고 말하고 있다. 이와 같이 두 사람의 인간성은 정반대이며, '신'에 대한 자세도 차이가 난다.

그러나 '나' 안에서 두 세계의 갈등이 시작되었다. 그 갈등이 시작된 시점은 '쟈크'와 '마리 테레즈'의 인생에 개입하고부터, 혹은 '나'가 '나의 인생' 속에서 '그들'을 의식하고 나서부터. 단지 '쟈크'와 '마리 테레즈'를 엿보기 위해서 교회로 찾아와 그들을 바라보고 있는 '나'의 심적 동요는 다음과 같이 나타나 있다.

내가 새삼스럽게 안 것은 그리스도의 생애가 고문을 받아 완성되었다는 점이다. 이 남자 역시 고문하는 자와 고문당하는 자로 이뤄져 있는 세계를 피해 살 수는 없었던 것이다. 오늘날 수억의 신자들은 일요일마다 호주머니를 짤랑거리며 성당에 들어간다. 십자가 앞에 무릎을 꿇는다. 신부와 목사의 설교를 멍하니 듣는다. 그러나 그들은 눈앞의 십자가가 말하려 하는 것에는 귀를 기울이지 않는다. 그 목수의 아들이 이 지상에서 지냈던 세계는 결국, 그 크로와 르즈의 하녀와 개의 모습, 아덴의 태양 아래서 내가 바위 그늘에 소년을 밀어 쓰러뜨렸던 것과 같은 세계라는 사실을 인정하려고는 하지 않는다.

(그렇지? 그렇지?)라고 그 그리스도상은 나에게 속삭였다. 나는 고개를 흔들었다. 지금 그리스도는 내가 가장 기뻐할 듯한 부분을 미끼로 유혹하기 시작하는 것이다. (내가 넘어갈 줄 알아?)라며 나는 신음했다.[23]

"내가 넘어갈 줄 알아?"라는 중얼거림 속에 그리스도에게 반발하는 '나'가 있다. 동시에, 그리스도를 부정하고 증오하면서도 마음 깊숙이에서는 신을 의식하고 있는 '나'의 모습이 드러난다. '나'에게 전혀 예상치도 못한 마음의 변화가 일어났다. '쟈크'와 '마리 테레즈'를 바라보고 있는 '나'는 다음과 같이 말하고 있다.

성당 안의 굵고 차가운 돌기둥에 뺨을 대고, 나는 형언할 수 없는 분노와 비참함을 느꼈다. 그러한 감정은 그들에 대해서라기보다는 이 마드니에와 쟈크의 세계 속에서 외톨이로 살아가고 있는 자신에 대해서였다…….[24]

23　私があらためて知ったのは基督の生涯が、拷問されて完成したということである。この男も流石に、拷問するものと拷問されるものから成りたっている世界をよけて生きることはできなかったのだ。(中略) あの大工の息子がこの地上でおくったのはとどのつまり、あのクロワ・ルッスの、女中と犬との姿勢、アデンの太陽の下で、私が岩かげに少年を押し倒したものと同じ世界であることを認めようとはしない。
(そうだろ、そうだろ)と、その基督像は私に囁いた。私は首をふった。基督は今私のもっともよろこびそうな部分から誘惑しかかってきているのだ。(その手にのるものか)と私は呻いた。

24　陣の、太い、つめたい石柱に、頬をあてて、私はいいようのない怒り、情けなさを感じた。それは彼等にたいしてというよりはこのマデニエやジャックの世界のなかで、ひとり生きている自分にたいしてであった……。

이 이야기에서 느껴지는 것은, "쟈크의 세계 속에서 외톨이로 살아가고 있는 자신"을 느끼는 '나'의 마음이다. 그 느낌 때문에 '나'는 "형언할 수 없는 분노, 비참함"을 느끼고 있다. 그 분노와 비참함은 도대체 어디에서 생겨나는 것일까? 그것은 '쟈크'와 '마리 테레즈'의 세계에 들어갈 수 없고, 그들의 세계로부터 소외된 채 그들을 바라보고 있는 자신에 대한 분노이다. 세 사람은 마찬가지로 못생겼고, 열등생이었다. 세 사람은 세상에서 뒤떨어지고 세상의 가치 기준으로부터 동떨어졌다는 점에서는 같았다. 그럼에도 불구하고 '쟈크'와 '마리 테레즈'는 신의 세계에 들어감으로써 구원받고 있는 데 반해, 자신은 그 세계로부터 이탈되어, 소외되고 있는 점에 대한 비참함과 분노이다.

엔도 문학 속에서 어머니와 그리스도교는 불가분의 관계에 있다. 그리스도교에 들어가지 않는 인물은 어머니에게 반항하고, 신에게 반항하는 인물로 설정되어 있다. 그리고, 『백색인』의 '나'는 엄격한 청교도인 어머니에게 반항하기 위해서 일부러 '신'을 거부했던 것이다. 그러나 '나'의 마음의 이면에는 '신'에게 반항하려 하면서도, 어쩔 수 없는 동경과 선망이 내재되어 있음을 알 수 있다. 그와 같은 동경과 선망이 있기에 '신의 세계'에 들어가 있는 '쟈크'와 '마리 테레즈'를 바라보면서 그 세계에 속하지 못하고 소외되어 있는 자신에게 "형언할 수 없는 분노, 비참함"을 느꼈던 것이리라.

'나'는 '쟈크'와 '마리 테레즈'의 배경에 존재하는 '그리스도교'에 반발하기 위해서 그들을 증오하고, 그 행위를 통해서 그리스도교에 대한 도전을 꾀했다. 그리고 그 세계를 부정하고, 그 세계로부터 도망치려 했다. 그런데 그런 '나'가 의식하지 않으면 안 되었던 것은 그들이 살아가는 '신의 세계'였다. 이 점에 대해서 가사이 아키후는

> 엔도가 "악마적인 것을 온전히 털어내 보인다는 것은, 그 내용을 끝까지 규명해 본다는 것이고 그 또한 인간 추구의 한 수단이다. 더불어 그것은 신에 이르는 하나의 방법일지도 모른다."라고 이야기하고 있는 점에는 충분히 주의할 필요가 있을 것이다. 신을 거부하고, 악의 세계에서 살아가는 『백색인』의 '나'도 그 마음속 깊이 신을 찾고 있다. 이 점을 무시하고는 『백색인』에 대한 올바른 이해는 힘들다.[25]

라고 논하고 있다.

그리고 항독 운동가로 체포된 '쟈크'를 고문하면서도, 한편으로는 "이상하게도 나는 '쟈크'가 절규하기를 기대하면서, 다른 한편으로는 견뎌, 견뎌, 하고 마음속으로 빌었다."라고 말하게 된다.

고도 가나메(高堂要)는 「엔도 슈사쿠의 약자弱者의 논리」 가운데서 다음과 같이 말하고 있다.

---

25   가사이 아키후, 「《백색인》─인간을 초월한 존재와의 상극의 극(《白い人》─人間を超えた存在との相剋の劇)」, 『엔도 슈사쿠론(遠藤周作論)』, 雙文出版社, 1987년 11월.

아키야마 슌(秋山駿)의 말을 빌리면, "우선 신과 반대되는 것을 찾아냄으로써 신을 찾고자 하"는 것은 아닐까? "신과 반대되는 것, 사디즘 - 인간의 파괴를 기뻐하는 것을 그리며", "신이 없는 인간의 비참함"을 표현하고 있다 (『현대 일본 그리스도교 문학 전집』 제14권 해설) "신 없는 비참함", 그리고 신의 존재를 일본인에게 사실적으로 묘사함으로써 "신의 존재를 모색하려고 하"는 것은 아닐까?[26]

고도 가나메는 아키야마 슌과 마찬가지로 "신 없는 인간의 비참함"을 언급하며, 이를 묘사함으로써 "신을 모색하려고 한다."라고 말하고 있다. 그러나 만일 '나'가 단순히 '신 없는 인간'이라면 어떻게 해서 '나'는 '신'을 발견할 수 있을까.

오히려, 주인공인 '나'가 신을 부정하고, 반역하고, 도전하려고 하는 그 갈등 속에 이미 '신'이 내재되어 있는 것은 아닐까. 어떤 대상을 부정하고, 그것에 반항한다는 행위는 그 대상에 대한 인식을 전제로 한다. 부정하고 반항하는 한은 그 대상에서 자유롭지 못하고 계속 그 존재를 의식하게 된다. 신에게 도전한다는 행위 속에는 '신'에 대한 의식이 전제되어 있다. 그것을 의식하고 있는 한, 신은 그에게 말을 건네고 있다. 때문에 '나'는 다음과 같이 말을 하게 된다.

---

26   고도 가나메, 「엔도 슈사쿠의 약자의 논리(遠藤周作における弱者の論理)」, 「國文學解釋と鑑賞」, 1975년 6월.

섭리라는 말이 있다. 인간이 예측하지 못하는 운명에 대한 그리스도

교의 사고방식이다. 역시 내가 고문자인 나치와 한패가 되어, 그 고문

의 장소에 쟈크와 마리 테레즈가 휘말려 든 것은 내가 생각했던 것이

아니다. 분명히 말하면, 나는 그 성 베르나르 성당에서 그들이 기도하

는 것을 목격한 저녁녘부터 이 두 사람의 운명과는 결별했다고 작정

하며 살고 있었다. 그들을 떨쳐버렸다고 생각하며 살아왔다. 그렇지

만 그들은 다시 나의 운명 속으로 날아들었던 것이다. 나의 의지를 초

월하여 누가 그렇게 했는지는 모른다. (중략)

이처럼 우리 세 사람을 핀셋으로 실험대에 올려놓은 인형처럼 내기

를 강요한 것은 내가 아니다. 결코 나는 아니다. 내가 아니라고 한다

면, 그것은…….[27]

"결코 나는 아니다. 내가 아니라고 한다면, 그것은……"이라는 독백

속에 '신'의 존재를 의식하고 있는 '나'가 그려졌다. 그 독백 속에 '신'

의 모습이 드러나 있는 것은 아닐까.

27   摂理という言葉がある。人間の不測の運命にたいする基督教の考えだ。なる
      ほど、私が、ナチの拷問者の一味に 加わり、その拷問の場所にジャックとマ
      リー・テレ－ズがまき込まれるということは、この私が考えたことではない。
      ハッキリ言えば、私はあの聖ベルナ－ルの教会で彼等が祈っているのを見た
      夕暮から、この二人の運命とは別れたつもりでいた。彼等を棄てた気でい
      た。けれども、奴等は、また、私の運命のなかで舞い戻ってきたのである。
      私の意志をこえて誰がそうしたのかは知らぬ。(中略) このように、私たち三人
      をピンセットで実験台におき人形のように賭を強いたのは私ではない。決し
      て私ではない。私でないとすれば、それは……

'나'는 일대일로 맞서 길고 긴 시간 '신'과 투쟁해 왔다. 그 투쟁의 자세는 그야말로 절박한 몸부림이었다. 그리고 그 투쟁을 통하여 '신'의 존재를 인정하지 않으면 안 되는 '나'의 고백이 탄생된 것이다.

7. 결론

사팔뜨기의 못생긴 자신과, 아버지에 대한 반항으로 청교도가 되어버린 어머니로부터 강요된 금욕주의로 말미암아 '나'는 사디스트가 되었다. '나'의 무신론도 그런 영향을 받아, 그리스도교를 부정하고 증오하게 되어, '쟈크'와 '마리 테레즈'를 고문하기에 이른다. '쟈크'와 '테레즈'를 고문한다는 것은 신에게 도전하는 것을 의미한다. 청교도인 어머니가 '나'에게 강요한 금욕주의 때문에 사디스트가 된 '나'는 어머니의 청교도주의에 대한 반항으로 구체적으로 '쟈크'와 '테레즈'를 증오하는 길을 선택했다.

그리고 자신이 자각한 악과, 그 반대편에 서 있는 '신'에 맞서 정면으로 투쟁하려 했다. 신과 투쟁의 구체적 방법으로 신학생인 '쟈크'와 '테레즈'를 고문한다.

이 일기는 프랑스인이면서 나치 비밀경찰의 편이 되어, 동포를 괴롭히는 길을 '나'에게 선택하게 한 그 무엇을 설명하기 위해 유년 시절까지 거슬러 올라 '나'의 무신론의 이유를 이야기하고 있다. 그리고 그 '나'는 동포에 대한 배신자로 설정되어 있다.

그러나 회상하는 동안 '나'는 '쟈크'와 '마리 테레즈'를 우연히 만남으로써 자신 안에 잠재해 있는 '신'을 발견하게 된다. 자신의 무신론을 설명하기 위해 유년 시절까지 거슬러 올라가 일기를 쓰고 있는 '나'는 언제부터인가 '신'을 인식하게 되었다. 그러므로 일기의 첫머리 부분처럼 일기를 쓰고 있는 현재의 시점으로 되돌아오지 않고, 회상의 시점인 채로 마무리한 것은 아닐까.

다시 말해, '나'가 일기를 쓰기 시작하는 최초의 의도는 아키야마 슌이 말하는, "신 없는 인간의 비참함"[28]을 묘사하기 위해서였는데, 써 나가는 사이에 가사이 아키후가 말하는 "신을 거부하고, 악의 세계에서 살아가는『백색인』의 '나'도 그 마음속 깊이 신이 자리하고 있"는 것을 깨달았기 때문에 현재의 시점으로 되돌아오지 않고, 회상의 시점인 채로 마무리한 것은 아닐까. 그 근본적인 이유는 '신의 부정'에서부터 '신의 긍정'으로 전환되었기 때문이다.

그런 의미에서 이 소설은 한 인간이 '신'과 격렬하게 투쟁하고, 그 투쟁을 통해서 긍정하지 않을 수 없는 신의 존재를 고백함과 더불어 악의 세계에서 살아가던 자신의 죄를 고백하는 소설이라고 말할 수 있을 것이다. '고백'한다는 것은 악의 세계에 머물러 있는 한 불가능하다. 과거를 회상하면서 자신의 죄를 고백한다는 것은 자신의 죄를 뉘우친 자이기에 가능한 행위일 것이다. 그렇다고 한다면, 이 소설이 회

---

28   아키야마 슌, 『현대 일본 그리스도교 문학 전집(現代日本キリスト教文學全集)』 제14권 해설, 敎文館, 1974년 5월.

상을 통해서 고백하는 형태로 구성되어 있다는 점은 자신의 죄를 고백하고, 용서의 성사聖事를 통해서 '신'의 세계로 들어가려 하는 의지의 표현이라고 할 수 있지 않을까.

따라서, 이 소설은 죄의 세계에서 살아가던 인간이 신과의 투쟁을 통과하며 새로운 세계로 다시 태어나려고 하는 의지의 발현으로, 새로운 삶이라는 의미에서의 '백색인'은 아닐까. 엔도는 그런 의미에서 이 소설의 제목을 『백색인』이라는 이중적 의미로 사용하지 않았을까.

제4장
『황색인黄色い人』에 투영된 '유다'
-『팡세』의 '슬픔에 잠긴 예수'로의 접근 -

1. 서론

『황색인』[1]은 『백색인』이 발표된 6개월 후인 1955년 「군조(群像)」 11 월 호에 발표되었다. 후에 『엔도 슈사쿠 문학 전집(遠藤周作文学全集)』 제 1권에 수록되었으며, 이 둘은 분리해서 생각할 수 없을 정도로 밀접한 연관성을 지니고 있는 작품이다. 엔도는 그 관련성에 대해 「감상—아 쿠타가와상 수상 소감」에서 다음과 같이 말하고 있다.

「백색인」을 쓴 후, 나는 이윽고 「황색인」을 쓸 의무감을 느낍니다. 신 이 존재하지 않는 세계에는 드라마가 존재하지 않는다는 것에 나의 고통이 있습니다. 이 고통을 신과 인간의 투쟁을 그린 서구 소설에 이 르기까지 이끌어 가는 것이 작가로서의 나의 꿈입니다.[2]

---

1   엔도 슈사쿠 『황색인』, 「群像」 1955년 11월 호. 본문의 인용은 『엔도 슈사쿠 문 학 전집(遠藤周作文学全集)』 제1권(新潮社, 1975년 6월)을 사용하였다.

2   「감상—아쿠타가와상 수상 소감」, 「문예춘추(文藝春秋)」, 1955년 9월.
    「白い人」を書いた後、私はやがて、「黄色い人」を書く義務を感じます。神のない世 界には、ドラマがないという苦しみがあります。この苦しみを、あの神と人間との闘 いを描いた歐州の小説までに對抗させることは、作家としての私の夢であります。

『백색인』이 발표된 6개월 후에 『황색인』이 발표되었다는 사실을 고려하면, 엔도가 『백색인』 집필 단계에서 이미 『황색인』의 구성을 염두에 두고 있었다고 보아도 좋을 것이다. 이 두 작품에 등장하는 주요 인물을 잠시 살펴본다면, 『백색인』이 서구라는 '신의 세계'에 살고 있는 '백색인'을 주인공으로 하고 있는데 반해서 『황색인』은 일본이라는 동양적 '신들의 세계'에 살고 있는 '황색인'을 주인공으로 하고 있다. 그리고 동시에 황색인의 세계에서 '신의 세계'를 믿고 있는 '백색인'을 등장시킴으로써 이 둘의 대립을 극대화시키고 있다. 이 구성에 대해 다케다 도모쥬(武田友壽)는 다음과 같이 말하고 있다.

> 엔도의 자작 연보(自作 年譜)에는 『황색인』에 대해 "첫 에세이 『神들과 神과』 이래 언제나 자신의 테마였던 소재를 소설에서 추구해 보고 싶었다."라고 쓰여 있는데, 이 엔도의 주석대로 『황색인』은 엔도의 비평 작품의 문제의식을 그대로 소설의 소재로 한 듯한 작품이었다.[3]

이와 같이 엔도의 초기 평론 「신들과 신과」 이후의 작품들은 하나의 작은 원이 연결되어 더욱 확장되어 가듯 동일한 테마로 일관되며

---

3   다케다 도모쥬, 「《황색인》의 주제」, 『엔도 슈사쿠의 세계』, 中央出版社, 1969년 10월.
     遠藤の自作年譜によれば『黄色い人』は、《處女エッセイ『神々と神と』以來、いつも自分のテーマであったものを小説で追求してみたかった》とあるが、この自注どおり、『黄色い人』は遠藤の批評作品における問題意識をそのまま小説の素材としたような作品であった。

확대되어 간다. 앞에서도 열거한 바대로 엔도 문학의 원점이 된 평론 「신들과 신과」는, 대학 시절 호리 다쓰오(堀辰雄)의 영향을 받으며 쓴 것으로, 다음과 같은 내용이 있다.

> 인간은 인간밖에 될 수 없는 고독한 존재 조건이 주어져 있습니다. 따라서 신도 아니고, 천사도 아닌, 그런 의미에서 신과 천사와 대립하는 것입니다. 끊임없이 신을 선택할 것인지, 거부할 것인지에 대한 자유가 있는 것입니다. 즉, 신과의 투쟁 없이 신의 품에 돌아간다는 것은 가톨릭시즘이 아닙니다. 가톨릭 신자는 끊임없이 투쟁하지 않으면 안 된다. 자기에 대해, 죄에 대해, 그를 죽음으로 이끄는 악마에 대해, 그리고 신에 대해.[4]

이 내용에는 "투쟁하지 않으면 안 된다. 자기에 대해, 죄에 대해, 그를 죽음으로 이끄는 악마에 대해, 그리고 신에 대해."라고 하는 신에 대해 매우 전투적인 자세가 그려져 있다. 또한, 이 평론에는 '신들의

---

4   「神々と神と」, 『遠藤周作文学全集』 제1권(新潮社, 1975년 6월.)
     「人間は人間しかなりえぬ孤独な存在条件を課せられております。したがっ
     て、神でもない、天使でもない、その意味で神や天使に対立しているわけで
     す。たえず神を選ぶか、拒絶するかの自由があるわけです。つまり、神との
     戦いなしには神の御手に還るという事は、カトリシズムではありません。」
     「カトリック者はたえず、戦わねばならない、自己にたいして、罪にたいし
     て、彼を死にみちびく悪魔にたいして、そして神にたいして。」
     이 인용문은 1947년 「四季」에 발표된 초출에는 없는 내용이나, 1957년 7월 유
     학에서 귀국한 후에 간행된 『가톨릭 작가의 문제』 제2장에 수록되어 있다. 다시
     말해, 유학 이전에 발표된 것에는 없는 내용을 유학 이후에 전면적으로 개정한
     것으로, 본문은 개정판에서 인용했다.

세계'와 '신의 세계'의 갈등이 표면화되어 있음과 동시에, 엔도가 작가로 출발할 당시의 神像이라 생각되는, 인간의 죄를 심판하는 무서운 '부성적 신'이 그려져 있다.

따라서, 일본의 종교적 특징이기도 한 '신들의 세계'로부터 그리스도교의 '신의 세계'로 들어가기 위해서는 '신들의 세계'와 투쟁하지 않으면 안 되는 것은 당연한 것이며, 일신론의 구조인 '신'과도 투쟁하지 않으면 안 된다는 구조를 띠고 있다.[5] 이 부성적 神像은 『백색인』에서도 같이 나타나 있다.[6]

그러나, 본론에서는 그러한 전투적이었던 신의 모습이 어떻게 변모해 가는지를 고찰하는데 목적이 있다. 엔도는 파스칼의 유고집인 『팡세』의 「슬픔에 잠긴 예수」를 인용하면서 '유다를 친구로 부르는' 예수를 접목시키는데, 이 작업을 계기로 그의 '神像'이 어떻게 변화해 가는지 고찰하고자 한다.

---

5   이평춘, 「遠藤周作の評論<神々と神と>論 ―<初出>と<改稿版>の分析として―」, 「日語日文學硏究」, 第47輯 韓國日本語日文學會, 2003년 11월.

6   이평춘, 「엔도 슈사쿠의《백색인》의 神 -도전과 반전을 통과하며-」, 『일본 문학 속의 기독교』, 한국일본기독교문학 연구총서 No.4, 제이엔씨, 2006년 9월.

2. 작품의 구성

『황색인』은 모두가 죽어가는 전쟁이라는 상황 속에서, 화자인 '나'가 현재 다카쓰키(高槻)의 수용소에 갇혀 있으며 자신에게 세례를 주었던 '브로우 신부' 앞으로 보내는 편지와, 지금은 성직을 떠났지만 이전에 신부였던 '듀란'의 일기로 구성되어 있다.

'나'의 편지는 '듀란'의 죽음을 알리고 있다. '나'가 편지를 쓰는 이유는 '듀란'이 죽기 전 자신의 일기를 이전의 동료이자 친구이며, 현재는 수용소에 갇혀 있는 '브로우 신부'에게 전해달라고 부탁했기 때문이다.

'듀란'이 자신의 일기를 '브로우 신부'에게 전해달라고 부탁한 이유는, 신부였던 자신의 삶과 자신의 과오를 고백하기 위해서이다. 여기에 등장하는 두 '백색인'은 '신의 세계'에 살고 있는 인물이고, 그중 한 사람인 '듀란'은 자신이 범한 죄로 인해 괴로워하며 갈등하는 인물로 설정되어 있다.

한편, 황색인인 일본인 '나'와 '이토코'와 '기미코'는 "신이 있든 없든 상관없다."라고 생각하며 어떤 일에 대해서도 무감동한 인물로 설정되어 있다.

'나'의 이름은 '치바'이고, 어린 시절 어머니에 의해 세례를 받게 되었는데, 성인이 된 현재는 교회에 다니고 있지 않다. '나'는 도쿄에 있는 대학 의학부에 적을 두고 있지만 지금은 결핵 때문에 휴학 중이다. '나'가 편지를 쓰고 있는 시점은 고향인 니가와(仁川)에서 요양하고 있는 시기로, 징용과 강제 노동을 피하기 위해 숙부의 병원에서 일을 돕고 있다. '나'는 사촌동생이자 친구의 약혼녀인 '이토코'와 불륜 관계를 맺으면서도 아무런 죄의식도 가책도 느끼지 못하는 인물이다.

'이토코'는 '사에키'라는 약혼자가 있으면서도 '치바'와의 육체관계를 지속한다. 약혼자가 공군에 입대해 전쟁터에 나가 있는데, 그의 친구이자 사촌인 '치바'를 거부할 수 없는 상태로 불륜에 빠지면서도 죄의 고통과 양심의 가책을 느끼지 않는 여자로 묘사되어 있다.

'기미코'는 폭풍우로 양친을 잃은 일본인 여자로, 폭풍우가 몰아친 날 사목 중이던 '듀란'에게 도움을 받는다. 그 후, 보따리 하나를 껴안고 '듀란'의 교회에 나타난 그녀는 임신한 몸으로 '듀란'의 동정심을 불러일으킨다. 그녀는 잔일을 도우며 교회에서 살게 되었는데 신자들의 반발을 사 교회로부터 떠나도록 명을 받는다. 그날 밤, '기미코'는 '듀란'과 육체관계를 맺게 되고 그로 인해 듀란 역시 교회를 떠나게 된다. 교회에서 파문된 '듀란'과 함께 살아가는 그녀는 슬픔도, 증오도, 다른 어떤 감정도 얼굴에 드러내지 않고 단지 무표정하게 살아가는 인물이다.

이 인물들은 '나'와 '이토코'와 '기미코'가 말하고 있듯이 "신이 있든 없든 상관없는" 황색인으로 설정되어 있다.

3. '나'와 '듀란'의 인물상

'나'가 '브로우 신부' 앞으로 보낸 편지 속에는 신을 믿고 있는 '백색인, 브로우 신부'와, '황색인'이며 "신이 있든 없든 상관없다."라고 생각하는 '나'의 차이가 잘 드러나 있다.

> 우리 황색인의 세계가 그 노인에게 이렇게 초조함과 선망을 불러일으킬 줄은 몰랐습니다. 하지만 자신의 피부색을 알았다고 해 아무런 책임도 만족도 느끼지 않습니다. 듀란 씨와 당신들 백색인은 인생에 비극과 희극을 만들어냅니다. 하지만 내게 극劇은 존재하지 않습니다. 그것은 오늘 새삼스레 시작된 것은 아닙니다. 이미 어린 마음에 당신을 속였던 유년 시절부터 그랬던 것입니다.[7]

'나'가 말하고 있는 이 내용을 통해서 알 수 있는 것은 '듀란'을 통해 느끼고 있는 '백색의 세계'와, 그 세계와는 상당히 거리를 두고 있는 자신의 '황색의 세계'와의 차이이다. 더구나 그는

---

[7]　엔도 슈사쿠, 『황색인(黄色い人)』, 『엔도 슈사쿠 문학 전집(遠藤周作文学全集)』 제1권 (新潮社, 1975년 6월).
이 책의 모든 인용문의 번역은 필자가 하였다.
ぼくら黄色人の世界があの老人にこれほどいらだちや羨望をひき起そうとは知らなかった。けれども自分の肌の色を知ったところでなんの責任も満足も感じないのです。デュランさんやあなたたち白人は人生に悲劇や喜劇を創れる。けれどもぼくには劇は存在しないのです。それは今日はじまったことではない。既に子供心にあなたをだましていた幼年のころからそうだったのでした。

황색인인 나에게는 거듭 말하지만, 당신들과 같은 죄의식과 허무감 같은 심각한 것, 대단한 것이 전혀 없습니다. 있는 것은 피곤함뿐, 심한 피로뿐. 나의 누런 피부색처럼 탁하고 습하고 무겁게 가라앉은 피로뿐입니다.[8]

라며 죄의식과 허무함 같은 것은 전혀 존재하지 않는다고 말하고, 동시에 '백색인'과의 차이를 크게 자각하고 있는 인물로 설정되어 있다. 그는

인간의 업業이라든가 죄라든가 하는 것은 당신네들 교회의 고백실에서 해결되듯이 그렇게 간단하게 매듭짓거나 분류하거나 할 수 있는 것은 아니지 않습니까? 그리고 내가 오늘 밤 이것을 쓴 동기를 당신네들 서구적인 사고방식으로 내가 회개하는 마음으로, 일종의 허무감에 지쳐, 그리고 인간의 비애로 말미암아 기도하지 않을 수 없었기 때문이라는 등으로 받아들이지 말아 주십시오.[9]

---

8   黄色人のぼくには、繰り返していいますがあなたたちのような罪の意識や虚無などのような深刻なもの、大袈裟なものは全くないのです。あるのは、疲れだけ、ふかい疲れだけ。ぼくの黄ばんだ肌の色のように濁り、湿り、おもく沈んだ疲労だけなのです。

9   人間の業とか罪とかはあなたたちの教会の告解室ですまされるように簡単にきめたり、分類したりできるものではないのではありませんか。そしてぼくが今夜これをしたためた動機を、白人流のお考えから、ぼくが罪の悔いの意味にかられ、一種の虚無感にうちまけ、そして人間のかなしさに祈らざるをえなくなったなどとおとりにならないで下さい。

라고 말하고 있다. '치바'는 자신이 편지를 쓰는 이유가 결코 '백색인' 의 '신'을 의식하고, "회개하는 마음으로, 일종의 허무감에 지쳐, 그리고 인간의 비애로 말미암아 기도하지 않을 수 없었기 때문"이 아니라고 분명히 못을 박고 있다.

그렇지 않다면, '치바'가 '브로우 신부'에게 편지를 보내는 이유는 어디에 있는 걸까. 그것은 자신에게는 존재하지 않는 죄의식의 고통이 '듀란'이라는 인물을 통해서 너무도 선명하게 드러나 있기 때문이다. '신'을 믿는 '듀란'은 '신' 때문에, 또한 '죄의식' 때문에 괴로워하며 죽었다. 그러나 자신은 죄의식 때문에 어떠한 두려움과 고통도 느끼지 못한 채 살아가고 있는데, 그 차이점을 말하기 위해서이다.

'듀란'은 신부로서 지켜야 할 독신의 순결이라는 계율을 파괴하고 정욕에 무릎 꿇고, 기미코를 여자로 받아들이게 되었다. '듀란'은 그일로 자책하며 괴로워했다. 자신의 과오가 신을 배신하는 행위라고 생각하여 자신을 자책했다. 그 고통으로부터 벗어나기 위해 권총을 들고 자살을 시도하려 한다. 즉, 죄책감에 자살을 기도하는 '듀란'은 줄곧 죄의식에 사로잡혀 있었던 셈이다. 더더욱 자신의 죄가 신을 배신하는 행위라고 확신하고 있었다.

그러나 '치바'는 약혼자가 있는 사촌 동생을 안으면서도 아무런 죄의식도 괴로움도 느끼지 않는다.

이토코를 범하고 있는 것이 사랑인지, 정욕인지 알 수 없었습니다. 죄의식도 공포도 없었습니다. 이대로 이토코를 안고 쇠약해져 죽어간다고 해도 어쩔 수 없다는 어두운 체념이 당신이 가르쳐준 그리스도교의 윤리보다 위에 있었습니다.[10]

라고 하듯 "그리스도교의 윤리"와 무관한 채 살아가고 있다. '치바'는 자신의 '무감각'과, 전쟁에서 죽어가는 타인의 죽음조차도 '무감동'하게 받아들이는 차갑게 굳은 자신의 마음을 '브로우 신부'에게 밝히고 있다.

그러나, '백색인'인 '듀란'은 '인간의 죄를 심판하는 신'을 믿고 있으며, 자신이 범한 죄 때문에 괴로워한다. 엔도는 이 '백색인'과 '황색인'을 동시에 등장시킴으로써 두 세계가 지니고 있는 대립을 극대화시키고 있다.

4. '백색인'과 '황색인'의 차이

이 소설에 나타나 있는 '백색인'과 '황색인'의 차이를 구체적으로 열거해 보면, '기미코'가 '듀란'에게 말하고 있는 다음과 같은 내용에서 엿볼 수 있다.

---

10 糸子を犯していることが愛なのか情欲なのかもわかりませんでした。罪意識も恐怖もなかった。このまま糸子をだき、衰弱して死んでいく、それで仕方がないのだという暗い諦めが貴方の教えてくれた基督教の論理より勝っていました。

왜, 하느님과 교회를 잊을 수 없나요? 잊으면 되잖아요. (중략) '나무아
미타불'이라고만 하면 용서해 주는 부처님 쪽이 얼마나 좋은지 모르
겠어요.[11]

'기미코'는 '듀란'에게 동양의 범신론적인 사고를 언급하고 있다.
그에 대해 '듀란'은 다음과 같이 생각한다.

그것은 신과 죄에 대해 무감동한 눈이고, 죽음에 대한 무감동한 눈이
었다. '기미코'가 이따금 외우는 그 '나무아미타불'은 우리의 기도와
같은 것이 아니라 무감각한 죄의식에 걸맞은 주문呪文이다.[12]

'듀란'이 말하고 있는 "우리의 기도"의 세계는 '유일신'의 세계를
의미하고 있다. 이 두 가지의 대립이 이 소설에서는 '백색인'과 '황색
인'으로 설정되어 있다.

그러나 일본인과 유럽인의 차이에 대해, 백색인인 '듀란' 또한 '브
로우 신부'에게 다음과 같이 말하고 있다.

---

11   なぜ、神さまのことや教会のことが忘れられへんの。忘れればええやないの。(中略)
      なんまいだといえばそれで許してくれる仏さまの方がどれほどいいか、わからへん。

12   それは神と罪とに無感動な眼であり、死にたいする無感動な眼だった。〈キミ
      コ〉が時々唱える、あの「なんまいだ」は私たちの祈りのようなものではなく罪
      の無感覚に都合のよい呪文なのだ。

그래. 나도 이전에는 그랬지만, 당신들 유럽인 신부로서는 이 일본인을 잘 이해하지 못하고 있는 것은 아닐까? 당신들은 교회의 오랜 전통이 있는 유럽과, 교회의 전통이란 아무것도 없었던 일본을 동일하게 생각하고 있는 것이 아닐까? 요컨대, 랑드 지방으로 신부를 파견하듯이 일본에 신부를 파견하면 된다고 생각하고 있는 것은 아닐까? 방법도 획일적이고, 공식적이지. 간단히 말해서, 극히 아주 평범한 일본인을 생각해 보게. 그가 천주天主를 필요로 할까? 그리스도라는 것을 실감할 수 있을까?[13]

'듀란'의 이러한 사고는 '브로우 신부'와의 사이에 괴리감을 낳았다. 같은 '백색인'임에도 불구하고 '듀란'이 이처럼 생각하는 것은 무슨 이유일까?

먼저 생각되는 것은, 일본에서의 오랜 생활을 통한 일본에 대한 이해를 들 수 있다. 일본 생활이 오래되면 오래될수록 일본인의 생활 감각에 익숙해져 버리고, 일본인의 환경에 적응해버리는 것이다. 그러므로 '듀란'은 자신이 '백색인'이면서도 일본의 생활에 익숙해진 결과로 일본에서의 경험이 짧은 '브로우 신부'에게 상기와 같이 말했을 것

---

13   そう。わしも昔そうだったが、あんた達ヨ-ロッパの司祭にはニホン人がよく呑みこめ
      ていないのではないかな。あんたたちは教会の長い伝統のあったヨ-ロッパと、この
      なにもなかったニホンとを同じように考えているのではないかね。つまり、ランド地方
      に神父を送るようにニホンにも神父を送る。そう考えているのじゃないかな。方法も
      画一的だし公式的だ。早い話が一人ごくあたり前のニホン人を考えてみなさい。彼
      が天主を必要とするのかな。基督というものが実感できるのかな。

이다.

그것을 가능하게 했던 것은 '기미코'라는 일본인 여성과의 공동생활이고, 그 생활이 '듀란'의 변화를 뒷받침하고 있다. 즉, '황색인'인 일본인 여성과 함께 살고 있는 그는 어느 사이엔가 '황색인'의 삶의 방식에 동화되었던 것이다.

때문에, 같은 '백색인'이면서도 '브로우 신부'와 다른 견해를 지니게 되었다. 그리고 두 사람의 대화는 다음과 같이 발전한다.

"자네의 神은 그 뿌리를 이 늪지의 나라, 피부 빛이 누런 인종에 내릴 수 있다고 생각하는가?"라고 묻고 있는 것이다.

> 자네의 신은 그 뿌리를 이 늪지의 나라, 피부 빛이 누런 인종에 내릴 수 있다고 생각하는가? 자네는 황색인이 기미코나 그 청년과 같은 눈을 지니고 있다는 점을 알아채지 못하고 있다. 그 무지란 자네가 그들의 죄에 물들지 않았다는 점, 하얀 손을 더럽히지 않았기 때문에 생긴 것이다. 그렇지만, 나는 '기미코'를 범함으로써 그들의 혼魂의 비밀을 알게 된 것이다…….[14]

---

14   お前の神はその根をこの湿った国、黄ばんだ人種のあいだにおろせると思っている
     のか。お前は黄色人がキミコやあの青年のような眼を持っていることに気がつかな
     いでいる。その無知とはお前が彼等の罪にそまらなかったこと、白い手をよごさな
     かったために生じたのだ。だが、私は〈キミコ〉を犯すことによって彼等の魂の秘密を
     さぐりあてたのだ……。

이 대목에서도 일본의 범신론과 그리스도교의 유일신의 대립이 언급되고 있다. 즉, 초기 평론 「신들과 신과」에서의 '신의 세계'와 '신들의 세계'의 문제를 구체적으로 소설의 주제로 사용하고 있는 것이다.

엔도는 초기의 평론 「신들과 신과」에서 호리 다쓰오가 동경해 왔던 '신들'의 세계에 공감하고 있었음을 논했다. 일본 야마토의 '마취목꽃(花ぁしび)'의 아름다움을 이야기하면서 "『마취목꽃』은 그분만의 것이 아니라 당신의 것이기도 하고, 우리의 것이기도 합니다. 그분이 눈뜨게 해 주신 그 핏줄, 그 신들의 세계에 대한 향수가 그렇게도 매력 있고 유혹적인 것은…… 우리 동양인이 신의 자식이 아니라 신들의 자식이기 때문이 아니겠습니까?"[15]라고 언급했다. 더욱이 엔도는 자신이 믿고 있는 '신의 세계'에 들어가기 위해서는 '신들의 세계'와 투쟁하는 것은 물론 일신교의 구조인 '신'과도 투쟁하지 않으면 안 된다고 말했다. 그리고 『백색인』에서는 '신'과의 투쟁을 통해서 '신'을 긍정하지 않을 수 없게 된 '나'의 자세를 그렸다.

---

15   「「花ぁしび」はあの方だけのものでなく、貴下のものでもあり僕達のものでもあるの
        です。あの方が目覚めさせて下さったあの血液、あの神々の世界への郷愁があれ
        程魅力があり誘惑的であったのは…… 僕達東洋人が神の子ではなく神々の子で
        ある故ではないでしょうか」
        이 내용은 「四季」 1947년 12월 호에 발표된 「신들과 신과」 초출에만 있는 내용
        으로 개정판에는 없으며, 초출은 학생인 엔도가 가톨릭 작가인 노무라 히데오
        에게 보내는 서간문 형식으로 쓰여졌다. 또한 게이오대학 학생 기숙사의 사감이
        었던 가톨릭 철학자 요시미쓰 요시히코의 소개로 알게 된 호리 다쓰오의 영향
        을 받게 되는데 이 시기, 엔도는 호리 다쓰오가 출간할 책 『마취목꽃(花ぁしび)』의
        교정 심부름을 하게 되었으며 그 내용을 「신들과 신과」에서 언급하고 있다. 따
        라서, 위에서 언급하고 있는 '그분'은 '호리 다쓰오'를 지칭하는 것이고 '당신'은
        '노무라 히데오'를 지칭하는 것이다.

그러나, 그것은 '백색인'의 세계에서만 가능한 것이다. 단지 '심한 피로'만 있고, 극劇과는 무관한 '황색인'의 세계에는 '신'과의 투쟁은 존재하지 않는다. 그 점을 전제로 '신들'의 범신론적 풍토에서 '신'은 뿌리를 내릴 수 있는가, 라는 문제가 제기되고 있다. 즉, "자네의 신은 그 뿌리를 이 늪지의 나라, 피부 빛이 누런 인종에 내릴 수 있다고 생각하는가?"라고 묻고 있는 것이다.

5. '듀란'의 죄의식

'듀란'은 교회로부터 파문을 당했지만, 매일 미사에 나가고 있다. 그러나 신자들이 꺼리기 때문에 몸을 숨기며 미사에 참여한다. '나'는 '브로우 신부'에게 그 상황에 대해 "신자들은 당신이 그 유다를 교회에 받아들이는 것을 뒤에서 비난하고 있었습니다."라고 서술함으로써 신자들의 눈에는 '듀란'이 유다로 비치고 있다는 점을 암시하고 있다.

일본인 여성 '기미코'와의 사건에서 과오를 범한 것이, 결국 신을 배신한 것이라고 생각하던 그는 그 죄의식에서 벗어나기 위해 자살을 꾀한다.

> 5년 전, 내가 유다처럼 자살하기 위해 입수한 이 물건을 잠시 쳐다보았다. 창에서 비스듬히 떨어지는 겨울 해 질 녘의 햇살을 받아 그것은 무겁고 희미하게 빛났다. 총구만이 노인의 멍한 눈처럼 움푹 패어 있

다. (중략) 손가락은 떨리고, 굽혀지지 않았다. 죽을 수 없었다.[16]

라고 말하고 있다. 죄책감이 '듀란'을 자살까지 몰고 갔지만, 결국 죽
을 수 없었다. 그렇지만 살아간다는 것 자체가 그에게 있어 죽음과 마
찬가지였다. 그럼에도 불구하고 '신'을 버릴 수 없는 '듀란'을 향하여
'기미코'는 무감동한 눈으로 다음과 같이 말한다.

왜, 하느님과 교회를 잊을 수 없나요? 잊으면 되잖아요. 당신은 교회
를 버렸잖아요. 그러면서 왜 언제까지 그 일에만 마음을 쓸 건가요?
'나무아미타불'이라고만 하면 용서해 주는 부처님 쪽이 얼마나 좋은
지 모르겠어요.[17]

'기미코'의 "'나무아미타불'이라고만 하면 용서해 주는 부처님 쪽이
얼마나 좋은지 모르겠"다라는 말은 자연 만물과 인간 사이에 어떤 거
리도 존재하지 않는, "인간은 저항도 반역도 필요 없이 곧 신과 일치

---

16   五年前、私がユダのように自殺するために手に入れたこの物体を、しばらく
      の間みつめていた。窓から斜めにおちる冬の夕暮の光に、それは重げに、に
      ぶく光っていた。銃口がそこだけ、老人のうつろな、くぼんだ眼のように凹
      んでいる。(中略) 指は震え、まがらなかった。死ねなかった。

17   なぜ、神さまのことや教会のことが忘れられへんの。忘れればええやない
      の。あんたは教会を捨てはったんでしょう。ならどうしていつまでもその事
      ばかり気にかかりますの。なんまいだといえばそれで許してくれる仏さまの
      方がどれほどいいか、わからへん。

하는(人は反逆と抵抗もなく神に一致する)"[18] 동양의 범신론적인 세계이다. '기미코'의 이 말은 죄의식으로 괴로워하는 '듀란'에게 달콤한 유혹으로 들렸다.

요약하면, '듀란'이 믿고 있는 "가톨릭 신자는 끊임없이 투쟁하지 않으면 안 된다. 자기에 대해, 죄에 대해, 그를 죽음으로 이끄는 악마에 대해, 그리고 신에 대해"[19]라는 '신의 세계'를 부정하면 된다고 하는 유혹이었다. 그때 '듀란'은 이제까지의 자신의 삶의 방식에 대해 깨닫게 되었다.

> 신을 배반하고, 교회를 버린 8년 동안, 나는 악몽처럼 신의 징벌에 시달리며 고통을 당해 왔다. 나는 자신을 파문한 교회를 증오하고, 그것을 부정하려 했지만, 한순간도 신을 잊을 수는 없었다. (중략) 하지만 과연 그 신을 잊는다면, 그것으로부터 해방된다면, 더 이상 형벌에 대한 전율도 죽음에 대한 공포도 없어진다는 점을 알아차리지 못했던 것이다. (중략)
>
> 오늘부터 나는 구원을 받을지도 모른다. 하지만 그것은 내가 성장한 백색인의 관념과는 전혀 상반된 이방인의 방식에 의해서이다. 그 초점과 생기 없는 눈으로 서서히 신을 잊어 가고 죄를 지으면, 이윽고

---

18   「人は容易に直接的に、反逆と抵抗もなく神に一致する」
      엔도 슈사쿠, 「호리 다쓰오論覺書─마취목꽃론─범신론의 세계(花あしび論─汎神論の世界)」, 「高原」, 1948년 10월.

19   엔도 슈사쿠, 「신들과 신과」,『가톨릭 작가의 문제』, 早川書房, 1954년 7월.

죽음에 대해서도 죄에 대해서도 무감각해진다는 것을 나는 새삼스럽게 알게 되었다…….[20]

'듀란'은 이제까지 자신을 괴롭혔던 것이 무엇인지 알게 되었다. 지금까지 자신을 괴롭혔던 것은 죄의식과, 자신의 죄에 대한 신의 형벌이었다. 거기에서 벗어나기 위해 '신'을 잊고, '신'에게서 벗어나, 자신의 죄에 무감각해질 수 있다면 구원의 길이 열릴지도 모른다고 생각하기 시작했다.

그러나, 그럼에도 불구하고 '듀란'은 죄에 무감각해질 수 있는 구원이 자신에게는 존재하지 않는다는 것을 알고 있었다. "신을 서서히 잊고, 거듭 죄를 짓게 되면, 이윽고 죽음에 대해서도 죄의식에 대해서도 무감각하게 될"지도 모른다는 생각을 한다 해도, 자신의 고통은 바뀌지 않았다. 그렇게 생각해도 한순간도 신을 잊을 수는 없었다. 그러기에 자신의 일기를 '브로우 신부'에게 전달함으로써 자신의 죄를 고백하는 길을 선택하게 된다.

---

20   神を裏切り、教会を捨てた八年間、私は全く神の刑罰に悪夢のように追いかけられ、さいなまれてきた。私は自分を破門した教会を憎み、それを否定しようと試みたが瞬時も神を忘れることはできなかった。(中略)だが成程、その神を忘れれば、それから解放されれば、もはや刑罰へのおののきも死への恐怖も全くなくなるということに気がつかなかったのだ。(中略) 今日から私は救われるかもしれない。だがそれは私が育った白人の観念とは全く相反した異邦人の方法によってである。あのにぶい情熱のない眼を持ち神を次第に忘れ罪を幾重にも重ねれば、やがて死にも罪にも無感動になることを私ははじめてのように気がついた……。

6. 엔도에게 있어서 '유다를 친구라 불러주시다'의 의미

'듀란'은 5년 전, 죄의식에 시달린 나머지 자살을 시도했으며 그때 입수한 권총을 계속 소지하고 있었는데, 그 권총이 형사에게 발견될 것을 두려워하고 있었다. 여러 차례 형사가 자신의 주변을 서성거리는 것을 알게 된 그는 그 권총을 처분하지 않으면 위험한 사태에 직면한다는 것을 알아차렸다. 당황한 그는 '브로우 신부'의 처소에 그 권총을 몰래 숨기려 했다. '브로우 신부'는 8년 동안의 생활을 돌보아준 은인이기도 하고, 유일하게 자신의 협력자임에도 불구하고 그에게 자신의 죄를 씌우려 했다. '듀란'은 '유다'처럼 '브로우 신부'를 배신했다.

> 나는 기미코의 몸을 흔들면서 소리쳤다. "왜, 잠자코 있습니까? 나는 브로우를 배신했어요. 8년간 은혜를 베풀어 준 사람을 유다처럼 팔았습니다. 미워하세요. 왜 나를 그런 눈으로 쳐다봅니까?" 큰 소리로 나는 웃었다. 웃으면서 자신의 얼굴이 거울에 비치고 있는 것을 느꼈다.[21]

브로우를 배신한 '듀란'은 또 한 번 유다가 되었다. 그는 자신이 '유다'라는 것을 인식하고 있었으며 브로우를 배신하면서도 두려워하고 있었다. '듀란'이 두려워하고 있던 것은 '신의 존재'였다.

21　私は〈キミコ〉をゆさぶりながら叫んだ。「なぜ、黙ってます。わたしはブロウを裏切った。八年間の恵みをかけてくれた男をユダのように売りました。なぜ、わたしをその眼でみますか」大声をあげて嗤った。嗤いながら鏡台にうつっている自分の顔に気がついた。

주여, 이젠 당신을 알 수가 없습니다. 나는 이제야말로 그 최후 만찬의 날 당신이 유다에게 "네가 할 일을 어서 하여라."라고 물리치신 냉혹한 표정을 확실히 읽을 수 있을 듯합니다. 만일 유다도 당신의 제자였다고 한다면, 그리고 그 구원을 위해서 당신이 십자가를 지고, 채찍질 당하며 죽어야 했던 그 인간들 중 하나였다고 한다면, 당신은 왜 그를 버렸습니까?[22]

자신이 '유다'라고 자각하고 있는 '듀란'은 유다를 버린 '예수'에게 항의하고 있다. "만일 유다도 당신의 제자였다고 한다면, 그리고 그 구원을 위해서 당신이 십자가를 지고, 채찍질 당하며 죽어야 했던 그 인간들 중 하나였다고 한다면, 당신은 왜 그를 버렸습니까?"라는 의문을 제시하고 있다.

그러나, 이것은 '듀란'의 의문일 뿐만 아니라, 엔도 자신의 의문이기도 했다. 엔도는 이와 유사한 의문을 「유다와 소설」 가운데서 다음과 같이 말하고 있다.

22　主よ。もうあなたがわからなくなった。今こそ私には、あなたがあの最後の晩餐の日、ユダに「往きて汝の好むことをなせ」と追われた時の冷酷な表情をはっきりとめるような気がする。ユダも、もし、あなたの弟子であったならば、そしてまた、その救いのためにあなたが十字架を背おい、鞭うたれ、死なねばならなかった人間の一人であったならば、あなたはなぜ、彼を見捨てられたのだろう。

유다는 성서 속에서 가장 기괴하고 어두운 인물이다. 그것은 유다의
심리가 수수께끼 같아서 그 자신조차 잘 모를 뿐만 아니라 그에 대한
그리스도의 심리 또한 수수께끼이기 때문이다. 그리고 그와 그리스도
의 관계가 수수께끼면 일수록 그 인물은 우리의 여러 가지 상념을 자
극하는데, 그 이해하기 힘든 인물을 주인공으로 다룬 서구의 소설을
나는 아직 읽은 적이 없다.[23]

「유다와 소설」은 1962년 「風景」에 발표된 수필이다. 이 수필에서
엔도는 "유다의 심리보다도 더욱 중요한 것은 그리스도의 유다에 대
한 심리이다. 그는 유다를 증오했을까? 사랑했을까?"라는 "그리스도
의 유다에 대한 심리"의 중요성에 대해 언급하고 있다.

그 '유다'의 문제를 안고 있던 엔도는 '듀란'으로 하여금 다음과 같
이 말하게 한다.

"유다, 나는 네게도 구원의 손길을 내리고 있다. 용서받지 못할 죄란
나에게는 없다. 왜냐면 나는 무한한 사랑이기 때문이다."라고 당신은
말하지 않았습니다. 성서에는 단지 이 두려운 당신의 말만이 쓰여 있

---

23 엔도 슈사쿠, 「유다와 소설」, 「風景」, 1962년 12월. 『엔도 슈사쿠 문학 전집』 제
10권, 1975년 10월.
ユダは聖書のなかで最も奇怪な暗黒的な人物である。それはユダ自身の心理
が謎めいているだけではなく彼にたいする基督の心理も更に謎めいているか
らだ。そして彼と基督との関係が謎めいていればいるほどこの人物は我のさ
まざまな想念を疼かせるが、この理解困難な人物を主人公に扱った西欧の小
説を私は未だ読んだことがない。

을 뿐입니다.

"차라리 세상에 태어나지 않았더라면 더 좋을 뻔했다."

태어나지 않았더라면. 유다와 더불어 나는 마음속 깊이 그 말을 되새

긴다. 그리고 다시 태어나는 것이 불가능한 지금, 신은 내가 자살하는

것마저 용납하지 않는다……[24]

이 말에는 용서받지 못한다는 절망을 경험한 인간이 마지막 선택으

로 자살을 시도하려고 하는 것과, 한편 괴로움으로부터 일어서려고 하

는 기대가 내재되어 있다. 즉, 엔도가 바라고 있는 "나는 네게도 구원

의 손길을 내리고 있다. 용서받지 못할 죄란 나에게는 없다. 왜냐면 나

는 무한한 사랑이기 때문이다."라는, 인간의 죄를 용서하는 예수에 대

한 기대가 잠재되어 있다. 그리고 유다이기 때문에 더욱더 용서가 필

요한 인간의 바람이 내재되어 있는 것은 아닐까.

『황색인』을 집필할 당시 엔도가 추구한 예수像은 '유다이기에 용서

하는' 예수가 아니었을까. 그렇기 때문에 '듀란'이 죄를 범하는 현장,

즉 권총을 감추기 위해 브로우의 서재에 잠입했을 때 책상에 펼쳐져

---

24   「ユダ、私はお前のためにも手をさしのべている。すべて許されぬ罪とは、私
      にはないのだから。なぜなら、私は無限の愛なのだから」あなたは決してそう
      言わなかった。聖書にはただ、怖ろしいこのあなたの言葉がしるされてある
      だけなのです。
      「生れざりしならば、寧ろ彼に取りて善かりしものを」
      生れざりしならば。ユダとともに私は、心底からそれを思う。そしてふたた
      び生れることが不可能な今、私が自殺することさえ、神は許さない……。

있던 『팡세』의 「슬픔에 잠긴 예수」[25]를 그의 눈을 통해서 읽게끔 설정하지는 않을까. 브로우 신부 책상에 펼쳐져 있던 『팡세』의 「슬픔에 잠긴 예수」에는 다음과 같은 내용이 적혀 있었다.

(그리스도는 유다의 마음속에서 적의를 보지 않고, 자신이 사랑하는 신의 명령을 보고, 그것을 말씀하신다. 왜냐하면, 유다를 친구라고 부르기 위해서이다.)

(예수는 세상 끝날 때까지 괴로워해 주실 것이다. 그때 우리는 잠들어 있어서는 안 된다.)

---

25   (基督はユダのうちに敵意を見ず、自分の愛する神の命令を見、それを言いあらわし給う。なぜなら、ユダを友と呼び給うからである)(イエズスは世の終りまで苦悶し給うであろう。その間我は眠ってはならぬ)
파스칼의 『팡세』에는 여러 판本이 있다. 초판은 파스칼의 사후 남겨진 초고를 유족들이 베낀 제1사본과 제2사본을 토대로 한 볼 로얄版이고, 파스칼 사후 7년이 경과한 1670년에 발간되었다. 당시의 상황 때문에, 이 초판에는 예수회를 비판하는 내용과 얀세니즘을 옹호하는 문장은 제외될 수밖에 없었다. 그 후 1776년에 초판에서 제외된 문장의 단편을 보충하여 발간한 것이 Condrcet판이다.
1844년, 그때까지의 제판諸版은 제외되거나 가필된 내용이 있기 때문에 새로 파스칼의 초고草稿에 충실한 판을 작성해야 한다는 점이 프랑스 학술원에서 제의提議되고, 그로 인해 1844년 Fangère판이 발간되었다.
그 후 1897년에 Brunschvicg판이 발간되었는데, 이 판은 일반 독자가 보다 쉽게 이해하도록 편집되었기 때문에 가장 많이 읽히는 판이라고 한다. 또한 그 후에도 여러 판이 편집되어 있다.
그렇지만, 엔도 슈사쿠가 『황색인』에서 인용하고 있는 「슬픔에 잠긴 예수」는 제2 사본에서는 삭제된 부분인데, 엔도가 어느 판을 토대로 하고 있는가는 기록에 없다. 더불어, Brunschvicg판에는 553절에 해당한다.

『팡세』는 파스칼의 유고집으로서, 그리스도교 옹호론의 단편으로 구성된 미완성본이다. 엔도가 『팡세』의 「슬픔에 잠긴 예수」의 내용을 자신의 소설 속에서 인용한 것은 '유다를 친구로 부르는 예수像'을 추구했기 때문일 것이다. 그리고 엔도는 그 '예수像'을 자신의 문학 세계에 도입하기 시작한다. 따라서, 엔도 문학에 있어서의 예수像은 이즈음부터 구체적으로 형상화되어 간다고 볼 수 있다.

7. 결론

『황색인』의 고찰을 통해 알 수 있었던 것은, 이 작품을 집필할 당시 엔도에게는 인간의 죄를 심판하는 신이 아니라, 그 죄인을 용서하는 '신'을 형상화시키려 했다는 것에 있다. 따라서 '유다를 친구라 부르는 예수'를 인용함으로써 '유다를 용서하는 예수'를 도입하고, 나아가 인간의 죄를 용서하는 '신'을 나타내려 했던 것이다. 그것이 "그리스도는 유다의 마음속에서 적의를 보지 않고, 자신이 사랑하는 신의 명령을 보고, 그것을 말씀하신다. 왜냐하면, 유다를 친구라고 부르기 위해서이다."로 나타나게 된다.

'듀란'은 자신이 숨긴 권총을 '브로우 신부'가 소유하고 있다고 거짓 밀고의 편지를 보낸다. 그 밀고에 의해 '브로우 신부'는 체포된다. 그러나 '브로우 신부'는 '듀란'이 자신을 배신했다는 것을 알면서도

"안심하세요. 그리고 모든 걸 잊으세요."

"역시 가톨릭시즘은 가나의 기적이에요, 피에르. 당신을 자살로 내몰 았던 것은 이제부터 영원히 사라질 것입니다."[26]

라고 '듀란'의 죄를 묻지 않고 용서의 말을 남기며, 그를 대신하여 다카쓰키의 수용소로 후송된다.

결국, 이처럼 '유다를 용서하는 예수像'은 '브로우 신부'의 용서의 말을 통해 실현된다. 이 시도는 엔도 문학에 있어 커다란 전환점이 되었다. 왜냐하면, 이 '유다를 용서하는 예수'를 통해서 엔도의 '예수像' 이 이후 서서히 나타나기 시작하기 때문이다.

엔도는 이 작품을 시작으로 점점 '용서의 예수'로 접근해 가게 된다. 그리고 그 예수像을 '나의 예수'로 확장해 가면서, 자신의 문학 세계의 틀을 만들어 가게 된다. 또한, 그 시도를 통하여 인간의 죄를 심판하는 '부성적 신'을 중심으로 하는 "아버지의 종교"로부터 서서히 죄를 용서하고 나아가 받아들이는 "어머니의 종교"로 접근하게 된다.

---

26   「安心しなさい。そして、すべてを忘れなさい」
      「やっぱりカトリシスムはカナの奇跡ですよ、ピエール。あなたを自殺におい
      やろうとしたものは今日から永遠に消えるでしょう」

제5장
『침묵沈默』
– 일본적 토양 안에서의 '음성' –

1. 서론

『침묵』은 1966년 3월, 신초샤(新潮社)에서 「순문학 특별 작품 단행본」으로 간행되었고 후에 『신초 일본문학 엔도 슈사쿠(新潮日本文学遠藤周作)』[1]와 『현대문학 엔도 슈사쿠집(現代文学遠藤周作集)』[2], 『엔도 슈사쿠 문학 전집(遠藤周作文学全集)』제6권[3]에 수록되었다.

개요는 다음과 같다. 가톨릭교회의 총본부인 로마 교회에 한 통의 보고가 들어왔다. 포르투갈의 예수회에서 일본에 파견한 크리스트반 페레이라 신부가 나가사키(長崎)에서 '구덩이 매달기' 고문[4]을 받고 배교를 했다는 내용이었다. 그 진상을 확인하기 위해 일본으로 파견된, 주인

---

1   『新潮日本文学遠藤周作』, 新潮社, 1969년 2월.

2   『現代文学遠藤周作集』, 講談社, 1971년 9월.

3   『遠藤周作文学全集』, 新潮社, 1975년 2월.

4   에도 막부가 그리스도교 신자들을 배교시키기 위해 가한 고문의 한 형태로 손발을 묶어 구덩이에 거꾸로 매달아 귀에 뚫린 구멍으로 피가 한 방울씩 떨어져 죽음에 이르게 한 고문이었다.

공 세바스챤 로드리고도 같은 과정을 거쳐 '후미에踏絵'[5]를 밟게 된다.

이 소설은 순교와 배교 사이에서 고민하는 인간의 나약함과 동시에 인간의 고통 앞에 침묵하는 신 사이에서 고뇌하던 로드리고가 후미에를 밟게 되는 과정을 그린 소설인데, 후미에를 선택하게 된 그 선택의 배경에는 일본의 기리시탄(キリシタン)[6] 탄압 역사와 유일신이 뿌리내릴 수 없는 일본의 정신 풍토가 자리하고 있다.

『침묵』은 1549년에 프란치스코 하비에르(Francisco Xavier)[7]가 규슈에 상륙한 이후의 '기리시탄 시대'를 배경으로 한 작품이므로 그 시대 상황의 고찰을 요구하는 작품이다.[8]

---

5   배교를 시키기 위한 방법으로 성화聖畵를 밟게 하였다. 이를 후미에(踏絵)라고 칭했으며, 성화를 밟은 자는 목숨을 건질 수 있었고, 밟지 않은 자는 순교하였다.

6   일본은 1549년 프란치스코 하비에르(Francisco Xavier)에 의하여 처음으로 그리스도교를 접하게 되었으며 짧은 기간 안에 많은 신자를 확보하게 되었다. 그러나 에도 막부(1603~1867)에 의해 금교령이 내려지고, 도쿠가와(德川)는 본격적으로 그리스도교 탄압을 하게 되는데 이 시기에 숨어서 신앙을 지킨 신자들을 일컫는다.

7   예수회의 창립자 7인 중 한 사람으로, 인도 및 동인도 제도에서 눈에 띄게 포교 활동을 한 인물이다.

8   일본이 서양과 처음으로 접촉한 것은 1543년 중국으로 향하던 포르투갈 무역선이 태풍 때문에 항로를 벗어나 규슈(九州) 남쪽 섬에 표류한 때부터이다. 그때부터 일본과 서양의 교역과 그리스도교의 선교 활동이 시작되었다.
1549년에는 프란치스코 하비에르가 예수회 회원 2명, 남아시아에서 개종한 일본인 3명을 동반하고 규슈에 상륙했다. 3년 후 규슈를 떠날 때 신자는 약 3천 명에 이르렀다. 그 후 40년도 채 안 되는 사이에 신자의 숫자는 15만에서 40만으로 늘어났다. 이와 같이 그리스도교가 급속히 보급된 배경에는 일본인이 해외와의 교역을 바랐다는 점과, 여러 영주領主들이 막강한 정치 권력을 지닌 불교도와 싸우기 위해 원군을 필요로 했다는 점, 영주나 무사가 군인과 같은 성격을 지닌 예수회 수사들에게서 삶의 방식의 유사성을 발견했다는 점 등이 있다. 그러나 곧 이런 요인은 부정되어 버린다. 포르투갈에 이어서 스페인인, 네덜란드인, 영국인이 일본으로 밀려들게 되자, 국가 통일을 기하려 하는 사람들에게는 선두를 다투는 스페인·포르투갈 사람들의 영향력이 일종의 장해로 보이기 시작했다.

엔도는 『침묵』을 구상하게 된 동기와 시기에 관해 「후기」에서 다음과 같이 이야기한다.

수년 전, 나가사키에서 본 낡은 하나의 후미에에(踏絵)-거기에는 검은 발가락 흔적이 남겨져 있었는데 오랫동안 마음속에서 지워지지 않고, 그것을 밟은 자의 모습이 입원 중 나의 마음을 움직이기 시작했다. 그리고 작년 1월부터 이 소설을 쓰기 시작했다.[9]

엔도는 후미에를 밟음으로써 배교를 해야 했던 수많은 "검은 발가락의 흔적"을 아픔으로 인식하게 되었고, 그 아픔의 뿌리가 입원하고 있는 동안 소설의 소재로 육화되었다.

1587년에는 예수회 수사들에게 출국 명령이 내려지는데, 이를 따르는 자는 거의 없었다. 1596년, 난파한 스페인 선박 선원의 오만한 태도가 발단이 되어 일본에 있어서의 기리시탄 박해가 시작된다. 2세기 반에 이르는 도쿠가와 시대의 중앙집권적인 봉건 체제가 시작되자 그리스도교 탄압은 본격적으로 진행되었다. 1614년의 포고는 모든 일본인이 어느 종파에 입문하건 불교 신도가 되어야 한다고 정했다.
1617년, 최초로 외국인 신부가 처형되었다. 그로부터 20년 후, 나가사키 동쪽에 위치한 시마바라(島原) 반도에서 기리시탄의 반란이 일어나지만 진압되고, 그에 참여했던 남녀노소는 참살당하게 된다. 그 이후 포르투갈인과의 접촉은 국가의 법으로 금지되고, 관계 재개를 위해 마카오에서 사절단이 방문했을 때도 그 대부분이 처형되었다. 일본 국내에 남아 있던 기리시탄은 점차 색출당하고, 고문에 의해 배교를 강요당하거나 혹은 살해되었다. 엔도의 『침묵(沈默)』은 이러한 시대를 배경으로 한 소설이다.

9   數年前、長崎で見た摩滅した一つの踏絵-そこには黒い足指の痕も殘っていた-が、ながい間、心から離れず、それを踏んだ者の姿が入院中、私のなかで生きはじめていた。そして昨年一月からこの小説にとりかかった。

본 제5장은 "검은 발가락의 흔적"을 남긴 이들에게 수없이 던져졌을 '신의 침묵'이, 기리시탄이란 시대적 상황과 일본적 토양 안에서 어떻게 깨어질 수밖에 없었는지를 규명한다.

2. 작품의 구성

이 소설[10]은 머리말, 서간, 화자의 문장, 일기 등으로 구성되어 있다. 머리말에서는 주교였던 페레이라가 일본에서 배교를 했다는 보고가 로마 교회에 전해진다. 그것은 믿을 수 없는 의외의 사건이었다. 로마 교회로서는, 설령 어떤 고문을 받았다 하더라도 주교가 신과 교회를 버리고 이교도에게 굴복했다는 것은 생각할 수도 없는 일이었다. 그 사실을 확인하기 위해 제자였던 로드리고 신부 일행이 일본으로 건너갈 결심을 하고 배를 타 마카오에 당도한다. 마카오에서 새로운 정보를 얻은 그들은 페레이라에 관한 소문도 듣고, 그를 배교하게 한 이노우에 치쿠고노카미(井上築後守)에 대한 소문도 들었다. 마카오에서 만난 발리냐노로부터 일본에 관한 정보를 얻지만, 그는 일본으로 건너가는 것을 반대한다. 그러나 세바스챤 로드리고 일행은 일본으로 건너갈 계획을 포기하지 않고 실행에 옮긴다.

제1장부터는 로드리고의 서간문 형식으로 되어 있고, 마카오에서

---

10   엔도 슈사쿠, 『침묵(沈黙)』, 新潮社, 1966년 3월. 이곳에서의 모든 인용은 『엔도 슈사쿠 문학 전집』 제6권(新潮社, 1975년 2월)을 사용하였다.

일본으로 밀항하는 과정과 만난 사람들, 일본에 도착한 이후의 생활, 은밀히 숨어 지내는 기리시탄과의 만남과 숨어 지내면서도 신앙을 버리지 않고 있는 그들에게 미사와 고백성사 등의 성무를 행하는 일들이 자세히 보고되어 있다. 그러나 기치지로에 의해 배신당한 후 감옥에 갇히고 나서부터 이 서간은 중단된다.

제5장부터는 서간문 형식이 사라지고, 감옥에 갇히고 나서부터 로드리고가 실제로 경험하는 모든 과정이 화자에 의해 기술되고 있다. 즉, 제4장까지는 로드리고가 일본에서 쓴 서간이기 때문에 주어가 '나'로 되어 있지만, 제5장부터는 서간 형식을 취하지 않음과 동시에 주어가 '그'와 '신부'로 되어 있다. 그렇지만, 로드리고의 내면을 언급할 때는 일인칭인 '나', '자신'이라고 표현하고 있다.

그리고 제10장까지가 기리시탄 시대를 배경으로 한 일본인 신자들이 직면한 고통과 후미에를 밟기까지의 로드리고의 갈등과 고뇌에 대한 이야기이다.

제11장에서는 후미에를 밟은 후의 로드리고가 자신의 나라로 돌아가지 못하고, 일본에 머물 수밖에 없는 비참한 상황이 묘사되어 있다. 더불어 '나가사키(長崎) 데시마(出島) 네덜란드 상관원商館員 요나센의 일기에서'를 통해 일본의 상황 및 로드리고와 페레이라의 활동을 객관적인 시각에서 그리고 있으며, 나아가 마지막 부분인 '기리시탄 격리지 관헌의 일기'를 첨부시킴으로써 기리시탄 시대를 사실 그대로 뒷받침하는 자료로 제공하고 있다.

3. 신부들의 갈등 양상

갈등 국면을 자세히 살펴본다면 다음과 같다. 제1장부터 4장까지는 신부들이 일본으로 건너간 이후에 부딪히는 여러 문제와 그로 인한 갈등이 묘사되어 있다. 그들은 숨어 지내지 않으면 안 되었다. 그것은 일본인 신자도 마찬가지였다. 격심한 탄압 속에서 신앙을 지키며 순교하는 신자도 있지만, 신의 존재를 의심하며 배교하는 사람도 있었다. 작품 속에서 기치지로는 약자의 대표자로 묘사되어 있는데, 그 모습은 결국 로드리고의 모습이기도 하다. 『침묵』 속에서 기치지로는 다음과 같이 말한다.

> 이 세상에는 말이죠, 나약한 자와 강한 자가 있어요. (중략) 후미에를 밟은 자는 밟은 자로서 할 말이 있죠. 후미에를 밟은 내 마음이 기뻤으리라 생각하나요? 밟은 이 발은 아파요. 아프단 말이오.
> 하느님은 나를 약한 인간으로 태어나게 해 놓고서 강한 자의 흉내를 내라고 강요하시는데 그건 억지가 아닌가요?[11]

---

11   この世にはなあ、弱い者と力者のござります。(中略) 踏絵ば踏んだ者には、踏んだ者の言い分があっと。踏絵をば俺が悦んで踏んだとでも思っとっとか。踏んだこの足は痛か。痛かよォ。俺を弱力者に生まれさせておきながら、力者の真似ばせろとデウスさまは仰せ出される。それは無理無法と言うもんじゃい。

엔도가 『침묵』의 집필을 마치고 출판사에 원고를 넘길 때의 제목은 '침묵'이 아니었다. 퇴고 당시의 제목은 '양지의 향기(日向の匂い, 히나타노 니오이)'였다. 그것이 출판 과정에서 출판사의 권유로 『침묵』으로 확정 되어 출간되었으며 오늘까지 『침묵』은 엔도의 대표작으로 남아 있다. '침묵'이라는 제목에 의해 독자들은 『침묵』의 주제를 '신의 침묵'으로 해석하게 되었다. 그것은 독자의 몫이자 평론가의 몫이었다.

그러나 집필 당시 엔도가 선택했던 '양지의 향기'라는 제목에는, 신 앙을 지킬 수 있었던 강자들의 입장만이 아니라 배교자가 된 그들의 갈등과 고뇌를 연민하며 후미에를 밟은 자들에게도 양지의 빛이 내리 기를 바라는 엔도의 집필 의도가 집약되어 있다. 후미에를 밟은 그들 에게도 음지의 절망이 아니라 양지의 따사로운 햇살이 내리쪼이기를 바라며 이 작품을 쓴 것이라고 보여진다.

엔도는 『기리시탄 시대의 지식인—배교와 순교』 가운데서 "배교했 다는 것은 물론 그들이 나약하고 신앙이 굳건하지 않았기 때문이지만, 그러나 그럼에도 불구하고 생각하지 않으면 안 되는 문제가 거기에 남 아 있는 것이다."[12]라고 말하고 있다. 이 내용에서의 "생각하지 않으면 안 되는 문제"란 대체 무엇을 의미하는 걸까? 본 논문에서는 그 "생각 하지 않으면 안 되는 문제"를 고찰하고자 한다.

---

12   엔도 슈사쿠·미우라 슈몬 공저, 『기리시탄 시대의 지식인—배교와 순교』, 日本 経済新聞社, 1967년 5월.

작품 속에서 로드리고의 고통은 다음과 같이 구체적으로 표현되어 있다.

이 시련이 신으로부터 무의미하게 주어졌다고는 생각지 않습니다. 주님이 하시는 일은 모두 선하기 때문에 이 박해와 시련도 나중에는 왜 우리의 운명에 주어졌는지 확실히 이해될 날이 올 것입니다. 하지만 내가 이 일을 적는 것은 출발하던 그 아침, 기치지로가 고개를 숙이고 중얼거린 말이 서서히 마음속에서 무거운 짐으로 느껴졌기 때문입니다.

"무엇 때문에 하느님은 이런 고통을 내리시죠?" 그러고 나서 그는 원망스러운 듯한 눈을 내게 돌리며 말했던 것입니다. "신부님, 우린 아무것도 나쁜 짓을 하지 않았는데."

흘러버리면 아무것도 아닌 겁쟁이의 이 푸념이 왜 이렇게도 예리한 바늘처럼 내 가슴을 아프게 찌르는가? 주님은 무엇 때문에 이 가여운 사람들에게, 이 일본인들에게 박해와 고문이라는 시련을 주시는가? 아니다. 기치지로가 하고 싶은 말은 훨씬 두려운 그 무엇이었습니다. 그것은 신의 침묵이라는 것. 박해가 시작된 지 지금까지 20년, 이 일본의 검은 땅은 많은 신자들의 신음 소리로 가득하고, 신부의 붉은 피가 흐르고, 교회의 탑이 무너져가고 있음에도 불구하고 신은 자신에게 바쳐진 너무도 무고한 희생을 보고 여전히 침묵하고 계신다. 나로서는 기치지로의 푸념 속에 그런 물음이 내포되어 있다는 생각을 떨

칠 수가 없었다.[13]

이 내면의 갈등은 약자의 대변인으로 묘사된 기치지로가 호소하는 내용이지만, 로드리고는 그것이 마치 자신의 생각인 것 같아 부정할 수 없었다. 비겁한 인간이라고 경멸하던 겁쟁이가 나를 향해 외친 그 물음을 자신도 부정할 수 없었기 때문이다.

그 후, 로드리고는 기치지로에 의해 팔려 관헌에 연행된다. 그곳에서 주교였던 페레이라와 만난다. 페레이라는 로드리고에게 정신적인 고통을 주면서 배교를 권한다. 로드리고의 배교에 대한 고뇌는 그때부터 시작되며 그는 "신은 왜 침묵하고 있는가?"라는 의문을 떨쳐버릴 수가 없었다.

13   この試練が、ただ無意味に神から加えられるとは思いません。主のなし給う
      ことは全て善きことですからこの迫害や責苦もあとになれば、なぜ我の運命
      の上に与えられたのかをはっきり理解する日がくるでしょう。だが私がこの
      ことを書くのはあの出発の朝、キチジローがうつむいていた言葉が心の中で
      次第に重荷になってきたからなのです。
      「なんのために、こげん苦しみばデウスさまはおらになさっとやろか」それから
      彼は恨めしそうな眼を私にふりむけて言ったのです。「パードレ、おらたちあ
      な、あんも悪かことばしとらんとに」聞き棄ててしまえば何でもない臆病者の
      この愚痴がなぜ鋭い針のようにこの胸にこんなに痛くつきさすのか。主はな
      んのために、これらみじめな百姓たちに、この日本人たちに迫害や拷問とい
      う試練をお与えになるのか。いいえ、キチジローが言いたいのはもっと別の
      怖ろしいことだったのです。それは神の沈黙ということ。迫害が起って今日
      まで二十年、この日本の黒い土地に多くの信徒の呻きがみち、司祭の赤い血
      が流れ、教会の塔が崩れていくのに、神は自分にささげられた余りにもむご
      い犠牲を前にして、なお黙っていられる。キチジローの愚痴にはその問いが
      ふくまれていたような気が私にはしてならない。

(만일 신이 없었다고 한다면……) 이것은 끔찍한 상상이었다. 그가 없었다면, 얼마나 우스꽝스러운 일인가? 만일 그렇다면 기둥에 묶여 파도에 휩쓸리던 모키치와 이치조의 인생은 얼마나 우스꽝스러운 연극이었는가? 수많은 바다를 건너, 3년여의 세월을 걸쳐 가까스로 이 나라에 도착한 선교사들은 얼마나 어처구니없는 환영을 보았는가? 그리고, 지금 인적 하나 없는 산중을 떠돌고 있는 자신은 얼마나 어처구니없는 행위를 하고 있는 걸까?[14]

로드리고의 이 내면에 대해 나카노 키이(中野記偉)는,

신의 존재에 의문을 품은 신부는 그 어떤 실재實在의 신부보다도 신부답지 않다. 로드리고의 고뇌는 오히려 성적이 좋지 않은 문학청년의 고뇌와 같으며, 신부의 전형이 되기는 어렵다.

라고 말하고 있는데, 본인은 오히려 로드리고의 신에 대한 회의는 필요한 과정이었다고 생각한다. 그 의문이야말로 인간다운 것이 아닐까. 신이 인간을 인간으로 창조한 이상, 인간의 본성을 바꿀 수는 없다. 로

---

14   (万一神がいなかったならば……)これは怖ろしい想像でした。彼がいなかったならば、何という滑稽なことだ。もし、それなら、杭にくくられ、波に洗われたモキチやイチゾウの人生はなんと滑稽な劇だったか。多くの海をわたり、三ヵ年の月を要してこの国にたどりついた宣教師たちは何という滑稽な幻影を見つづけたのか。そして今、この人影のない山中を放浪している自分は何という滑稽な行為を行っているのか。

드리고의 물음은 겁쟁이의 항의가 아니라 신에게 접근하기 위한 과정이 아니었을까. 즉, 신에 대한 의혹과 그 의혹과의 투쟁을 통해, 조금씩 신을 발견해가는 과정이 아니겠는가.

더욱이 페레이라는 로드리고를 배교시키기 위해서 다음과 같은 이야기를 들려준다.

> "20년 동안 나는 포교를 해 왔지." 페레이라는 감정이 메마른 소리로 같은 말을 되풀이했다.
> "내가 깨달은 것은, 이 나라에는 자네와 우리의 종교는 결국 뿌리 내리지 못 할 거라는 거네."[15]

로드리고보다 20년이나 먼저 일본에서 살며 포교를 해 온 페레이라의 이야기는 로드리고에게 큰 충격을 주었다. 그렇다면, 페레이라는 자신의 제자이며 위험한 밀항으로 일본에 와 있는 로드리고에게 왜 위와 같은 이야기를 하지 않으면 안 되었을까.

15　　「二十年間、私は布教してきた」フェレイラは感情のない声で同じ言葉を繰りかえしつづけた。「知ったことはこの国にはお前や私たちの宗教は所詮、根をおろさねということだけだ」

4. 일본 토양에서의 뿌리

한밤중 감옥의 로드리고에게 코 고는 소리가 들리기 시작했다. 마치 바람에 풍차가 돌고 있는 것처럼. 로드리고는 "코 고는 소리를 멈추게 해 주게."라고 간청했다. 통역은 놀란 듯 아무 말도 하지 않았다. 통역의 뒤에 서 있던 페레이라는 슬픈 목소리로 "저건 코 고는 소리가 아니네. 구덩이 매달기 고문을 당하고 있는 신자들의 신음 소리지."라고 말했다. 더욱 끔찍했던 것은 스승이었던 페레이라의 다음과 같은 이야기다.

이 나라는 늪지야. 자네도 머지않아 알게 될 걸세. 이 나라는 생각하던 것보다 훨씬 끔찍한 늪지였어. 어떤 모종도 그 늪지에 심으면 뿌리가 썩기 시작하고 잎이 누렇게 시들어 가지. 우리는 이 늪지에 그리스도교라는 모종을 심어버렸어.[16]

페레이라는 이 늪지에는 그리스도교라는 모종을 심을 수 없다고 했다. 그 점에 대해 가즈사 히데로(上總英郞)가

이노우에와 페레이라가 말하는 '일본 늪지론'은 매우 충격적이며, 일

---

16   この国は沼地だ。やがてお前にもわかるだろうな。この国は考えていたより、もっと怖ろしい沼地だった。どんな苗もその沼地に植えられれば、根が腐りはじめる。葉が黄ばみ枯れていく。我はこの沼地に基督教という苗を植えてしまった。

본의 풍토와 서구를 지배하는 그리스도교 정신과의 불일치, 일본 풍토에서의 그리스도교 포교의 가능성을 전부 부정한다고도 볼 수 있는, 극적인 효과를 작품 가운데 부여하고 있는 것이다.[17]

라고 말하고 있듯이 '일본의 풍토'와 '서구를 지배하는 그리스도교 정신'과의 불일치가 언급되고 있다. 페레이라의 머리에는 늪지에서는 자라지 못하는 모종의 이미지가 계속 떠오르고, 로드리고에게는 예전 일본의 그리스도교가 번창한 시기가 떠오른다.

당신이 이 나라에 오셨을 땐, 교회가 나라 곳곳에 세워지고 신앙이 아침의 신선한 꽃처럼 만발하고, 수많은 일본인이 요르단강으로 모이는 유대인처럼 다투어 세례를 받았던 시기입니다. 하지만 일본인이 그때 믿었던 것은 그리스도교가 가르치는 신이 아니었다고 한다면……[18]

로드리고의 의문에 대해 페레이라는 "그들이 믿었던 것은 그리스도교의 신이 아니었네. 일본인은 지금까지 신의 개념이 없었고, 앞으로도 없을 것이네(彼らが信じていたのは基督教の神ではない。日本人は今まで神の概念

---

17   가즈사 히데로, 「엔도 슈사쿠로의 월드 트립(遠藤周作へのワールドトリップ)」, 「國文學」, 學燈社, 1993년 9월 호.

18   あなたがこの国に来られた頃、教会がこの国のいたる所に建てられ、信仰が朝の新鮮な花のように匂い、数多い日本人がヨルダン河に集まるユダヤ人のように争って洗礼をうけた頃です。だが日本人がその時信仰したものは基督教の教える神でなかったとすれば……

はもたなかったし、これからももてないだろう)."라고 답했다.

페레이라가 20년의 세월을 통해 깨달은 것은, 이 일본에서 일본인들이 믿었던 것은 그리스도교의 신이 아니라 그들의 신이었다는 것이다. 더욱이, 이노우에 치쿠고노카미는 "신부님은 결코 패배한 것이 아니오.", "이 일본이라는 늪지에 패한 거요."라고 말한다.

페레이라는 로드리고에게 다음과 같이 이야기하고 있다.

> 기리시탄이 멸망한 것은 자네가 생각하는 금지 제도의 탓도, 박해 탓도 아니네. 이 나라에는 어쩔 수 없이 그리스도교를 받아들이지 못하는 그 무엇인가가 있었던 거야.[19]

페레이라가 강조하고 있는 이 내용은, 엔도가 「나와 그리스도교」[20] 가운데서 밝히고 있는 다음의 내용과 연관된다.

> 우리 일본인에게는 이런 그리스도교의 역사도, 전통도, 감각도, 문화유산도 없습니다. 그런 역사와 전통이 없어도 신앙이라는 것을 가질 수 있다고 한다면 그뿐이지만, 그러나 더욱 두려운 것은 이 일본인의 감각에는 그리스도교를 받아들이지 못하는 그 무언가가 있다는 점입

---

19   切支丹が亡びたのはな、お前が考えるような禁制のせいでも、迫害のせいでもない。この国にはな、どうしても基督教を受けつけぬ何かがあったのだ。

20   엔도 슈사쿠, 「나와 그리스도교」, 『엔도 슈사쿠 문학 전집』 제10권, 新潮社, 1975년 10월.

니다. 나는 청년기부터 일본인의 수수께끼와도 같은 이 감각을 자신

의 주변에서, 아니, 스스로에게서 발견하고 놀라기 시작했습니다.

페레이라의 입을 통해 이야기하고 있는 이 내용은 엔도 문학의 출

발점이 된 평론 「신들과 신과」[21]에서 서술한 내용과, 동일한 문제를 이

야기하고 있다.[22] 즉, 「신들과 신과」는 1947년 12월 「四季」에 발표한

평론이다. 그런데 19년의 세월이 지난 시점인 1966년 3월에 발표된

『침묵』에서 엔도는 이 문제를 페레이라의 입을 통해 재현하고 있다.

구체적으로 「신들과 신과」의 핵심을 다시 살펴본다면, 제목에서도 암

시하고 있듯이 '신들'이라는 복수형의 신관과 '신'이라는 유일신의 신

관의 갈등 구조를 나타낸 평론이다. 여기에서의 '신들'이란 모든 대상

이 신이 될 수 있는 범신적 신관을 의미하는 것이고, '신'이란 유일신

사상을 지닌 그리스도교를 의미한다.

범신론적인 일본의 풍토 속에서 성장한 엔도는 어머니에 의해 12

세에 세례를 받았으며 그리스도교와 일본적 풍토와의 갈등을 1947년

「四季」에 발표하였다. 또한 엔도가 「신들과 신과」를 발표하게 된 배경

---

21   엔도 슈사쿠, 「神들과 神과」, 「四季」, 1947년 12월.
      '神들'이란 '神'의 복수형으로서 자연 만물은 물론, 인간조차도 '神'이 될 수 있
      는 일본의 범신론적인 사상을 말하는 것이고, '神'은 그리스도교의 핵심 교리인
      유일신을 의미한다. 이 개념은 엔도의 첫 평론인 「神들과 神과」에서 처음 나타
      나기 시작하며 엔도 문학의 시발점이 되었고, 엔도 문학 50년은 이 문제의 답을
      찾기 위한 과정이라고 볼 수 있다.

22   「신들과 신과」(1947년 12월)를 발표하고 19년의 세월이 지난 시점인 1966년 3월에
      발표된 『침묵』에서 엔도는 이 문제를 이런 방법으로 다시 제기하고 있다.

에는 호리 다쓰오[23]의 영향이 컸음은 이미 1장에서 서술하였다. 그리고 이를 논증하는 평론, 호리 다쓰오의 『마취목꽃(花ぁしび)』에 대해서 엔도는 1948년 10월 「高原」에 「마취목꽃론―범신론의 세계(花ぁしび論―汎神論の世界)」를 발표하였다. 다시 말해 엔도가 「신들과 신과」를 1947년에 발표하고, 호리 다쓰오의 『마취목꽃』에 관한 평론 「마취목꽃론―범신론의 세계」를 1948년 발표한 것을 보더라도 엔도와 호리 다쓰오의 관련성을 부정할 수 없다. 그 결과 19년이 지난 시점인 1966년 『침묵』에서 "이 나라에는 아무리 해도 그리스도교를 받아들이지 못하는 그 무엇인가가 있었던 거야."라는 내용이 반복되고 있는 것이다.

5. 호리 다쓰오의 세계관과 엔도 세계관의 접목과 이탈

호리 다쓰오(堀辰雄)에게서 영향을 받은 엔도는 호리 다쓰오의 수동성을 부정하면서도 "우리 동양인이 신의 자식이 아니라 신들의 자식"[24]이라는 점을 부정할 수 없었다. 오히려, 그 "신들의 자식"인 자신을 인정하지 않으면 안 되었다. 때문에 거기에는 갈등과 투쟁이 존재했다.

---

23   호리 다쓰오는 일본 근대 작가이다. 젊은 시절부터 모리아크와 라이나 마리아 릴케의 영향을 많이 받은 작가였으나, 일본 고대문화에 대한 강한 향수를 지니게 된다. 그가 일본 야마토의 배경을 담은 고대소설을 구상하기 위해 나라(奈良) 등을 방문하면서 만요슈적인 분위기를 담은 소설을 썼는데 이것이 『마취목꽃(花ぁしび)』이다.

24   엔도 슈사쿠, 「神들과 神과」, 「四季」, 1947년 12월.

그와 더불어 엔도는, 호리 다쓰오가 귀착한 일본 야마토의 고대 문명과 그 피가 자신의 피 속에 흐르고 있음을 본능적으로 인식하는 한편, 그리스도교의 '신'의 세계로 들어가려 했다. 그리고 『아덴까지』, 『백색인』, 『황색인』을 거쳐 『침묵』에 이르러 "이 나라에는 아무리 해도 그리스도교를 받아들이지 못하는 그 무엇인가가 있었던 거야."라는 말을 읊게 된다. 그렇다면 19년이 지난 『침묵』의 시점까지 엔도에게서 떠나지 않고 남아 있으며, 더욱 확장된 문제의식으로 물음을 던지고 있는 "그 무엇인가"란 무엇을 의미하는 것일까.

엔도는 일본의 범신성을 부정하지 못한 채, '신의 세계'에 들어가기 위해 투쟁했다. 그 결의를 드러낸 것이 1947년의 「신들과 신과」의 세계이고, 『아덴까지』에서는 '백색인'의 눈에 비친 '황색인'의 왜소함을 이야기했다. 프랑스에 유학하고 있을 당시 엔도는 확실히 유럽에 매혹된 적이 있었다.

하지만, 백색인의 세계에 속해 있으면서도 그 세계에 대해 거리감, 혹은 열등의식을 지녔다. 그리스도교 풍토인 '백색인'의 세계에 속해 있으면서도 유럽인이 될 수 없는 한계성을 지닌 '황색인'이었다. 일본으로 돌아온 후 그리스도교라는 '백색인'의 종교를 믿으면서도 『마취목꽃(花あしび)』[25]에 이끌리는 '황색인'이기도 했다.

---

25   호리 다쓰오의 기행 소설로 「시월(十月)」, 「고분(古墳)」, 「죠류리지의 봄(淨瑠璃寺の春)」에 「나무 아래(樹下, 쥬게)」와 저자의 「후기」를 첨가해 1946년 3월 15일 세이지샤(靑磁社)에서 단행본으로 간행했다. '마취목꽃'이란 고대로부터 일본인에게 친숙한 식물로 『만요슈(万葉集)』에도 등장하는 나무이다. 『만요슈』가 성립된 나라시대(710년-794년) 말기까지 많은 사랑을 받았고, 하이쿠의 봄의 계절어 중 하나이다.

그리고 1955년의 『황색인』[26]에서는 '신의 세계'의 인간인 '듀란'의 입을 빌려 다음과 같이 말하고 있다.

자네의 신이 그 뿌리를 이 늪지의 나라, 누런 피부의 인종 안에 내릴 수 있다고 생각하는가? 자네는 황색인들이 기미코나 그 청년과 똑같은 눈빛을 하고 있다는 것을 깨닫지 못하고 있다. 그 무지無知란 자네가 그들의 죄에 물들지 않았다는 것, 하얀 손을 더럽히지 않았기 때문이다. 그러나 나는 '기미코'를 범함으로써 그들 영혼靈魂의 비밀을 알아챈 것이다…….

"그렇지, 물론 그래. 하지만 자네는 일본인이 신을 가졌는지는 몰라도, 절대로 하나의 신을 갖지는 않았다는 사실을 잊고 있어."[27]

엔도는 「신들과 신과」를 거쳐 『황색인』에서는 일본을 "습기의 나라, 누런 인종"이라고 했다. 그리고 1966년의 『침묵』에서는 "이 나라는 늪지다. 머지않아 자네도 알겠지만. 이 나라는 생각했던 것보다 훨

---

26   엔도 슈사쿠 『황색인』, 「群像」 1955년 11월 호. 본문의 인용은 『엔도 슈사쿠 문학 전집(遠藤周作文学全集)』 제1권(新潮社, 1975년 6월)을 사용하였다.

27   お前の神はその根をこの湿った国、黄ばんだ人種のあいだにおろせると思っているのか。お前は黄色人がキミコやあの青年のような眼を持っていることに気がつかないでいる。その無知とはお前が彼等の罪にそまらなかったこと、白い手をよごさなかったために生じたのだ。だが、私は〈キミコ〉を犯すことによって彼等の魂の秘密をさぐりあてたのだ…….
「そうさ、勿論そうさ、だが君は日本人が神はもったにしろ一つの神は絶対に持たなかったことを忘れているよ」

씬 끔찍한 늪지였다."라고 말하고 있다.[28]

엔도는 자신이 믿는 그리스도교의 '신'에 대해 위화감을 느끼고, 거기에 들어갈 수 없는 자신을 자각하고 있었다. 호리 다쓰오의 영향을 받으면서 『마취목꽃(花あしび)』과 만나고, 거기에 묘사된 '신들의 세계'에 공감하고 매력도 느꼈다. 그럼에도 불구하고, 엔도는 '신들의 세계'로부터 '신의 세계'로 들어가려는 선택을 했던 것이다.

그렇지만 엔도가 일본의 '신들의 세계'에 공감했듯이 많은 일본인은 '신들의 세계'에 동화하며 매력을 느끼고, '마취목꽃'의 세계를 미의 세계로 인식하고 있다. 그 인식과 문화가 '그리스도교'의 '신의 세계' 즉, 서양인의 기준에서 보면 '늪지'로 보일 수밖에 없었다. 일본은 그와 같이 범신적 '신들의 세계'에 속해 있기 때문에 "그리스도교의 뿌리를 내리지 못하는 그 무엇인가가 있"는 나라, 즉 "늪지"로 인식될 수밖에 없었던 것이다. 그러므로 엔도는 『침묵』에서 "이 나라에는 아무리 해도 그리스도교를 받아들이지 못하는 그 무엇인가가 있었던 거야."라고, 일본의 '늪지性'에 대해 말하지 않을 수 없었던 것이다.

윌리엄 존스턴(William Johnston)은 이 점에 대해 다음과 같이 말하고 있다.

---

28 「신들과 신과」는 초출이 1947년 12월 「四季」에 발표되었고, 『황색인』은 1955년 11월 「群像」에 발표되었다. 이 두 작품의 발표 시기는 8년이 경과된 후이고, 『침묵(沈黙)』은 11년이 지난 1966년 3월에 발표되었다.

이 나라의 여러 섬에 퍼져 있던 그리스도교라는 교양을 흡수할 수 없었던 것은 확실히 이 일본이라는, 늪지 때문인 것이다. (중략) 엔도 자신도 자기 작품이 지닌 신학적인 의의에 관하여 무관심하지 않다는 점을 드러내고 있다. 이 소설은 어떤 의미에서는 엔도의 일본적 감수성과 그에게 주어진 헬레니즘적 그리스도교와의 갈등이라는 인상을 독자는 받는 것이다.[29]

이것과 마찬가지로 가사이 아키후(笠井秋生)가

페레이라가 지적하는 '그리스도교를 받아들이지 못하는 그 무언가'는 '인간과는 차별되는 절대적 신을 생각할 능력을 지니지 않은' 일본의 정신 풍토를 가리키고 있는데, 이 정신 풍토와 그리스도교와의 문제야말로 엔도의 중요한 문학 주제였다. 「신들과 신과」로부터 『침묵』에 이르는 20년 동안의 엔도의 문학 활동의 중심은 일본의 정신 풍토와 그리스도교와의 사이에 가로놓인 거리감을 묘사하는 데에 있었다.[30]

라고 말하고 있듯이, 일본인과 그리스도교와의 거리감은 엔도에게 있어서 쉽게 극복할 수 없는 매우 어려운 문제였다. 따라서 이 작품 속에

---

29   윌리엄 존스턴(William Johnston), 「《침묵(沈黙)》—그 배경과 의식」, 『《엔도 슈사쿠》—群像日本의 작가 22』, 小學館, 1991년 8월.

30   가사이 아키후, 『엔도 슈사쿠론(遠藤周作論)』, 双文出版社, 1987년 11월.

서도 이노우에 치쿠고노카미와 페레이라의 언어를 통해 집약적으로 반복되고 있는 것이다.

6. 결론

페레이라는 로드리고에게 신의 침묵에 대해 다음과 같이 말한다.

> "내가 배교한 것은 구덩이에 매달렸기 때문이 아냐. 3일 동안…… 나는 오물을 채운 구덩이 속에 거꾸로 매달렸지만, 신을 배신하는 말은 한마디도 하지 않았어." 페레이라는 마치 울부짖는 듯한 소리를 냈다. "내가 배교한 것은, 괜찮은가? 들어 보게. 이곳에 감금되어 들었던 그 소리에 대해 신이 아무것도 하지 않으셨기 때문이야. 나는 필사적으로 신에게 기도했지만, 신은 아무 일도 하지 않았기 때문이었지."[31]

페레이라의 고통의 원인은 '신의 침묵'이었다. 신 때문에 고통을 받는 많은 사람들에게 아무 대답도 하지 않는 신의 침묵을 견딜 수 없었던 것이다. 페레이라가 괴로워한 것과 같은 장면이 로드리고의 눈 앞

31　「私が転んだのは、穴に吊られたからではない。三日間……このわしは、汚物をつめこんだ穴の中で逆さになり、しかし一言も神を裏切る言葉を言わなかったぞ」。フェレイラはまるで吼えるような 叫びをあげた。「わしが転んだのはな、いいか。聞きなさい。そのあとでここに入れられ耳にしたあの声に、神が何ひとつ、なさらなかったからだ。わしは必死で神に祈ったが、神は何もしなかったからだ。

에 펼쳐지고 있다.

페레이라는 로드리고 앞에서 계속 말을 이었다.

> "나도 그랬지. 그 컴컴하고 차가운 밤, 나도 지금의 자네와 마찬가지였어. 하지만, 그것이 사랑의 행위인가? 신부는 그리스도를 따라 살라고 하지. 만일 그리스도가 이곳에 있다면……."
>
> 페레이라는 잠깐 침묵을 지켰지만, 이내 힘을 주어 확실히 말했다.
>
> "분명 그리스도는 그들을 위해서 배교했겠지." (중략)
>
> "그리스도는 배교했을 거야. 사랑을 위해서. 자신의 모든 것을 희생하고라도."[32]

페레이라는 온화하게 신부의 어깨에 손을 올리며 말했다. 나약한 인간인 기치지로에 의해 팔려 관헌에 연행된 로드리고의 슬픔. 더욱이 스승이자 대선배인 페레이라 신부에게 배교를 요구받는 가운데 들려오는 신자들의 신음 소리. 하지만 고통을 당하고 있는 사람들을 위해 아무것도 해 주지 않는 '신의 침묵'. 신과 인간 사이에서 속수무책으로 방치되어 있는 신부의 고독. 혼자서 그 고독을 견딜 수밖에 없다.

---

32   「わたしだってそうだった。あの真暗な冷たい夜、わしだって今のお前と同じだった。だが、それが愛の行為か。司祭は基督にならって生きよと言う。もし基督がここにいられたら」
フェレイラは一瞬、沈黙を守ったが、すぐはっきりと力強く言った。「たしかに基督は、彼等のために、転んだだろう」 (中略) 「基督は転んだだろう。愛のために。自分のすべてを犠牲にしても」

이 장면은 신약성서의 골고타 언덕의 예수와 연결된다. 12 제자 중 하나였던 유다에 의해 팔려 십자가를 짊어지는 예수, 십자가에 달려 아버지인 하느님에게 기도하는 그리스도, 죽기 전 견딜 수 없는 고통과 고독 속에서의 절규. 엔도는 작품 속에서도 로드리고가 처한 장면과 유다에 의해서 고통을 겪고 있는 예수를 하나의 메타포로 연결시켰다.

> 그런데, 낮 12시에 온 땅이 어두워지며 3시까지 계속되었다. 3시경, 예수는 큰 소리로 부르짖었다. "엘리 엘리 레마 사박타니" 이는 "나의 하느님, 나의 하느님, 어찌하여 나를 버리셨나이까?"라는 뜻이다.[33]

많은 사람들은 이 예수의 말에서 그의 절망을 포착하려 했다. 십자가에 달린 그에게 구원의 손길을 베풀지 않고, 기적을 전혀 일으키지 않는 하느님에 대한 슬픔과 호소, 그리고 그의 침묵.

이와 같이 절규하면서도 받아들일 수밖에 없는 무력하게 보이는 남자의 죽음, 마치 예수와 같은 입장에 놓여 있는 로드리고 신부. 이 두 사람의 내면은 서로 중첩되어 있다. 이 두 사람의 내면은 똑같은 무게와 고통이 있고, 더불어 이 과정을 거쳐 자신에게 요구되는 행동을 선택해야 하는 것이다.

가사이 아키후는 이 점에 대해

---

33   『신약성서』 마태오 복음 27장 46절.

후미에 앞에 서기 직전까지 로드리고는 밟기를 거부하고, 순교를 결심하고 있었지만, 구덩이 매달기 고문을 당하는 일본인 신자 세 사람의 신음 소리를 듣고, 그리스도를 닮기 위해, '사랑의 행위'를 하기 위해, 형식적으로만 밟으려고 발을 들었다. 이것은 교회를 버리는 것도 배신하는 것도 아니다.[34]

라고 이야기한다.

로드리고가 배교한다면 '저 사람들을 즉시 구덩이에서 풀어 준다'는 약속은 사제인 로드리고에게 다음과 같은 행위를 요구했다.

신부는 발을 들었다. 발에 둔하고 묵직한 고통을 느꼈다. 자신은 지금, 자신의 생애 가운데서 가장 아름답다고 생각해 온 것, 가장 성스럽다고 믿었던 것, 가장 인간의 이상과 꿈으로 충만한 것을 밟는다.[35]

일본이라는 늪지에서 요구되는 결단이었다. 어쩌면 '일본의 개조 능력(改造能力)'[36]에 의한 요구인지도 모른다. 로드리고 앞에 놓여진 그

---

34   각주 30과 동일.

35   司祭は足をあげた。足に鈍い重い痛みを感じた。自分は今、自分の生涯の中で最も美しいと思ってきたもの最も聖らかと信じたもの、最も人間の理想と夢にみたされたものを踏む。

36   '개조 능력(造り替える力)'이란 페레이라가 로드리고에게 한 이야기로서, 자신이 일본에 심은 그리스도교란 모종은, 그리스도교의 神이 아닌 그들의 神으로 변용시켜 믿었음을 의미하며, 그 어떤 것도 일본인 그들의 것으로 변용시켜 버리고 마는 강한 힘을 일컫는다.

리스도의 얼굴, 후미에 속의 그는 많은 인간에게 밟혀 닳고, 움푹 패인 채 신부를 슬픈 듯한 눈길로 바라보고 있다. 신부는 발을 들었다. 발에 통증을 느꼈다. 그때, 다음과 같은 소리가 들려왔다.

밟아도 좋다. 너의 발의 아픔을 내가 가장 잘 알고 있다. 밟아도 좋아. 나는 너희들에게 밟히기 위해 이 세상에 태어났고, 너희들의 아픔을 나누기 위해 십자가를 진 것이다.[37]

예수의 음성이 들려왔다. 예수가 침묵을 깼다. 神은 예수를 통해서 침묵을 깼다. 예수는 "나는 너희들에게 밟히기 위해 이 세상에 태어났고, 너희들의 아픔을 나누기 위해 십자가를 진 것이다."라고 로드리고에게 말을 건넸다. 이렇게 해서 로드리고도 후미에를 밟았다. 이제까지 셀 수 없을 정도로 그리워해 온 그리스도의 얼굴. 이제까지 사랑해오고 자신을 지탱해 준 이의 얼굴. 자신 앞에 놓여진 가시관을 쓴 참혹한 그의 얼굴을 밟았다.

이 '그리스도의 음성'은 일본적 정신 풍토 안에서 만날 수밖에 없는 신이었다. 그리고 '개조 능력(造り替える力)'이 요구하는 소리였다. 일본에 있어서의 그리스도의 음성은 그와 같은 형태로 침묵을 깰 수밖에 없었던 것이다. 그러나, 인간이 자신 속에서 자신에게 들려오는 음성

37   踏むがいい。お前の足の痛さをこの私が一番よく知っている。踏むがいい。私はお前たちに踏まれるため、この世に生れ、お前たちの痛さを分つため十字架を背負ったのだ。

을 듣고 있는 한, 결코 신은 침묵하고 있는 것이 아닐 것이다.

여기까지 고찰해 보면, 엔도 초기 문학의 '부성적 신'을 중심으로 하는 '아버지의 종교'가 '어머니의 종교'로 변화하는 일은 '예수'를 매개로 하지 않고서는 성립되지 않음을 알 수 있다. 따라서 엔도의 '사랑의 신'에로의 전이 과정은 자신을 내어주고, 사랑을 위해서 자신을 희생하는 '예수' 없이는 형성되기 어려웠다.

따라서 『침묵』을 발표한 직후부터 집필을 시작한 『예수의 생애』와 『그리스도의 탄생』은 엔도 문학의 전환을 이끈 '예수'를 탐구하기 위한 작업이었다. 지금껏 알고 있던 '예수'라는 인물을 실존 인물로서, 역사적 인물로서, 그리고 신앙의 대상으로서 규명하고 싶었기 때문이다. 그 시기부터 엔도는 '예수' 탐구를 시작하게 된다.

1. 서론

『예수의 생애(イエスの生涯)』는 1973년 8월 신초샤에서 간행되었다. 엔도가 문학가로서 출발한 1947년부터[1] 『예수의 생애』가 발표된 1973년 사이에 경과한 기간은 26년이다. 엔도 자신도 서술하고 있듯이, 동서고금을 막론하고 '예수의 생애'를 쓴 저자가 무수히 많음에도 굳이 같은 제목으로 『예수의 생애』를 발표한 데는 특별한 까닭이 있었으리라. 본 장에서는 『예수의 생애』까지의 26년 동안에 발표된 작품들 중에서 '예수'에 관한 작품들의 진행 경위를 살펴보면서, 그 과정을 통하여 형성된 엔도의 '예수像'에 관해 고찰하려고 한다.

1966년 3월에 발표된 『침묵』에서, 목소리로 등장하는 '예수'는 로드리고 신부에게 "밟아도 좋다. 너의 발의 아픔을 내가 가장 잘 알고 있다. 밟아도 좋아. 나는 너희들에게 밟히기 위해 이 세상에 태어났고,

---

1   게이오대학 불문학과에 재학 중인 1947년 12월 「四季」에 발표한 평론 「신들과 신과(神々と神と)」부터.

너희들의 아픔을 나누기 위해 십자가를 진 것이다."라고 말하고 있다. 이는 '나의 아픔과 함께하는' 예수를 나타내고 있다. 그리고 '네가 고통스러울 때' '나도 네 곁에서 고통스러워하고 있다. 나는 끝까지 너와 함께 있다.'라는 '동반자 예수'를 그리고 있다.

　그러나 이러한 '동반자 예수'가 엔도 문학 초기부터 존재했던 것은 아니다. 엔도가 문학가로서 출발했던 초기 작품에는 '예수'가 전혀 등장하지 않고 부성적 神만이 존재했었다.[2] 그러한 부성적 신의 모습이 점차적으로 변화하기 시작한 시점이 『황색인』[3]과 『성서 속의 여인들(聖書のなかの女性たち)』[4], 『바보(おバカさん)』[5], 『내가·버린·여자(わたしが·棄てた·

2　엔도는 학생 시절부터 「신들과 신과(神々と神と)」, 「호리 다쓰오론(堀辰雄論)」 등을 발표하였으며, 프랑스 유학을 중도에 포기하고 귀국한 후 『아덴까지(アデンまで)』를 첫 소설로 발표하며 문단에 데뷔한다. 그리고 이어서 『백색인(白い人)』 등을 발표하였는데 이 작품들에서는 신약의 '예수'의 모습은 전혀 찾아볼 수 없고 엄격한 부성적 신만이 존재한다.

3　엔도 슈사쿠, 『황색인(黃い人)』, 「群像」, 1955년 11월 호. 그러나 이곳에서의 '예수'는 듀란 신부의 친구인 브로우 신부가 책상에 펼쳐놓은 파스칼의 『팡세』 중 일부분을 통하여 등장한다.

4　엔도 슈사쿠, 『성서 속의 여인들(聖書のなかの女性たち)』. 1958년 4월부터 1959년 5월까지 최초의 신앙 에세이로서 「婦人画報」에 연재. 1967년 12월에 講談社에서 단행본으로 간행되었다.

5　『바보(おバカさん)』는 1959년 3월부터 8월까지 「朝日新聞夕刊」에 연재된 소설이다. 이를 1959년 10월 中央公論社에서 단행본으로 출간하였으며, 1962년 8월 角川文庫에 수록되었다. 그러나, 1975년 간행된 신초샤 『遠藤周作文学全集』에는 수록되지 않아 절판에 이르렀다가, 신초샤의 제2 『遠藤周作文学全集』에는 제5권(1999년 9월)에 수록되었다.

女)』[6]부터이다. 그러나, 이때까지는 예수의 이미지가 간접적이고 단편적으로 그려졌다. 그러다가 구체적이고 직접적인 표현으로 전환되는데 그 계기가 된 것이 엔도의 투병 생활이라 볼 수 있다.

엔도는 1960년부터 3년에 걸쳐 폐결핵으로 인한 투병 생활을 하게 되는데, 죽음 직전까지 이르는 고통을 체험하며 인간의 죽음과 한계를 경험한다. 그 과정을 통해 추구하기 시작한 '예수像'이 구체적으로 작품 속에 등장하게 된다. 그 예수는 『황색인』의 "슬픔에 잠긴 예수"[7], 『바보』의 '가스통 보나베르드', 『내가·버린·여자』의 '미츠'와, 미츠에게 말을 건네는 '예수', 『침묵』[8]의 '로드리고' 등으로 전개되면서, 『침묵』에서는 "네가 고통스러워하고 있을 때 나도 곁에서 고통스러워하고 있"는 '동반자 예수'와 '유다를 용서하는 예수'로 형상화되기에 이른다. 이와 같이 엔도가 묘사하는 神은 '예수'를 통해 부성적 신으로부터 모성적 신에 도달하게 된다.

그런데, 이러한 예수像은 어디까지나 소설 속에 형상화된 예수라는 점을 자각한 엔도는 소설 속의 공간만이 아니라, 실제로 현존했던 실존적 예수에 관한 규명이 필요했다. 그는 소설이라는 허구 속에서의

6   『내가·버린·여자(わたしが·棄てた·女)』는 1963년 1월부터 12월까지 「주부의 벗(主婦の友)」에 연재되었다가 1964년 3월에 文藝春秋社에서 단행본으로 간행되었으며, 1972년 12월 講談社에서 문고판으로 간행되었다. 그러나 1975년 간행된 新潮社의 『遠藤周作文学全集』에는 수록되지 않았고, 新潮社의 제2『遠藤周作文学全集』제5권(1999년 9월)에 수록되었다.

7   엔도 슈사쿠가 『황색인』에서 인용하고 있는 「슬픔에 잠긴 예수」는 『팡세』의 Brunschvicg판 553절에 해당한다.

8   엔도 슈사쿠, 『침묵』, 新潮社, 1966년 3월.

예수와 역사적인 실존 인물로서의 예수를 연결시키기 위해 예수의 사적史的 흔적을 추적할 필요를 느꼈던 것이다.

즉, 소설 속에서 자신이 추구해 왔던 예수를 형상화시키는 데는 성공했지만, 이는 어디까지나 소설이라는 허구 속에서의 예수였기 때문에 현존했던 실존적 예수 탐구의 필요성이 절실해진 것이다. 따라서 역사적 실존 인물로서의 예수를 쓰기 위해서는 예수가 살았던 이스라엘을 순례하며 그의 자취를 더듬어 가야 했다. 그러면서, 엔도는 구체적으로 '인간 예수'를 탐구하게 되었고 그 기록인 『예수의 생애』를 집필하게 되었다. 따라서 『예수의 생애』는 '인간 예수'의 모습이 부각되었다.

『예수의 생애』의 원형은 1968년 5월부터 1973년 6월 호까지 잡지 「나미波」에 연재한 「성서 이야기(聖書物語)」이다. 이 「성서 이야기」는 5년 동안 36회에 걸쳐 연재되었다. 그러나 이 「성서 이야기」가 그대로 단행본의 『예수의 생애』로 출간된 것은 아니고, 「성서 이야기」를 원본으로 하여 새롭게 가필 수정한 것이 『예수의 생애』[9]이다. 「성서 이야기」라는 표제表題대로 성서를 원본으로 하여 사람의 아들인 '예수'에게 초점을 맞추면서 예수의 출생부터 공생활, 십자가에서의 죽음까지 서술하고 있다.

먼저 언급해 두고 싶은 것은, 엔도에게 있어서의 '예수'와 '그리스도'의 구별 시기이다. 앞에 서술했듯이 엔도 문학의 출발점은 '神'에서부터 시작된다. 즉 '부성적 신'에서부터 시작되었다. 그것이 투병 직전

---

9   엔도 슈사쿠, 『예수의 생애(イエスの生涯)』, 新潮社, 1973년 8월.

의 『성서 속의 여인들』(1958년 4월~1959년 5월) 무렵부터 '그리스도'가 등장하게 된다. 그러나 이때에는 '예수'와 '그리스도'의 구별이 전혀 없는 상태로, 모두 '그리스도'로 표기되어 있다.

그러나 『예수의 생애』부터 인간 '예수'가 등장하게 되는데, 그 이유는 엔도가 사적史的 예수를 묘사하기 위해서 '인간 예수'에게 초점을 맞출 수밖에 없었다는 점과 더불어 그가 「성서 이야기」를 연재하면서 성서를 상세히 공부함에 따라 '예수'와 '그리스도'를 구별하게 되었기 때문이라고 짐작해볼 수 있다.

엔도는 『예수·그리스도』[10]의 후기에서 다음과 같이 이야기하고 있다.

'예수의 생애'를 쓴 저자는 동서고금을 통해 많이 있다. 그런데 굳이 같은 제목으로 이 『예수의 생애』, 『그리스도의 탄생』을 발표한 것은 무엇보다도 내가 일본인이고 나의 독자가 일본인이기 때문이다. 일본인인 내가 알 수 있는 '예수의 생애'가 아니면 일본 독자의 공감을 얻지 못한다고 나는 오랫동안 생각해 왔다.

서양의 지성이나 감각에 단련되어 온 그리스도교에 대해 우리 일본인이 위화감이나 거리감을 느끼는 것은 사실이다. 그렇기에 그들의 사고

---

10   엔도 슈사쿠, 『예수·그리스도(イエス·キリスト)』, 新潮社, 1983년 11월.
엔도는 인간 예수에 초점을 맞춘 『예수의 생애』를 1973년 발표하였고, 사랑을 위하여 무력하게 죽은 '예수'가 어떻게 제자들에 의해 부활되었으며, 어떻게 '그리스도'가 되었고 신앙의 대상이 되었는지를 저술한 『그리스도의 탄생』을 1978년 新潮社에서 출간하였다. 그리고 이 두 작품의 합본인 『예수·그리스도』를 1983년 11월 新潮社에서 출간하였다. 본 텍스트에서의 모든 인용문은 이 『예수·그리스도』를 사용했다.

에 기초한 예수상이 일본인에게 낯설게 느껴지는 것도 어쩔 수 없다. 그러나 서양인이어야 예수를 알 수 있는 것은 아니다. 우리 일본인으로서도 알 수 있는 예수가 존재하는 것이다. 성경을 읽고 그리스도교를 살펴보며 나는 일본인과도 친숙해질 수 있는 예수의 이미지를 발견했다. 그리고 그 예수야말로 나의 예수가 되었다. 그러한 나의 예수를 이 책에서 부각시키고자 했다. 그것이 이 책의 테마이다. 물론 나는 최근의 성서학자들의 연구를 무시하지 않았다. 반대로 이들의 연구는 '나의 예수'를 부각시키는 데 큰 역할이 되어 주었다.[11]

이 작품 『예수의 생애』는 우리가 성서를 통해서 알고 있는 예수보다 훨씬 구체적이고, 또한 사실적으로 예수에 대해 묘사하고 있는 것이 특징이다. 성서는 팔레스티나라는 상황 속에서 쓰인 것이기 때문에 동양인인 우리들에게는 아무래도 이해하기 힘든 점이 있다. 엔도는 그

---

11 「イエスの生涯」をかいた著者は古今東西, 無数にある。それなのにあえて同じ題でこの『イエスの生涯』『キリストの誕生』を発表したのは、何よりも私が日本人であり、私の読者が日本人の読者だからだ。日本人の私がわかる「イエスの生涯」でなければ、日本 の読者の共感をえまいと私は長いこと考えていた。
西洋の知性や感覚のなかで鍛えられた基督教には、どうしても我々日本人には違和感や距離感のあるのは否めない。したがって彼等の考えに基づいたイエス像が日本人になじみにくいのも仕方がない。
しかしイエスは西洋人だけにのみ、わかるものではない。我々日本人にもわかるイエスが存在するのだ。聖書を読み、基督教を考えるたびに私はそこに日本人にも親しめるイエスのイメージを発見した。そしてそのイエスこそ「私のイエス」となった。
その私のイエスをこの本のなかで浮かびあがらせてみる。それが本著のテーマである。もちろん私は最近の聖書学者たちの研究を無視しなかった。逆にこれらの研究は「私のイエス」を浮かびあがらせるのに補の役割をしてくれたと思っている。

점을 보완하면서 예수의 본질을 찾으려 했던 것이리라. 또한 성서를 근거로 하여, 그 시대의 정치, 사회적 배경을 토대로 하면서 예수의 죽음까지 다루었기에 소설과 옛이야기를 읽는 것처럼 매우 알기 쉬운 형태로 구성되어 있다.

2. '유다'의 역사적 배경과 지리적 상황

예수가 살던 시대, 유다의 역사적 배경과 지리적 상황을 엔도의 『예수의 생애』에 따라 정리해 보면 다음과 같다.

기원전 586년, 유다왕국이 멸망한 후 팔레스티나는 페르시아, 신바빌로니아 등의 외국의 지배를 받고, 예수가 태어난 시기에는 로마제국의 지배를 받았다. 로마는 헤로데 안티파스 왕을 통해 유다왕국을 지배하며, 그 감독자로 빌라도를 파견했다.

유다는 왕 이외 유다 의회에 의해 통치되었다. 유다 의회는 종교·민사의 최고 기관으로서 71명으로 구성되고, 의장은 대사제가 맡았다. 예수가 살던 시대의 대사제는 가야파였다. 한편 유다교는 여러 파로 나뉘어져 있어 크게 사두가이파, 바리사이파, 에세네파로 분류할 수 있다. 이 중 사두가이파와 바리사이파는 유다교의 주류파로서 예루살렘의 성전과 의회를 지배하고 있었다. 에세네파는 주류파에게 내몰려 유다 광야에서 은둔 생활을 하면서 결사結社를 만들었는데, 이것이 에세네파의 쿰란 공동체이다. 당시는 정치와 종교가 일체화되어 있던 시대였다.

주류파들은 유다교의 본질을 잃고, 로마와 타협한 그룹이다. 따라서 쿰란 공동체의 신자들은 현재는 인종忍從의 생활을 하고 있지만, 머지않아 神의 인도에 따라 예루살렘으로 돌아가, 올바른 유다교의 실현을 이루리라는 꿈을 지니고 있었다. 게다가, 이 꿈의 배경에는 자신들을 구원해 줄 메시아가 나타난다는 메시아 대망사상(Messia 待望思想)이 짙게 깔려 있다. 그렇지만 쿰란 공동체의 에세네파는 세상의 권력만을 자신들의 미래로 추구했다. 때문에, 예수와 쿰란 공동체의 에세네파와의 정신적인 대립이 시작된 것이다.

예수가 살던 당시의 팔레스티나의 지리적 상황은 크게 셋으로 나누어졌다. 남부 유다와 북부 갈릴래아, 그리고 그 중간에 위치한 것이 사마리아였다. 수도 예루살렘은 남부 유다에 위치하고 있어, 이곳에 그들 신앙의 중심인 성전이 있었다.

당시의 유다인들과 사마리아인들은 서로 적대적 관계에 있었다. 특히, 유다인들은 사마리아인을 무시하고 차별했다. 또한, 당시의 유다는 정경 일치政經一致 상태로, 유다인이라고 하면 당연히 유다교를 믿지 않으면 안 되고, 더욱이 유다교의 법(토라)인 율법을 지키지 않으면 안 되었다. 당시의 유다인이 지켜야 했던 율법은 613조항이나 되는 엄격한 것이었다. 그 가운데서도 안식일과 할례에 관한 율법이 특히 중요시되었다. 그와 더불어 유다인들이 중요시한 것은 성전에 대한 숭배사상이었다.

그러한 역사와 시대 배경 속에서 그들이 고대하던 것은 자신들을 해방시켜 줄 메시아였다. 500년 이상 외국의 지배를 받으며 살아온 유다인들은 그 옛날의 통일왕국 시대를 잊지 않고, 독립을 소망하면서 자신들을 구해 줄 인물, 곧 메시아가 나타나기를 고대했다. 이와 같은 시대 배경이 『예수의 생애』의 배경이 된다.

3. 동시대의 '예수'

3-1. 고향 나자렛에서의 예수

예수가 성장한 곳은 갈릴래아의 나자렛 마을이다. 올리브밭과 사이프러스와 소나무 언덕으로 둘러싸인 이 마을은 거의 유다인들의 관심도 끌지 못하는 시골 마을이었다. 그곳에 사는 사람들의 생활은 가난했다. 아버지 요셉이 목수였기 때문에 예수도 그 일을 물려받았다. 그곳 목수의 대부분은 떠돌이 노동자였기 때문에, 그도 일정한 곳에 가게를 가지고 있었던 것이 아니라 나자렛과 그 주변을 돌아다니면서 일을 하고 있었던 듯하다고 엔도는 적고 있다.

목수 일을 하면서 평범하게 살아가던 예수는 30세 경에 집을 떠나 요르단강을 찾는다. 거기에서 그는 세례자 요한의 세례를 받고 공동체에 들어간다. 요한 공동체에서 생활하는 동안 예수는 자신의 신관을 형성해 간다. 즉, 세례자 요한이 전하는, 인간의 죄를 심판한다든가, 벌하는 '부성적'인 신이 아니라, 인간의 죄를 감싸 안으며 용서하는 모성적인 신으로 접근해 가게 되었다.

세례자 요한을 떠난 예수는 제자들과 본격적인 활동을 시작한다. 그의 활동은 가난한 갈릴래아의 서민들을 대상으로 했다. 엔도는 그 예수에 대해

> 그는 나자렛 작은 마을의 가난과 비참함 속에서 살아가는 서민의 삶에 대해 알고 계셨다. 나날의 양식을 얻기 위한 땀 냄새도 알고 계셨다. 생활 때문에 어쩔 수 없는 인간들의 나약함도 잘 알고 계셨다. 병자와 불구자들의 한탄을 보고 계셨다. 사제와 율법학자들이 아닌, 이들 가난한 자들이 찾고 있는 신은 분노하고, 심판하고, 벌하는 존재가 아니라는 것을 그는 예감하고 있었던 것이다. (중략) 이것은 요한이 지니고 있던 신의 이미지와는 달리
>
>   마음이 가난한 사람은 행복하다. 천국은 그들의 것이다.
>
>   우는 사람은 행복하다. 그들은 위로받을 것이다.
>
> 드디어 그가 갈릴래아 호반의 산에서 사람들에게 들려줄 다정한 어머니와 같은 신의 모태가 되는 것이기도 했다……[12][13]

---

12   이 『예수의 생애』에서, 엔도의 모성적 신의 모습이 처음으로 그려지게 된다. 그런 의미에서 엔도의 신관의 변화는 '어머니와 같은 神의 모태'인, 모성적 신의 모습으로 그려진 '예수'를 통해 실현되었다. 따라서 이 작품의 이 표현을 통하여 엔도의 신관의 변화는 구체적 논리를 갖게 되었다.

13   彼はナザレの小さな町の貧しさとみじめさとのなかで生きている庶民の人生を知っておられた。日の糧を得るための汗の臭いも知っておられた。生活のためにどうにもならね人間たちの弱さも熟知されていた。病人や不具者たちの歎きを見ておられた。司祭たちや律法学者ではない、これらの庶民の求める神が、怒り、裁き、罰するものだけではないと彼は予感されていたのである。(中略) それはヨハネの抱いている神のイメージとはちがって

라고, 전통적으로 유다인들이 믿고 있는 구약의 神, 요한이 전하는 인간의 죄를 심판한다거나 벌하는 '부성적'인 신이 아닌, 인간을 사랑하는 '모성적'인 신을 일반 서민들에게 전하려 했다고 말하고 있다.

예수가 사람들에게 전하려 한 것은 '사랑의 神'이었다고 엔도는 해석하고 있다. 예수는 사랑의 가치를 무엇보다 중시하고, 사랑을 필요로 하는 가난한 사람, 불구자들과 병자와 창녀, 사람들에게 멸시받는 자들을 위로했다고 말하고 있다.

쿰란 공동체도 요한의 공동체도 사람들에게 회개하라며 神의 분노를 전했지만, 사랑에 대해서는 이야기하지 않았던 것이다. 그들은 사람들이 두려워할 만한 분노의 신 이미지밖에 전하지 않았지만, 예수는 그와 반대로 인간의 비애를 알고 있는 사랑의 신 이미지를 지녔다고 엔도는 해석하고 있다.

3-2. 군중과 제자들에게 비친 예수

사람들은 그와 같은 예수에게 기대와 환상을 갖고 그를 메시아라고 생각한다. 최초의 제자들은 예수를 자신들의 반로마 운동의 지도자로, 혹은 로마와 타협하며 타락한 유다교를 개혁할 인물로 받아들였다. 그들은 일방적인 꿈을 예수에게 투사했다. 그것은 군중들뿐만 아니라 그

幸いなるかな 心貧しき人 天国は彼等のものなればなり
幸いなるかな 泣く人 彼等は慰めらるべければなり
やがて彼がガリラヤの湖畔の山で人に言い聞かせるやさしい母のような神の
母胎となるものでもあった……

후 예수의 곁에 모인 제자들도 마찬가지였다.

그러나 예수는 군중과 제자의 기대에 응하지 않았다. 왜냐하면, 그 것은 군중이 지니고 있는 환상에 지나지 않았기 때문이다. 그는 자신 이 왜 초막절의 위험한 예루살렘을 떠나 고향으로 돌아왔는지, 그 이 유를 군중에게 전하고 싶었던 것이다. 이 점에 대해 엔도는 그때의 예 수에 대해 이렇게 말하고 있다.

> 예수는 그 생애에서 일관되게 지켜온 것-사람들이 혐오하는 자, 경멸
> 하는 자, 증오하는 자에게 자신만은 기꺼이 다가가려고 하는 그 사랑
> 의 마음을 이 여행에서 제자들에게 보이고 싶었던 것이다. 그리고 그
> 것은 안식일 같은 율법에 집착하고, 사랑을 잊고 있는 예루살렘 주류
> 파에 대한 예수만의 반항의 모습이었던 것이다.[14]

예수는 제자들만이라도 참다운 자신의 모습을 알아주기를 바랐다. 예수가 군중에게 말하려 한 것, 보여주고 싶었던 것은 율법에 집착하 기보다 사랑을 실천하는 것이었다고 엔도는 이해한다.

세례자 요한은 헤로데 안티파스 왕을 비난했다는 이유로 체포되어 처형된다. 세례자 요한의 체포 사건을 계기로 하여 예수는 주위의 유

---

14   イエスはその生涯で一貫して守られたこと-人が嫌惡する者、軽蔑する者、
      憎む者に自分だけは好んで近づこうとするあの愛の気持ちをこの旅行で弟子
      たちに見せたかったのである。そしてそれは安息日などという律法だけに執
      着し、愛を忘れているエルサレム主流派にたいするイエス独断の反抗の姿で
      あったのだ。

다인들로부터 기대와 경계의 대상이 되었다.

　예수에게 기대를 걸었던 것은 제자들과 세례자 요한에게 동정과 호의를 보이는 갈릴래아의 서민들이었다. 그들 가운데는 예수를 요한의 후계자로 생각하는 자도 있었고, 또한 유다교를 개혁할 뿐만 아니라, 유다의 땅을 점령하고 있는 이방인을 내쫓을 지도자가 될지도 모른다고 큰 기대를 거는 사람들도 있었다. 그들에게 있어서 예수는 서서히 기대의 대상이 되어갔다. 제각각의 꿈을 예수에게 걸었다. 많은 주민들에게 있어 예수는 세례자 요한과 엘리아처럼 예언자와 지도자가 될지도 모르는 인물이었다. 민족주의자의 눈에는, 예수는 머지않아 로마를 팔레스티나에서 쫓아내고, 유다인의 긍지를 되찾아줄 가능성이 있는 인물이었다. 열심당(젤로데)의 사람들은 예수를 자신들의 무력 행위를 지원할 지도자로 생각했을지도 몰랐다. 그리고 여자와 노인, 병자들은 그가 병을 고쳐 주거나 자신들을 구해 줄 인물로 생각했던 듯하다.

　또 한 가지는 경계의 눈으로, 예루살렘의 성전과 의회를 관리하는 사두가이파와 바리사이파의 눈이었다. 그들은 예수를 점차 자신들에게 반항할 위험한 남자로 보게 되었다. 그들에게 예수는 머지않아 군중을 선동할 자로서, 또한 유다교의 용납할 수 없는 개혁자로서 비쳤던 것이다.

3-3. 예수의 모습

군중의 기대와 꿈은 점차로 커져갔는데, 예수가 그들에게 응답하려 했던 것은 그들의 바람과는 정반대의 것이었다. 예수가 전하고 있는 것은 단 한 가지로, **神**의 사랑을 증명하는 데 있었다. 엔도는,

> 예수의 생애의 가장 큰 테마는 사랑의 神의 존재를 어떻게 증명하고, 神의 사랑을 어떻게 알리는가에 있었다. 현실 속에 살아가는 인간의 눈에 가장 믿기 힘든 神의 사랑을 증명하기 위해 예수가 얼마나 고투苦鬪했는지에 있었다.[15]

라고 이야기한다. 이 **神**의 사랑이라는 것은 요한이 이야기해 온 엄격한 부성적 신의 이미지와, 그것을 계승하고 있는 요한 공동체에 결여된 '사랑의 신'이었다. 예수가 가르쳤던 것은 심판하는 신, 분노하는 신, 징벌하는 신이 아니라 인간을 사랑하는 신이었다.

이미 서술했듯이 엔도의 초기 문학에서의 '부성적 신'은 '예수'를 매개로 하면서 '사랑의 신'으로 옮겨가게 되는데, 그 결정적인 모티브가 예수의 존재와 인간의 죄를 용서하는 예수의 사랑이었다. 그러므로 엔도는 자신의 문학 속에서 '사랑의 신'으로 전환되어 가는 과정을 '예수'를 통해 쓰지 않을 수 없었다고 본다.

15　イエスの生涯の、最も大きなテーマは、愛の神の存在をどのように証明し、神の愛をどのように知らせるかにあった。現実に生きる人間の眼には最も信じがたい神の愛を証明するためにイエスがどのように苦鬪されたかにあった。

그 예수의 진정한 모습은 '자신이 가지고 있는 것을 내어주는 것'이었다. 더욱이 그는 인간으로서는 이루지 못할 것까지 이야기했다.

> 너에게 모든 것을 달라는 사람에게 다 주어라, 너의 것을 빼앗는 사람에게 돌려받지 말라, 다른 사람이 해 주기를 바라는 바대로 그에게 해 주어라, 자신을 사랑하는 사람을 사랑하는 것은 쉬운 일이다. 자신에게 베푸는 사람에게 베푸는 것은 쉬운 일이다. 그러나 적을 사랑하고, 보답을 바라지 않고 베푸는 것…… 그것이 하느님의 자녀가 하는 일이 아닌가? 용서하는 것…… 베푸는 것……[16]

군중에게 있어 사랑이라는 것은 있어도 없어도 상관없는 것이다. 그런데 예수는 사랑을 계속 이야기했다. 그들이 찾고 있는 것은 가난에서 벗어날 수 있게 빵을 해결해 주는 것이고, 병을 고쳐 주는 것이고, 자신들을 해방시켜주는 구체적이고 현실적인 것이었다. 그럼에도 불구하고 자신들로서는 도저히 불가능한 사랑을 호소하고 있다. 군중이 예수에게 등을 돌린 것은 이 때문이었다. 갈릴래아 사람들은 '사랑'보다도 현실적인 것을 찾고 있었기 때문에, 그런 소망이 '예수'를 통해 이루어질 수 없을 것이란 생각이 들자 예수를 떠나가게 된다. 떠나가

---

16   すべてをあなたに求める人に与えよう、あなたの物を奪う人から取りさないようにしよう。他人にしてもらいたいことを、そのまま他人にしてみよう。自分を愛する人を愛するのはやさしいことなのだ。自分に恵む人に恵むことはやさしいことなのだ。しかし敵をも愛し、報いをのぞまず恵むこと…… それが最も高い者の子のすることではないか。許すこと…… 与えること……

면서 그들은 예수를 무력한 남자라고 생각하기 시작했다.

엔도가 『예수의 생애』에서 그리고 있는 '예수'는 철저하게 무력한 인간이다. 군중에게 아무런 기적도 행하지 않고, 어떤 문제도 해결해 주지 않는 무력한 인간으로 묘사되어 있다. 실제 성서 속의 예수가 소경의 눈을 뜨게 하는 등 많은 기적을 행하는 데 반하여, 엔도는 기적과는 무관한 무력한 인간으로 묘사하고 있다. 그것은 무슨 이유 때문일까?

이는 엔도가 인간에게 필요한 것은 본질적으로 대단한 기적이나 문제 해결이 아니라 '사랑'이고, 그러므로 중요한 것은 초월적 능력으로 소경의 눈을 띄우는 것이 아니라 인간이 겪고 있는 고통에 동참하며 고통을 나누는 일이라고 말하고 싶었기 때문으로 보인다. 그러므로 엔도가 그린 '예수'는 기적을 행하기보다는 인간의 고통을 함께 나누고, 곁에 있어 주는 '동반자 예수'로 그려질 수 있었던 것이다. 다시 말해 엔도의 '동반자 예수'는 무력했기에 성립될 수 있었다.

> 호반의 마을 곳곳에서 그가 만났던 수많은 불행한 사람들. 비참하게 생활하는 도처의 마을들. 그 마을과 주민은 그에게 있어 세상의 모든 것이었다. 그리고 불행한 그들의 영원한 동반자가 되려면 어떻게 하면 좋은가? '신의 사랑'을 증명하기 위해서 그들을 그 고독과 체념의 세계에서 구해내지 않으면 안 된다. 예수는 인간에게 있어 가장 고통스러운 것은 가난과 질병이 아니라, 그런 가난과 질병으로 인한 고독

과 절망이라는 것을 알고 계셨던 것이다.[17]

　엔도는 예수가 어떻게 "불행한 그들의 영원한 동반자가 되"고자 했는지를 언급하고 있다. 이 '동반자'는, 인간이 고독과 절망에 직면했을 때 그의 곁을 지켜 주며 함께 고통을 나누어 주는 존재로서의 동반자였다. 가난과 질병을 해결해 주는 존재보다도, 오직 나의 곁에서 함께 고통을 나누는 존재이다. 그러므로 엔도가 묘사하는 '예수'는, 현실적으로는 아무것도 해줄 수 없어 무력했기에 동반자가 될 수 있었다.

　이 '동반자'는 엔도가 세 번째 수술을 받을 무렵, 투병 생활 가운데 자신의 곁에서 가만히 지켜보며 자신의 고통을 함께 아파해 주는 존재였다. 엔도의 동반자 사상은 이와 같이 '예수'에 의해 실현되었다. 이 '동반자 예수'는, 이 시기까지 엔도가 줄곧 추구해 온 예수像이었던 것이다. 엔도는 자신이 찾아온 예수像을 『침묵』에 입각하여 이 평전에서 확실하게 묘사한 것이다. 그는 실제로 현존한 예수의 발자취를 좇으면서 그것을 증명했다. 엔도는 다음과 같이 덧붙였다.

17　　湖畔の村で彼がその人生を横切った数しれぬ不幸な人。至るところに人間のみじめさが詰っていた村。その村や住民は彼にとって人間全体にほかならなかった。そしてそれら不幸な彼等の永遠の同伴者になるにはどうしたらいいのか。「神の愛」を証するためには彼等をあの孤独と諦めの世界からつれ出さねばならぬ。イエスは、人間にとって一番辛いものは貧しさや病気ではなく、それら貧しさや病気が生む孤独と絶望のほうだと知っておられたのである。

그들의 불행의 핵심에는 사랑받지 못하는 처참한 고독감과 절망이 늘 짙게 자리하고 있었다. 필요한 것은 '사랑'이지, 병을 낫게 하는 '기적'은 아니었다. 인간은 영원한 동반자를 필요로 한다는 것을 예수는 알고 계셨다. 자신의 비애와 고통을 나누는, 함께 눈물을 흘려줄 어머니와 같은 동반자를 필요로 하고 있다. 神이 아버지처럼 엄한 존재가 아니라 어머니처럼 고통을 나누는 분이라고 믿었던 예수는 그 신의 사랑을 증명하기 위해 갈릴래아의 호반에서 불행한 사람들을 만날 때, 그들이 신의 나라에서 다음과 같이 되기를 원하셨던 것이다. (중략)

하지만 인간들의 영원한 동반자가 되기 위해서는 어떻게 하면 되는가? 그것이 아마도 이 방랑의 여행 동안, 지쳐버린 제자들과 지친 발걸음을 옮기는 예수가 지닌 질문의 하나였음에 틀림없다. 그리고 이때부터 그는 '사랑의 신'이 자신에게 응답하시는 음성을 들으셨는지도 모른다.[18]

---

18 彼等の不幸の中核には、愛してもらえぬ惨めな孤独感と絶望が何時もどす黒くくっていた。必要なのは「愛」であって、病気を治す「奇跡」ではなかった。人間は永遠の同伴者を必要としていることをイエスは知っておられた。自分の悲しみや苦しみをわかち合い、共に涙をながしてくれる母のような同伴者を必要としている。神が父のようにきびしい存在ではなく、母のように苦しみをわかちあう方だと信じておられたイエスは、その神の愛を証するためにガリラヤの湖畔で不幸なる人に会うたびに、それらの人間が神の国では次のようになることを願われたのだ。(中略)だが人の永遠の同伴者であるには、どうすればよいのか。それがおそらくこの放浪の旅の間、疲れ果てた弟子たちと足を曳きずるイエスの問いの一つだったにちがいない。そして彼は「愛の神」が自分に答えられる声を少しずつ、この時から聞かれたのかもしれぬ。

엔도는 예수가 "神이 아버지처럼 엄한 존재가 아니라, 어머니처럼 고통을 함께 나누는 분이라고 믿었"다고 밝히고 있다.

이런 견해 때문에 엔도에게 있어서 '예수像'은 "아버지처럼 엄한 존재가 아니라 어머니처럼 고통을 함께 나누는 분"으로 구축되어 갔다. 즉, 자신이 찾고 있던 예수像을 소설에 묘사해 온 그는 실제의 예수를 추구한 평전에서도 같은 점을 확인했던 것이다. 그리고 그 '예수像'을 자신의 문학 세계 안에서 끝까지 관철하게 되며 '부성적 신'에서 '모성적 신', 나아가서 '사랑의 신'으로 옮겨가기 시작한 것이다.

4. 결론

예수는 사랑을 이야기했다. 그러나 군중이 바라고 있는 예수는 '고통을 함께 나누는 분'이 아니라, 가난과 질병, 해방 등의 현실적인 문제를 해결해 주는 존재였다. 거기에서 예수의 고뇌가 생기고, 수난이 시작되는 것이다. 현실적인 구원을 바라는 군중과 제자들의 눈에 예수는 무력한 남자에 지나지 않았다. 그것을 깨달은 그들은 예수에게 등을 돌렸다.

제자들과 군중은 예수로부터 떠나가고, 그는 이윽고 자신의 수난의 때가 다가오고 있음을 느꼈다. 과월절을 앞두고 예루살렘으로 간 예수는 목요일 저녁, 제자들과 함께 '최후의 만찬'을 했다. 엔도는 그때의 예수에 대해 다음과 같이 이야기한다.

그는 사랑의 메시아였는데, 민중이 기대하는 정치적인 메시아와는 전혀 관계가 없었다. 그는 인간의 영원한 동반자가 되기를 간절히 바랐지만, 세상의 지도자가 되는 것은 생각하지도 않으셨다. 게다가 순례객과 이 만찬을 마지막으로 하여 자신을 오해하며 지지하고 있는 군중, 순례객과 헤어져야 하는 때가 도래했다고 생각하셨던 것이다. 그것이 '최후의 만찬'의 중요한 모티브였던 것이다.[19]

예수는 유다에 의해 은전 30냥에 팔렸다. 유다는 엔도 문학에 있어서 중요한 테마가 되는 인물이다. 엔도는 예수를 배반한 유다에게 강한 관심을 갖고 있었다. 엔도는 유다에 대해서 다음과 같이 이야기한다.

유다가 그리스도의 생애라는 극에서 가장 중요한 조연 역할을 맡고 있음을 부인할 수 없다. 솔직하게 말하면 유다는 그리스도의 커다란 운명의 바퀴를 마무리하기 위해 없어서는 안 되는 인물이었던 것이다.[20] [21]

---

19 彼は愛のメシヤではあったが民衆の期待するような政治的なメシヤとは全く関係がなかった。彼は人間の永遠の同伴者たることを切に願われたが、人間の地上の指導者になることは考えられもしなかった。それゆえに、自分を誤解して支持している群衆、巡礼客とこの晩餐を最後にして、別れねばならぬ時が今、来たと思われたのである。それが「最後の晩餐」の重要なモチーフだったのである。

20 엔도 슈사쿠, 「유다와 소설」, 新 『엔도 슈사쿠 문학 전집』 제12권, 新潮社, 2000년 4월.

21 ユダの演じた役割は基督の生涯という劇のなかで最も大きな傍役をなっていることを否定することはできない。率直にいえばユダは基督の大きな運命の輪を閉じるために欠くべからざる人間だったのだ。

대사제 가야파는 예수를 체포했다. 그는 유다 전체의 치안과 의회의 권력을 유지하기 위해서 예수를 희생으로 할 계략을 세웠다. 반로마 운동가인 바라바를 석방하고, 그 대신에 예수를 처형할 계략을 세웠던 것이다. 과월절이 시작되기 전에 결행하지 않으면 안 된다. 왜냐하면 유다 율법상 과월절에 재판을 하는 일은 금지되어 있었기 때문이다.

엔도는 예수가 직면하고 있는 고통에 대해 다음과 같이 이야기한다.

> 그동안, 예수는 모두 잠들어버린 제자들로부터 "돌을 던져 다다를" 정도 떨어진 곳에서 죽음의 불안과 싸우고 계셨다. 영원히 인간의 동반자가 되기 위해, 사랑의 신의 존재를 증명하기 위해, 자신이 더욱 처참한 형태로 죽지 않으면 안 되었다. 인간이 맛보는 모든 비애와 고통을 맛보아야 했다. 만일 그렇지 않다면, 그는 인간의 비애와 고통을 이해할 수 없기 때문이다. 사람에게 '보아라, 내가 곁에 있다, 나도 너와 마찬가지로, 아니, 너보다 더 괴로워했다'라고 말할 수 없기 때문이다. 인간을 향해 '너의 슬픔을 알 수 있다. 왜냐하면, 나도 그것을 맛보았기 때문'이라고 말할 수 없기 때문이다.[22]

---

22   この間、寝しまった弟子たちから、「石を投げて届く」ほど離れた場所でイエスは死の不安と闘っておられた。永遠に人間の同伴者となるため、愛の神の存在証明をするために自分がもっと惨めな形で死なねばならなかった。人間の味わうすべての悲しみと苦しみを味わねばならなかった。もしそうでなければ、彼は人間の悲しみや苦しみをわかち合うことができぬからである。人間にむかって、ごらん、わたしがそばにいる、わたしもあなたと同じように、いや、あなた以上に苦しんだのだ、と言えぬからである、人間にむかって、あなたの悲しみはわたしにはわかる、なぜならわたしもそれを味わったからといえぬからである。

엔도는, 예수의 고통은 인간의 고통을 함께 나누기 위해서라고 이야기하며, 예수의 수난을 인간과 결부시키려고 했다.

빌라도는 예수를 어떻게 처형할지를 군중에게 물었다. 군중은 십자가형을 요구했다. 십자가형은 원래 유다인들의 처형 방식이 아니라 로마의 처형 방법으로, 십자가에는 "유다인의 왕 예수"라는 죄목이 붙여졌다. 때문에, 예수는 정치범의 죄목으로 처형되었던 것이다. 십자가형을 침묵 가운데 받아들이는 무력한 예수에 대해 엔도는 다음과 같이 이야기했다.

> 수난사화의 예수는 이처럼 현실적으로 무력한 인물로 묘사되어 있다. 갈릴래아와 그 외의 장소에서 그렇게도 사람들을 놀라게 하고, 신의 영광을 높이는 일을 하신 예수는 어디로 갔는가? 죽은 사람까지도 부활시키는 능력은 어디로 사라진 것일까?
>
> 수난사화 이전의 예수와 수난사화의 예수는 너무나 큰 차이가 있다. 한쪽은 능력 있는 예수이고 다른 쪽은 무력한 예수이다. 성서 작가들은 수난사화 속에서 서슴없이 예수를 무력한 인물로 묘사했다. 사랑으로 충만하지만 무력한 예수. 지친 나머지 힘이 다 빠져버린 듯이 보이는 예수. 나로서는 갈릴래아의 능력 있는 예수보다 이 무력한 예수에게서 예수의 가르침의 본질을 느끼는 것이다.[23]

---

23   受難物語のイエスはこのように現実的に無力な者として描かれている。ガリラヤその他の場所であれほど人を驚かせ、神の榮光を高める業をされたイエスは何処に行ったのか。死者さえも復活させる力はこの時、どこに消えたのか。

오후 3시, 예수는 십자가에서 숨을 거뒀다. 그때 그가 한 말은 "당신 손에 모두 맡기나이다."와 "모두 이루었다."뿐이었다. 그는 예루살렘의 형장 '골고타 언덕'에서 처형됨으로써 일생을 마친다. 예수의 생애는 인간과 무관하지 않았다. 고통스러워하고 있는 인간과 깊은 유대를 맺었다. 엔도가 사적史的 예수의 발자취를 추적하면서 발견한 것은 다음과 같다.

그는 단지 다른 사람들이 고통스러워하고 있을 때, 그 고통에 무심하지 않았다. 여자들이 울고 있을 때, 그 곁에 있었다. 노인이 고독할 때, 그의 곁에 묵묵히 앉아 있었다. 기적 같은 것은 일으키지 않았지만, 기적보다 더욱 심오한 사랑이 그 움푹 파인 눈에 넘쳐났다. 그리고 자신을 버린 자, 자신을 배신한 자에게 원망의 말 한마디 하지 않았다.[24]

바로 이것이 엔도가 이해한 예수의 생애였다.

受難物語までのイエスと受難物語のイエスのあまりにも大きな違い。一方は力あるイエスであり、他方は無力なるイエスである。聖書の作家たちは受難物語のなかでイエスを無力なる者として書くことをためらわなかった。愛だけが体をほとばしりながら、無力だったイエス。疲れ果て、力尽きたようにみえるイエス。私としてはガリラヤの力あるイエスより、この無力なイエスにイエスの教えの本質的なものを感ずるのである。

24   彼はただ他の人間たちが苦しんでいる時、それを決して見棄てなかっただけだ。女たちが泣いている時、そのそばにいた。老人が孤独の時、彼の傍にじっと腰かけていた。奇跡など行わなかったが、奇跡よりもっと深い愛がそのくぼんだ眼に溢れていた。そして自分を見棄てた者、自分を裏切った者に恨みの言葉ひとつ口にしなかった。

이 고찰을 통해서 알 수 있었던 것은, 엔도에게 있어서 예수는 능력 있는 자가 아니라 오히려 무력한 자였다는 점이다. 더욱이 이 남자는 무력하지만 사랑을 위해 자신을 내어준다. 이 '예수像'이 예수의 발자취를 좇는 기나긴 여정에서 확인한, 엔도의 '예수像'이 되었다.

엔도의 '예수像'은 무력했기에 동반자의 길을 갈 수 있었다. 그리고 이 '예수像'이 엔도 문학을 새로운 방향으로 이끌어 가게 된다. 따라서 이 예수像을 통해 초기 문학에 존재했던 '부성적 신'이 '모성적 신'을 경과하며 '사랑의 신'으로 전이轉移되게 되었다. 이 신관의 변화를 초래한 매개가 바로 무력했지만 사랑을 위하여 자신을 내어주는 '동반자 예수'였다. 예수는 그 사랑의 실현을 위하여 죽음을 맞이하게 된다.

그러나 엔도는 여기에서 그치지 않고, 이토록 무력하게 죽은 '예수'가 어떻게 제자들에 의해 부활되었으며, 어떻게 '그리스도'가 되었고 신앙의 대상이 되었는지를 저술한 『그리스도의 탄생』을 5년 뒤인 1978년, 신초샤에서 출간한다.

제7장

『사해 부근死海のほとり』
-「13번째의 제자」와 '쥐'의 동반자-

1. 서론

엔도 슈사쿠는 1966년 『침묵』을 발표하였고, 2년 후인 1968년 5월부터 1973년 6월까지 「성서 이야기(聖書物語)」를 「나미(波)」에 연재하였다. 이 5년 동안 36회에 걸쳐 연재한 내용을 원본으로 하여 새롭게 집필해 발표한 것이 『예수의 생애』(1973년 8월)이다. 그리고, 『예수의 생애』와 거의 같은 시기에 평행하여 쓰여졌다고 보여지는 『사해 부근』(1973년 6월)이 발표되었는데, 이 작품 중 「군중의 한 사람」에는 『예수의 생애』에 등장하는 인물인 예수와 완전히 일치하는 인물이 등장한다. 이번 장에서는 이 인물을 집중적으로 조명하고자 한다.

『사해 부근(四海のほとり)』은 처음부터 단행본으로 집필된 것이 아니라, 이전에 발표된 몇 편의 단편을 「군중의 한 사람 1」~「군중의 한 사람 6」으로 구성하였고, 「순례 1」~「순례 7」을 첨가하여 순문학 특별 작품으로 발간한 것이며 『엔도 슈사쿠 문학 전집』 제7권에 수록되어 있다.

그러나 이미 『예수의 생애』에서 집필한 인물인 '예수'를, 같은 시기의 『사해 부근』의 「군중의 한 사람」에서 다시 반복하여 쓰게 된 이유는 무엇일까. 거기에는 분명 어떤 계획된 의도가 있을 것이다. 본 장에서는 『예수의 생애』(1973년 8월)를 집필하면서도, 동시에 『사해 부근』(1973년 6월)을 쓰지 않으면 안 되었던 그 이유를 밝히며, 「13번째의 제자」와 '쥐'의 연관성에 관해 고찰하고자 한다.

2. 작품의 구성

『사해 부근』은 독특한 구성을 하고 있다. 두 개의 독립된 이야기가 씨줄과 날줄로 엮여 있으면서 서로 상호작용하는 구조이다. 즉 「군중의 한 사람」과 「순례」가 교차되며 두 기둥이 하나로 통합되는 구조를 띠고 있다. 작품은 예루살렘을 순례하는 '나'의 기록(「순례 1」~「순례 7」)과 거기에 삽입된 예수가 살던 시대, 즉 신약성서 속의 인물과 사건(「군중의 한 사람 1」~「군중의 한 사람 6」)[1]으로 구성되어 있으며, 두 이야기는 각각 독립되어 있으면서도 상호 연관 지어져 있다.

---

1   「군중의 한 사람」 1~6까지는 단행본이 출간되기 이전, 각각 발표했던 내용을 취합시킨 형태이다. 각각 발표한 초출을 열거하면 다음과 같다. 먼저, 『사해 부근』의 제Ⅷ장인 「知事」를 1971년 1월 호 「新潮」에 발표하였고, 제Ⅹ장의 내용인 「쑥 파는 남자」를 1971년 겨울 호 「季刊藝術」에 발표했다. 그리고 제Ⅳ장의 「알패오」를 1971년 7월 「新潮」, 제Ⅵ장의 「대사제 안나스」를 1971년 10월에 「群像」, 제ⅩⅡ장의 「백부장」을 1971년 11월의 「新潮」와 1972년 1월의 「文藝」에, 제Ⅱ장 「기적을 지닌 남자」를 1973년 1월에 각각 발표했다. 1971년 5월, 新潮社에서 발간된 「母性的인 것」에 제Ⅷ장의 「知事」와 제Ⅹ장의 「쑥 파는 남자」만이 수록되었고, 1972년 5월, 講談社 발간의 『일본 문학선집 37』에는 제Ⅳ장의 「알패오」만이 수록되어 있다.

미키 사니아(三木サニア)[2]도 이 점을 지적하고 있다. 즉, 「군중의 한 사람 1」~「군중의 한 사람 6」까지는 1971년부터 단편으로 발표된 「지사(知事)」, 「쑥 파는 남자」, 「대사제 안나스」, 「백부장」, 「기적을 지닌 남자」를 씨줄로, 「순례 1」~「순례 7」은 예루살렘을 순례하는 '나'의 기록을 날줄로 하고 있다.

3. '나'의 순례 이유

작가인 '나'는 예루살렘을 방문한다. 처음 여행 계획을 세울 때는 예루살렘까지 올 생각은 없었는데, 여행 중 계획을 변경하여 예루살렘을 방문하게 되었다. '나'는 그 이유를 "동행한 TV 방송국 사람과 런던과 파리, 마드리드를 다닌 후, 함께 북쪽을 경유하는 비행기를 타고 도쿄로 돌아올 예정이었다. 그러나, 로마에서 일행과 헤어진 후 갑자기

---

2   미키 사니아(三木サニア), 『遠藤·汁の作品世界』, 雙文社, 1993년 11월.
　　『사해 부근』은 이 작가의 무기라고도 할 수 있는 구성의 묘를 다한 작품으로서, 이중 소설이라는 특이한 방법이 사용되었다. 나카노 키이(中野記偉)의 論에 의하면, 미국 작가 포크너의 작품에서 앞선 흔적이 보이지만, 일본의 근대소설에 있어서 성공한 예는 없다고 한다. 그 이중 구조성은 「순례」라는 제목의 홀수 장(1장~7장)과 「군중의 한 사람」이라는 제목의 짝수 장(1장~6장)이 서로 병행하여 배치되었으며, 전부 13장으로 완결되는 구조이다.
　　『死海のほとり』は、この武器ともいえる構成の妙を尽くした二重小説という特異な方法を用いている。中野記偉の論によると、米国作家フォ‐クナ‐の作品に先跡がみられるが、日本の近代小説に於いて成功した例はないという。その二重構造性は、〈巡礼〉と題する奇数章(一章─七章)と、〈群衆の一人〉と題する偶数章(一章─六章)が交互に並行的に置かれ、全十三章で完結するしくみである。

예루살렘으로 오려고 했던 그 마음을 이야기하는 것은 …… 나의 모든 과거를 한 마디로 설명하는 것만큼 어려웠다."라고 밝힘으로써, 그가 갑작스럽게 방향을 바꾸어 예루살렘 여정에 오른 데에는 자신의 과거와 결코 분리시킬 수 없는 어떤 이유가 있다는 것을 암시하고 있다.

'나'는, 성서학을 전공하면서 오랜 세월 예루살렘에 살고 있는 대학 동창 도다(戶田)를 만나 함께 예루살렘 순례를 시작한다. '나'는 소극적인 신앙을 갖고 있는 남자로 묘사되는데, 이를테면 어린 시절의 세례가 훗날 자신의 삶에 어떤 흔적을 남길지 생각지도 못한 채 세례를 받으면서 "믿습니다."라고 답했으나 지금은 교회에 나가지 않고 있다. '나'의 미완성 소설인 「13번째의 제자」는, '나'의 희미해진 예수의 모습과 함께 서랍 속에 던져진 채이다. 그런 '나'는 이 예루살렘 순례를 통해서 그 소설을 마무리 짓고 싶다고 생각한다. '나'는 '예수'의 발자취를 좇으면서 교회에서의 예수뿐만 아니라 '나에게 있어서의 예수'의 모습을 찾고 싶어 순례를 시작한다.

엔도는 사실적 예수의 흔적을 좇기 위해 이스라엘을 방문하면서 「성서 이야기」를 연재했으며, 이를 원본으로 하여 『예수의 생애』를 썼다. 그리고 이 여행의 경험과 구상을 『사해 부근』의 「순례」에서 한 축으로 사용하고 있다. 즉, 『사해 부근』의 「순례」는 엔도가 사적史的 예수를 찾아 떠난 예루살렘 순례에서 경험하고 체험한 내용들을 축으로 하고 있다.

'나'의 관심은 '예수의 참모습'을 찾는 것이다. 오랜 세월의 신앙 속에서 지금은 희미해지고 희미해진 예수의 참모습을 찾는 것이며, 더 나가 '나의 예수'를 찾아내는 것이 이 순례의 목적이다.

4. 「13번째의 제자」와 코바르스키(쥐)

『사해 부근』의 주인공 '나'는, "신앙은 오랜 세월 동안, 홈통처럼 부식되어 있고, 예수의 모습은 이 존 웨인의 간판화처럼 통속적인 묘사에 지나지 않게 된" 인물로 설정되어 있다.

작가인 '나'가 예수를 이처럼 느끼기 시작한 것은 수년 전부터 쓰기 시작한 「13번째의 제자」를 끝까지 완성시키지 못한 채로 서랍 깊숙이 은폐시켜 버린 후부터다. 「13번째의 제자」의 내용은 다음과 같다.

> 그 소설은 예수와 그의 제자 중 하나인, 교활하고 거짓말쟁이며 게으른 남자와의 일을 쓸 생각이었는데-그리고 그 남자는 나 자신의 투영이었다-그것이 실패로 끝났을 때, 나는 예수를 버린 느낌이었다.[3]

'나'는 "예수와 그의 제자 중 하나인, 교활하고 거짓말쟁이며 게으

---

3   모든 인용은 엔도 슈사쿠, 『사해 부근』, 『엔도 슈사쿠 문학 전집』 제7권, 新潮社 (1975년 5월)을 사용하였다. 이 책의 모든 본문 인용 번역은 필자가 하였고, 원문을 주에 명기하였다.
その小説はイエスとその弟子の一人の、小狡い嘘つきの、ぐうたらな男とのことを書くつもりだったが-そしてその男は私自身の投影だった-それが失敗に終った時、私はもうイエスを棄てた気になったのである。

른 남자"인 유다를 묘사하려 했다. 예수의 제자 중 하나였지만, 예수를 배신한 제자가 되어버린 유다에게 자신을 투영시켜 그려 보려고 시도했었다.

'나'가 쓰고 있던 소설의 주인공인 남자는 이가 빠진 치료 불능의 거짓말쟁이이며, 예수의 뒤를 따르면서도 끊임없이 불평을 하며 광야를 걷고 있었다. 남자는 다음과 같이 묘사되어 있다.

> 일본에 있을 때, 내가 상상하던 예루살렘과 같았고, 벌써 여러 해나 서랍 속에 던져 놓은 「13번째 제자」라는 나의 미완성 소설에도 그런 분위기를 짜 넣었다. 이 소설의 주인공은 이가 빠진 거짓말쟁이에다 겁쟁이 남자였는데, 그는 예수와 함께 이런 예루살렘을 걷고 있었던 것이다.[4]

그리고 '유다'는 어느새 '쥐'의 얼굴로 확장된다. '쥐'는 '나'가 대학 시절에 살았던 기숙사에서 일을 도와주던 수도사였고, 이름은 고바르스키였다. 무슨 이유에서인지 수도사를 그만두고 본국으로 돌아갔는데, 그 후 '나'는 그가 게르젠의 수용소에서 죽었다는 소문을 들었다. '쥐'는 우리 기숙사생들에게 있어 다음과 같은 존재였다.

---

4   日本にいた時、私が空想していたエルサレムと同じだったし、もう何年も引き出しに放りこんだ「十三番目の弟子」という私の未完の小説にも、そんな雰囲気を織りこんでいた。この小説の主人公は歯の欠けた嘘つきの弱虫男だったが、彼はイエスと一緒にこんなエルサレムのなかを歩きまわるのだった。

'쥐'가 모습을 감춘 것은 무로토(室戸)가 어머니에게 이끌려 고베로 돌아간 후이다. 모습을 감추었다고 하지만, 실제로 그는 어느 사이엔가 우리 기숙사에서도 대학에서도 보이지 않게 되었다. 기숙사생 중에 그 누구도 그것을 알아차리지 못했던 것은 그가 우리의 흥미와 관심을 끄는 인간이 아니었기 때문일 것이다. '쥐'가 사라졌다 하더라도 기숙사에 영향을 주는 일은 없다. 그 때문에 서운한 생각을 가질 이유도 없다. 막 울음을 그친 눈을 하고서 복도를 걷고 있던 그는 우리 기숙사생들에게는, 누군가가 기숙사 현관에 벗어 던진 낡은 슬리퍼와 같이 아무래도 좋은 존재였다.[5]

아무에게서도 관심을 끌지 못하고, 사랑받지 못한 '쥐'. 그가 사라졌다고 해서 궁금해하는 사람은 아무도 없었다. 그 '쥐'가 '나'의 소설의 주인공과 겹쳐진다. 그리고 '쥐'의 겁먹은 얼굴과 '나'의 소설 「13번째 제자」의 "이가 빠진 그 남자"의 얼굴과 "예수의 뒤에서 끊임없이 불평하면서 광야를 걷고 있는 유다"가 겹쳐지고, 더욱더 순례를 하고 있는 '나'의 곁에 "예수와 함께 유다가" 걷고 있다는 것을 느낄 수 있

---

5   ねずみが姿を消したのは、室戸が母親に連れられて神戸に引きあげたあとである。姿を消したと言う言葉を使ったが、実際、彼はいつの間にか我々の寮からも大学からも見えなくなってしまった。寮生たちの誰もが、最初、それを気にとめなかったのは、彼が我々の興味や関心を引く人間ではなかったからだろう。ねずみが消えたところで、寮に何かが欠けるわけでもない。そのために寂しい思いをする筈もない。泣きはらしたような眼をして廊を歩いていた彼は、私たち寮生には寮の玄関に誰かが履きすてた古スリッパと同じように、どうでもいい存在だった。

었다.

'나'는 순례를 하면서 도다에게서 대학 시절 기숙사 일을 도와주던 수도사 고바르스키('쥐')에 대한 이야기를 들었다. 그리고 도다가 안내해 준 '유태인 학살 기념관'에서 '나'는 그 '쥐'를 떠올린다.

> 도다가 '쥐' 따위에 흥미와 관심이 없다는 것을 나도 알고 있었다. 그 것이 오늘까지의 나와 도다의 삶의 방식의 차이였는지 모른다. 서랍 깊숙이 던져 둔 나의 미완성 소설. 그 소설 주인공에 '쥐'가 겹쳐지는 부분이 있다는 것을 이때 처음으로 느꼈지만, 내가 즐겨 쓰는 인간은, 생각해 보면, 모두 '쥐'와 같은 인물들뿐이었다.[6]

여기서 '나'는 소설 속 화자에 대해 "내가 즐겨 쓰는 인간은, 생각해 보면, 모두 '쥐'와 같은 인물들뿐이었다."라고 이야기하고 있다. '나'는 자신의 과거를 회상하면서 나병원癩病院에서의 자신과 노삭크 신부를 배신한 자신이 '쥐'와 어디가 다른가, 라는 의문을 품는다. '나'는 "나의 과거에는 더욱 비겁했던 모습이 수없이, 더 이상 채울 수 없을 정도로 가득히 채워져 있다."라고 고백하고 있다. 그리고 '도다'로부터 받은 "왜, 너는 '쥐'에게 그렇게 흥미를 갖는 건가?"라는 질문에 대해

---

6   戸田がねずみなど興味や関心の対象にしないことは私にもわかっていた。そ
     こが私と戸田との今日までの生き方の違いだったかもしれぬ。引出しの奥即
     に放りこんだ私の未完成の小説。その小説の主人公にねずみと重なる部分
     のあるのをこの時初めて気がついたが、私の好んで書く人間は、考えてみる
     と、皆ねずみのような連中ばかりだった。

"이 나이가 되면, 예수를 따랐던 12명의 훌륭한 제자보다도 예수를 버리고 떠난 제자들 쪽이 더 마음에 걸려서. 결국, '쥐'도 나도 그 형편없는 제자와 닮았기 때문에…… 자네도 그렇지 않은가."[7]

라고, '쥐'와 마찬가지로 자신 속에서도 비겁하고 형편없는 인간의 모습이 내재되어 있다고 고백하고 있다.

'쥐'? 내 인생에 있어서도 두세 번 만났을 뿐인데 평생 잊을 수 없는 흔적을 남긴 사람이 몇 명 있었고, 또한 매일같이 얼굴을 마주하면서 아무런 의미도 없었던 많은 사람이 있었다. 생각해 보면 오늘날까지, '쥐'는 내게 있어서, 학생 시절의 추억 속에 희미하게 남아 있는, 안개 속 나무 그림자처럼 어찌 되어도 좋은 존재에 지나지 않았다. 그것이 지금, 갑자기 마음에 걸리기 시작하는 것이다.[8]

라는 점에서 '나'는 '쥐'의 존재감에 시달린다.

---

7 「この年齢になると、イエスに従った十二人の立派な弟子よりも、イエスを見棄て去った弟子たちのほうが気になってね。結局、ねずみもぼくもその駄目な弟子に似たもので…… 君もそうじゃないか」

8 ねずみか。私の人生にだって二度か三度、邂逅っただけなのに、生涯、忘れ難い痕跡を残した人が何人かいたし、また毎日のように顔を合わせながら何の意味もなかった沢山の人間もいたのだ。考えてみると今日まで、ねずみは私にとって、学生時代の思い出のなかの霧のなかの木の影のような、どうでもいい存在にすぎなかった。それが今、急に気になりはじめている。

그리고 '쥐'와 같은 수용소에 있었던 의사에게서 받은 편지를 통하여 고바르스키의 또 다른 모습을 접하게 되는데, 「순례 4」부터 구체적으로 '쥐'의 흔적을 추적하게 된다.

5. '도다'와 '나'의 관련성의 설정

성서 연구가인 도다는 「나」와 같은 대학의 친구이다. 그는 학창 시절부터 자진하여 세례를 받고, 새벽 미사에 노삭크 신부와 가기도 하고, 어떤 때에는 신부가 되려고도 생각한 인물이다. 그는 '나'와 달리 적극적인 신앙심을 갖고 있었고, 성서를 연구하기 위해 이스라엘로 건너갔다. 그런데, 졸업한 후 20년 만에 만난 '나'의 눈에 비친 그는 옛날의 그와는 상당히 변해 있었다. 그는 성서를 신앙으로 믿기 보다는 이성적으로 분석하고 있었고, 지금은 예루살렘에서 국제연합의 일을 하고 있었다.

'나'는 순례 도중 도다에게 "성서에 나오는 최후의 만찬 장소나, 겟세마니 동산 같은 곳은 어디에 있냐?"라고 묻는다. 도다는 "순례자용으로는 존재하고 있지만, 고고학적으로는 엉터리야.", "때문에, 예수의 흔적은 이 성벽 안에서도 거의 존재하지 않지."라고 답한다.

'나'가 도다에게 "자네도 예수를 버렸나?"라고 묻자, 도다는 "버린 게 아냐. 잃어버린 거지."라고 말한다.

"어째서?" 나는 끈질기게 물었다. "자네는 오랫동안 성서를 공부해 왔지 않나?"

"그래. 그렇기 때문에 예수도 잃어버리지."라며 도다는 먼 곳을 바라 보는 듯했다.

"이곳에서 성서학을 공부하는 한 남자가 있는데, 오랜 기간 예수의 생애도 모습도 성서에 쓰인 대로라고 믿어 왔지. 하지만 공부를 해나 감에 따라, 성서에 쓰인 예수의 생애도 말도 사실이라기보다는 원시 그리스도교 공동체가 신격화하여 만들어냈다는 것을 알게 되지. 그로 부터 오랜 기간, 그는 후세의 신앙이 만들어낸 성서의 예수像을 접어 두고 사실적 예수의 생애만을 찾으려고 이 나라에 왔네."[9]

도다의 대답에 의해서 지금까지 걸어온 그의 여정이 엿보인다. 그 리고 "사실적 예수의 생애만을 찾으려" 하는 도다의 자세 또한 엿볼 수 있다. '나'는 도다를 통해서 순례를 결심한 자신의 자화상을 확인할 수 있었다. 때문에 '나'는,

---

9   「なぜ」私はしつこく訊ねた。「君は長い間、聖書を勉強してきたのに」
      「そうさ。だからイエスも見失うさ」と戸田は遠いものでも見るような眼つき
      をした。
      「ここに聖書学を勉強している一人の男がいてね、長い間、イエスの生涯も
      姿も聖書に書かれてあるその侭だと信じてきた。だが勉強が進むにつれ、聖
      書に書かれたイエスの生涯も言葉も事実というよりは原始基督教団が神格化
      し、創られたものだとわかってくる。それから長い間、彼は後世の信仰が創
      りだした聖書のイエス像を丹念に横にのけて、本当のイエスの生涯だけを見
      つけようと考え、この国にやってきた」

우리 사이에 흐른 세월 동안, 나의 예수는 부식되어 버렸는데, 그의
예수는 어떻게 바뀌었을까?

때문에 '나'는 다시 한번…… 잃어버린 그 남자의 발자취를 더듬어봄
으로써 결말을 내고 싶다는 생각을 하는 것이다. 예수의 흔적을 다시
따라 걷는 것은, 교회의 예수가 아니라 '나의 예수'를 찾는 길이었다.[10]

라고 순례하는 자신의 결의를 다시 한번 확인한다. 그래서 이 두 남
자는 힘겨운 과제를 안고, 함께 예수의 흔적을 따라가는 순례를 하게
된다.

6. 군중의 한 사람

「군중의 한 사람」은 예수가 살아 있던 시대를 배경으로 하며, 신약
성서의 인물과 사건을 열거하는 형식이고, 주된 등장인물은 안드레아,
알패오, 대사제 안나스, 지사 빌라도, 쑥을 파는 남자 드보라와 백부장
이다.

「군중의 한 사람」 1~6까지는 단행본이 출간되기 이전 각각 발표했
던 내용을 취합시킨 형태이다. 『예수의 생애』와 같은 내용으로 구성되

---

10   我々の間に流れた歳月の間、私のイエスは腐蝕していったが、彼のイエスは
      どう変わったのだろう。
      だから、〈私〉はもう一度……見失ったあの男の足跡を歩きなおして、けりを
      つけたいと思うのである。イエスの跡を歩きなおすのは、教会のイエスでは
      なく、〈私のイエス〉をさがす道であった。

어 있으며,[11] 각각 6명의 인물을 통하여 그들이 체험한 예수를 이야기한다. 그들의 눈을 통해서 묘사되는 예수는 나약한 인간이지만, 고통을 당하는 사람에게 등을 돌리지 않고 그들의 곁을 지키는 인물로 그려져 있다. 구체적으로 그들에게 비친 예수는 다음과 같다.

'안드레아'의 눈에 비친 예수는, 사두가이파의 교사와 예언자의 이야기와는 달랐다. 교사와 예언자들은 항상 인간의 나약함을 책하고 협박하듯 神의 분노, 신의 징벌에 관한 두려움을 이야기했지만, 예수는 그런 말을 한 번도 하지 않았다. 예수는 신이 예언자들이 말하듯 험난한 산과 광야에 숨어 있는 것이 아니라, 고통받는 자가 흘리는 눈물이나 버림받은 여자의 고통 속에 깃들어 있다고 가르쳤다.

군중이 예수에게 기대하고 있는 것은 병을 고쳐 주는 기적과 고통에서 해방시켜주는 것이었지만, 예수는 그것에는 응하지 않으려 했다. 그가 군중에게 한 말은 "내가 할 수 있는 것은… 너희들과 함께 고통받는 것이기 때문에…"였다.

안드레아가 예수에게서 읽어낸 것도 "내가 할 수 있는 것은… 너희들과 함께 고통받는 것이다."라는 메시지였다. 이는 안드레아의 예수像 역시 '동반자 예수'였다는 것을 암시하고 있다.

엔도는 이미 『예수의 생애』에서 표현한 '동반자 예수'를 이 부분에서 다시 등장시켰다. 그 예수는 "아무것도 할 수 없었다.", "하지만 너

11   각각 발표한 초출은 각주 1과 동일하다.

희들을 사랑하려고 했다. 너희들과 함께 고통을 나누고자 했을 뿐이다."라고 이야기한다.

'알패오'의 시각으로 묘사된 예수는 다음과 같다. 열광적이었던 사람들은 실망하고, 민중은 예수를 경멸하게 되었다고 한다. 한때는 무슨 일이든 할 수 있을 것으로 보였던 예수가 결국 아무것도 할 수 없던 것이다.

그런데, 그 사람은 알패오의 얼굴에 흐르는 땀을 닦아 주었다. 물을 마시게 하고, 음식을 조금씩 입에 넣어 주었다. 약초 달인 약을 주고, 그가 잠들 때까지 가만히 곁에 앉아 있었다. 알패오가 고열에 시달려 비명을 지를 때, 그 사람은 말했다. "너의 곁에 내가 있어. 너는 혼자가 아니야."

과월절이 되자, 가장家長들은 아이들에게 구세주가 온다고 들려주었다. 그들은 이스라엘을 로마의 지배에서 해방시키고, 다윗의 성전을 본래 모습으로 회복시켜 줄 구세주가 올 것을 믿고 있었다.

그러나 예수는 "다른 사람을 위하여 슬퍼하는 것, 어느 날 밤 죽어가는 사람의 손을 잡아 주는 것, 비참함을 함께 견디는 것, 그것까지도… 다윗의 성전보다도 과월절보다도 더 위대한 일이다."라고 말했다.

예수는 자신이 구세주라는 말은 한 번도 한 적이 없다. 그 사람을 구세주로 믿으려 한 것은 군중이었다. 그는 기적을 행하진 않았지만,

고통스러워하는 사람들 곁에 있고자 했다. 그는 목숨을 내어줄 정도로 인간을 사랑했다. 그러나 군중은 그런 그의 사랑을 이해할 수 없었다. 군중은 그를 배척했다. 배척받은 그는 성전 모독죄로 체포되었다.

「대사제 안나스」의 화자는 「군중의 한 사람 1」과 「군중의 한 사람 2」와 달리 '나'로 설정되어 있다. 이 내용에서는 대사제 안나스에게 보고된 내용에 초점을 맞추고 있다. 가야파가 보낸 파피루스에는, 갈릴래아인들이 이 남자가 자신들을 해방시켜 줄 것으로 생각했지만, 결국 그는 아무것도 할 수 없었다고 쓰여 있다. 그 때문에 추종하던 제자들도 점차 숫자가 줄고, 이제는 10명 정도밖에 남아 있지 않고, 더욱이 이 예수는 성전을 모독하고, 안식일을 지키지 않았다는 내용이 쓰여 있었다. 안나스가 알 수 있었던 것은 다음과 같은 것이다.

목수가 말하는 것은 단 한 가지 (중략) 그 사랑이라는 것이었다. 목수는 그 사랑을 위해 갈릴래아의 마을들을 돌아다니며, 비웃음거리가 되고, 바보로 취급받고, 돌을 맞았던 것이다. 성전보다도 율법보다도 더욱 중요한 것은 사랑이다, 라고 그는 항상 교사들에게 이야기했으며, 그 때문에 그들의 분노를 샀다. 파피루스에 보고된 그의 3년간의 발자취를 보면, 의인과 덕 있는 사람을 멀리하며, "나병과 열병 환자와 매춘부만 찾아다니고, 혐오의 대상이 된 그들이 자신들보다 사랑에 대해 잘 알고 있다고까지 말하였다. 그는 인생의 아름다운 것을 거부

하고, 더러워진 것을 편애하는 광인狂人과 같았다."라는 것이었다.[12]

    '빌라도'는 금년에도 무사히 과월절을 예루살렘에서 지내고 처자가 있는 가이사리아로 되돌아가고 싶었는데, 그런 그의 앞에 성전과 유대교를 모독해 체포된 예수가 끌려 왔다. 빌라도는, 그 남자가 갈릴래아인이라면 유대의 분봉왕인 헤로데에게 끌고 가야 한다며 헤로데 왕에게 떠넘겼지만, 헤로데는 빌라도에게 그 남자를 다시 돌려보냈다.

    「쑥 파는 남자」는, 예수의 뒤를 따르는 드보라가 예수에게서 느끼는 것을 설명하는 형식을 취하고 있다. 어느 날, 병자인 걸인이 의지할 사람 하나 없다면서 예수에게 "네가 정말 예언자라면, 기적으로 이 병을 고쳐 주지 않겠는가?"라고 말했다. 그 말에 대해 예수는, "나는 네 병을 고칠 수 없다.", "하지만 나는 너의 그 고통을 함께 나누고 싶다. 오늘 밤도, 내일 밤도, 그다음 밤도…. 네가 고통스러울 때, 네 고통을 나누고 싶다."라고 말했다. 여기에서의 예수像도 동반자 예수의 모습이다.

---

12   大工が言っているのはただ一つ (中略) あの愛ということだったのだ。大工はその愛のためだけにガリラヤの町を歩きまわり、笑われ、馬鹿にされ、石を投げられたのである。神殿よりも律法よりももっと大事なものは愛だと、彼は教師たちにいつも言いつづけ、その怒りを買った。パピルスに報告された彼の三年間の足どりをみると、「癩病や熱病患者や淫売婦ばかりたずね歩き、義人や有徳の者を避け、それらいまわしい者たちのほうが、我々より愛することを知っているとさえ口にした。彼は人生のうつくしいものを拒絶して、よごれたものを偏愛している狂人のようだった」ということだった。

드보라는 은화 세 개로 십자가를 짊어진 예수를 도운 유일한 사람이 되었다. 자신의 현실적인 문제가 해결되지 않은 걸인은 배신당했다는 듯이 욕을 하고, 모였던 여자들도 이 말에 실망했다는 듯이 사라졌지만, 예수는 아무것도 할 수 없었다. 유다 의회에 의해 유죄로 판결된 예수는 십자가를 지고 '해골'이라고 불리는 사형장으로 향했다. 그는 몇 차례나 넘어졌다. 드보라는 예수가 넘어졌을 때 그를 도와준 인물이다.

'백부장'은 병사를 시켜 사형수를 형장까지 끌고 가게 했다. 사형수가 숨을 거두었을 때, 그 죽음을 확인하는 것도 그의 일이다. 그 때문에 '죽음의 확인자'라고 불린다. 그런데, 그는 예수가 이와 같은 고통과 참혹함 가운데 죽어가야 할 이유를 알 수 없었다. 사랑만으로 살아온 인간이 왜 이런 비참한 죽음을 당해야 하는지도 알 수 없었다. 고통을 견디면서 예수는 죽었다. "모든 것을 당신 뜻에… 나를 당신에게 맡기나이다."라고 말하고 예수는 숨을 거두었다.

이와 같이 「군중의 한 사람 1」~「군중의 한 사람 6」까지는 예수가 성전 모독죄로 무력하게 죽어가는 이야기를 각 편 화자의 시선에서 조망하는 구성으로 이루어져 있다. 이 부분에는 예수의 기적 이야기가 전부 배제되어 있다. 예수는 아무런 기적도, 아무런 도움도 행하지 않는 무력한 인간으로, 단지 고통당하는 사람들 곁에 있어 주는 인물로 그려져 있다. 이렇듯 「군중의 한 사람」에 등장하는 예수는 『예수의 생애』에 그려진 예수와 동일 인물로서 『사해 부근』의 한 축의 역할을 하고 있다.

7. '순례'와 '군중의 한 사람'의 상관관계

앞서 열거했듯, 『사해 부근』에는 「순례 1」~「순례 7」까지와 「군중의 한 사람 1」~「군중의 한 사람 6」까지가 서로 교차되어 있으며, 「순례」의 '나'라는 화자는 도다와 함께 성서의 무대인 예루살렘을 순례하며 실존적 예수의 발자취를 좇고 있다.

가사이 아키후(笠井秋生)[13]는 그 순례에 대해 "'나'와 도다가 예수의 발자취를 따라 걷는 여행을 예수의 비신화화非神話化의 여행이라고 해도 좋을 것이다. 예수에 대해 신화화된 부분을 모두 제거하고, 실제의 예수, 사적史的 예수를 추구하는 여행이다."라고 말하고 있다.

엔도는 신학을 배우기 위해 이스라엘에 와서 신앙의 실체를 잃어버린 도다의 입을 통해, "후세의 제자 공동체는 예수를 신격화시키기 위해 점차적으로 구약의 예언과 영웅 전설로 장식했던 것이야."라고 이야기하고 있다.

---

13   가사이 아키후, 『엔도 슈사쿠론(遠藤周作論)』, 双文出版社, 1987년 11월.
      〈私〉と戸田とのイエスの跡を巡る旅を、イエスの非神話の旅と呼んでもいい
      だろう。イエスについての神話化された部分をすべて取り除き、実際のイエ
      スを、史的イエスを追い求める旅である。

이 부분에 드러나는 도다의 "예수를 신격화시키기 위해 점차적으로 구약의 예언과 영웅 전설로 장식했던 것이야."라는 견해와, '나'의 입을 통해 발화되는 "베들레헴 전설 따위가 없더라도 예수의 본래 모습에는 변함이 없기 때문에"라는 내용을 통하여 두 사람이 갖고 있는 예수에 대한 생각을 엿볼 수 있다.

이러한 생각을 갖고 나선 순례를 통해서 엔도는 "신은 성전을 갖고 싶어 하는 것이 아니라, 인간을 갖고 싶어 한다."라는 예수像을 형상화시키고 있다. 그리고 "고통스러워하는 인간 곁에 있어 주는 것, 인간을 사랑하는 것"이 예수의 본질이라는 메시지를 전하고 있으며 이것이 '순례'의 내용이다.

「군중의 한 사람」 각각의 6개의 장과 「순례」는 마무리 부분에서 연결된다. 엔도는 도다의 다음의 말을 통해서 「순례」와 「군중의 한 사람」을 통합시켰다.

> 갈릴래아의 주민들은 예수에게서 사랑 같은 눈에 보이지 않는 것보다도, 현실적인 기적을 바랐던 거야. 절름발이를 고쳐 주고, 열병으로 죽음에 이른 아이를 살려 주고, 맹인의 눈을 뜨게 해 주고…… 그 이상을 예수에게 구하지 않았다는 말이야. (중략) 거창한 기적 이야기는 말이지, 나중에 예수를 신격화하기 위해서 각지의 전승을 성서 작가가 짜 넣은 것이지. 때문에 그 기적 이야기 사이사이에 사람들과 제자들로부터도 버림받는 예수의 이야기가 갑자기 나타난 거야. 그것

이 사실이야. 본래의 예수의 모습이지. 예수가 만약 거대한 기적을 보였다고 한다면, 왜 그는 1년 후에 모두로부터 버림받고, 갈릴래아에서 쫓겨났는지, 생각해 보게.[14]

그리고 「순례」와 「군중의 한 사람」의 씨줄과 날줄을 하나로 통합시키는 장면은, ⅩⅢ장의 「다시 예루살렘으로」이다. 「다시 예루살렘으로」는 예루살렘을 출발점으로 유대인 학살 기념관, 사해 부근, 가나 마을, 갈릴래아 호수, 테르 데넷슈의 키부츠 등을 순례하고, 일본으로 돌아오기 위해 재차 예루살렘에 들렀을 때의 예루살렘을 배경으로 하고 있다.

「다시 예루살렘으로」는 상당히 복잡한 구조로 짜여 있다. 예를 들면, 구마모토 목사에게서 받은 번역본 『소년을 위한 예루살렘 이야기』의 인용과, '나'가 들렀던 성전 앞과, 두 번째 방문하는 '학살 기념관'에서의 감상, 그리고 일본으로 돌아오기 직전의 이야기, 키부츠 수용소에서 살아남은 야곱 이갈 씨로부터 받은 편지가 혼합된 구성이다. 그런 구성 속에 갑자기 '나'와는 다른, 또 한 사람의 화자가 등장하고

---

14 ガリラヤの住民たちはイエスから愛などという眼に見えぬものよりも、現実的な奇跡のほうをほしがったんだよ。びっこを治してくれ、熱病で死にかかった子供を生きかえらせてくれ、盲人の眼を開いてくれ……それ以上をイエスに求めなかったということだよ (中略) 華やかな奇跡物語はね、あとでイエスを神格化するために、各地の伝承を聖書作家が 織りこんだものだ。だからその奇跡物語の隙間隙間に、人々や弟子からも見棄てられたイエスの話が突然出てくるだろう。それが事實だよ。本当のイエスの姿、イエスがもし力ある業を見せたとするなら、なぜ一年後に彼は皆から棄てられ、ガリラヤを追われたのか、考えてみろよ

그 화자가 「군중의 한 사람」과 「순례」를 통합시키고 있다.

이 화자는 「순례」에 해당하는 제ⅩⅢ장의 「다시 예루살렘으로」 중에서 '예수의 죽음'에 대해 이야기한다. 예수는 「군중의 한 사람 6」에서 이미 죽음을 맞았는데, 뒷부분인 이곳에서 또 예수의 죽음을 다음과 같이 언급하고 있는 이유는 무엇일까?

겟세마니의 나무들 사이로 위협적인 성전과 성벽의 모습이 손에 잡힐 듯 검게 보였다. 제자들로부터 돌을 던져 닿을 정도 떨어진 곳에서 예수는 손으로 얼굴을 덮고 고통스러워하셨다. 그는 피와 같은 땀에 젖었지만, 제자들은 아무도 그것을 알아차리지 못했다. 그때 그는 이렇게 기도하셨다. 여인은 아이를 낳기 위해 고통스러워합니다. 저는 지금 사랑을 낳기 위해 고통스러워합니다. 인간이 다시는 고독하지 않기 위해 저의 죽음이 필요합니까?

정오, 세 개의 십자가가 형장에 세워지고, 예수의 좌우에는 죄수 둘이 똑같이 양손과 발목에 못이 박혀 고개를 떨어뜨리고 있었다. 형장까지 따라온 사제들도 세 사람이 십자가에 달린 것을 확인하자 시내로 돌아갔다. 남은 것은 백부장과 그의 부하인 로마 병사 세 사람, 그리고 얼마 안 되는 구경꾼들이었다. 형장은 매우 무더웠고, 죄수들은 목숨이 붙어 있었다. 오른쪽의 죄수가 갑자기 얼굴을 들고 할딱거리며 예수에게 말을 건넸다. 나도 천국에서…… 잊지 말아 주게. 예수도 땀과 피투성이의 얼굴에 고통스러운 미소를 떠올리며 말했다. 언제

나…… 네 곁에 내가…… 있다, 라고.[15]

　문체로 보면, 이 대목의 화자는 「순례」의 화자 '나'가 아니다. 확실히 「군중의 한 사람」의 화자라고 생각된다. 그런데도 불구하고 갑자기 「순례」 속에 들어와 있다. 더욱이 이 화자는 '쥐'에 대해 말하는 '야곱 이갈 씨로부터의 편지'와 '쥐'가 비누가 되었다고 생각하는 「학살기념관」에서의 '나'의 감상 속에 들어와, 「순례」와 「군중의 한 사람」의 이야기를 통합시키고 있다. 이는 무슨 이유에서일까?

　그것은 「군중의 한 사람」의 내용과 「순례」를 연결시키기 위한 장치로 해석할 수 있다. 즉 인용된 부분의 화자는 「군중의 한 사람」과 「순례」가 별개의 이야기가 아니라, 하나로 이어져야 할 필연성을 구축하기 위해서 삽입된 것이다. 그리고 이 통합을 위해 「군중의 한 사람」에서 이미 죽음을 맞이한 예수의 죽음을 다시 「순례」 속에서 또 한 사람

15　油搾り場の木立の間からは、威嚇するような神殿と城壁の影が、間近に、くろぐろと浮かびあがった。弟子たちとは石を投げて届くほど離れた場所で、イエスは手で顔を覆って苦しまれた。彼は血のような汗にまみれていたが、弟子たちは誰一人としてそれに気づかなかった。彼はその時、こう祈られていた。母親は子を産むために苦しみます。自分は愛を産むために今、苦しんでいる。人間がもう二度と孤独でないために自分の死が役に立つだろうか。
　正午、三本の十字架が刑場に立てられ、イエスの左右には二人の囚人が同じように両手と足首とを釘づけにされてうなだれていた。刑場まで従いてきた祭司たちも、三人が十字架にかかったのを見とどけると市中に戻っていった。殘ったのは白卒長と、彼の部下の三人のローマ兵と、そして一握りの見物人たちだった。刑場はひどくむし暑く、囚人たちはいつまでも生き続けていた。左の囚人が急に顔をあげて、とぎれとぎれにイエスに声をかけた。俺のことも天国で……忘れないでくれ。イエスも汗と血にまみれた顔に、それでも苦しい微笑を浮かべて答えた。いつも……お前のそばに、わたしが……いる、と。

의 화자에 의해 이야기될 필요가 있었다고 생각된다. 이렇게 함으로써 「군중의 한 사람」이, 현실적으로 현재의 예루살렘에 있는 '나'와 연결되기 때문이다. 또한, 그것과 같은 구조로 반복되고 있는 부분이 있다.

「순례 5」인 「IX 갈릴래아 호수」 속에서도 이제까지와는 다른 화자가 등장한다. "그것을 들으면서 나는 자신의 「13번째의 제자」의 원고를 다시 쓰게 될 때가 온다면, 이 호반에서의 예수의 모습을 어떻게 표현할까라고 멍하니 생각했다."라는 부분에 이어서 「군중의 한 사람」의 화자가 도입되어 있다.

> 30년 가을부터 이 호수 주변을 예수는 몇몇의 제자들과 함께 걸어 다녔다. 키도 작고, 나이보다 훨씬 늙고 피로에 지친 얼굴은 깡마르고 움푹 파인 눈에는 언제나 슬픈 빛이 있었다. (중략)
> 그는 교사들과 마을의 유지가 모이는 회당에서는 이야기하지 않았다. 석양이 버려진 쓰레기를 비추고, 오수가 고여 있는 마을을 벗어나, 처음에는 그 이야기를 들어 주는 상대도 여자와 아이들 정도였다. 그는 어려운 율법 해석은 전혀 하지 않고, 누구라도 알 수 있는 비유를 낮은 목소리로 이야기했다.[16]

16　三十年の秋から、この湖のまわりをイエスはごく少数の弟子たちと歩きまわった。背も低く、年よりはひどくふけて疲れきった顔は痩せこけて、くぼんだ眼にはいつも悲しげな光りがあった。(中略) 彼が話をするのは、教師たちや町の有力者が集まる会堂ではなかった。ごみが捨てられ夕陽がそこに少しうつる汚水の水溜まりの殘る町はずれで、はじめはその話を聞いてくれる相手も女や子供たちぐらいなものだった。彼はむつかしい律法の解釈はなにもせず、誰にでもわかる譬話をひくい声で話した。(201頁)

이것은 작품 「13번째의 제자」의 일부라고 생각하기는 힘들다. 이 부분은 「군중의 한 사람」에서 줄곧 이야기되어 온 '예수'가 「순례」에서 그려진 예수와 합일되는 부분이다.

이처럼, 엔도가 일부러 「군중의 한 사람」의 화자와 「순례」의 화자를 통합시키고 있는 것은 「군중의 한 사람」과 「순례」가 별개가 아니라 하나의 이야기로 구성되어 있다는 것을 암시하고, 「군중의 한 사람」에서의 예수像이 나의 「순례」를 통해 확인되면서 반복되어지고 있다는 것을 증명하기 위해서일 것이다.

8. 결론 - '유다/쥐'의 동반자

「군중의 한 사람」의 예수는 무력했다. 무력했기 때문에 제자와 군중에게 버림받았다. 그러나 "자신이 아무것도 해줄 수 없었던 호반의 병자와 창녀와 노인들을 언제나 생각했"던 것처럼 무력했지만, 많은 인간의 아픔을 나누려고 한 예수로 묘사되고 있다.

「군중의 한 사람」과 병행하여 쓰여진 「순례」에서, 화자 '나'는 '쥐'와 같은 수용소에 있던 야곱 이갈 씨로부터의 편지를 통해서 '쥐'의 최후를 알게 된다. '쥐'는 모두로부터 교활하다고 여겨졌다. 수용소에서 살아가기 위해서는 다른 사람을 배려할 여유가 없는 상황도 쓰여 있다. 그런데, 자신의 이승에서의 마지막 음식이 될 빵을 나누어 주는 '쥐'에 대해 다음과 같이 이야기한다.

가자라고 말하자, 그는 울면서 고개를 끄덕였습니다. 그리고-나에게-이 나에게 그의 마지막 날의 식량이 될 쿠페 빵을 주었던 것입니다.

양복을 입은 독일인이 그의 좌측에 서서 걷기 시작했습니다. 뒤에서 나는 물끄러미 바라보고 있었습니다. 고바르스키는 절뚝거리면서 순순히 따라갔습니다. 그때, 나는 한순간—한순간입니다만, 그의 우측에 누군가 또 한 사람이 그와 마찬가지로 절뚝거리며, 발을 질질 끌고 있는 것을 이 눈으로 보았던 것입니다. 그 사람은 고바르스키와 마찬가지로 초라한 죄수복 복장으로, 고바르스키처럼 땅에 오줌을 흘리면서 걷고 있었습니다…….[17]

이 부분에서 엔도는 동반자 예수의 모습을 극적으로 표현했다. 『예수의 생애』에서 사적史的 예수를 '사랑의 예수'로 묘사한 엔도는 『사해 부근』에서는 '쥐와 함께하는 예수'에 이르게 된 것이다. 그 '동반자 예수'는 교활하고 비겁한 '쥐'의 곁에서 함께 절뚝이며 걷고 있다.

엔도는 자신 속에 남겨져 있던 '유다의 문제'를 이렇게, 이런 방법으로 해결하기에 이른 것이다. 배신자에 대한 용서는 물론, 그런 유다

---

17 行こうと言うと、彼は泣いて首をふりました。そして一私に一この私に彼の最後の日の食糧になる筈だったコッペ·パンをくれたんです。
背広を着た独逸人が彼の左側に立って歩き出しました。うしろで私はじっとそれを見送っていました。コバルスキはよろめきながら温和しくついていきました。その時、私は一瞬— 一瞬ですが、彼の右側にもう一人の誰かが、彼と同じようによろめき、足を曳きずっているのをこの眼で見たのです。その人はコルバスキと同じようにみじめな囚人の服装をして、コバルスキと同じように尿を地面にたれながら歩いていました……

의 곁에도 함께하고 있다는 것을 나타내고 있는 것이다. 엔도는 '쥐', 혹은 「13번째의 제자」의 주인공, 유다야말로, 유다이기에 용서받아야 한다고 말하고 있다. 이것이 엔도에게 있어서 『예수의 생애』를 쓰면서도, 사랑의 예수를 쓰면서도, 『사해 부근』의 「순례」를 쓰지 않으면 안 되었던 이유였다.

이노우에 요지(井上洋治)가 엔도의 동반자 예수에 대해

> 별수 없는 인간, 나약한 인간, 죄 많은 인간을 그리스도교의 신은 결국 구원해 주지 않을까―집요하게 자기 자신에게 던져온 이 물음에 대하여 『침묵』에서 '모성적인 것'의 복권復權을 완성시켰다.[18]

라고 이야기하고 있듯이, 『침묵』에서 모습을 보인 '모성적인 것'이 『사해 부근』은 '현재의 나'와의 연결을 통해 더욱 깊어지면서, 유다의 문제가 '동반자 예수'로 완결되기에 이른 것이다. 그것은 「13번째의 제자」의 주인공과, 겁먹은 얼굴의 '쥐'와 유다 또한 지금의 '나'와 연결 되고 있으며, 함께하고 있음을 의미한다.

18 　駄目人間、弱い人間、罪深い人間を所詮キリスト教の神は救ってはくれない のだろうか―執拗に自らに問い続けたこの疑問に対して、『沈黙』によって、 「母なるもの」の復権を完成させた。

나는 이 추억을 한 번도 자신의 소설에 쓴 적이 없다. 하지만, 노삭크 신부를 배신한—아니, 배신했다는 것이 과장된 말이라고 한다면—'버린' 그 10분 동안의 일은, 뿌연 인생의 먼지가 덮인 긴 세월 동안에도 때때로 마음속에서 되살아나는 일이 있다.

나병원癩病院에서의 나. 10분 동안의 나. 나는 자신이 '쥐'와 무엇이 다를까, 라고 운전하는 도다의 옆에서 생각했다. 이 일은 너무도 사소한 일이다. 나의 과거에는 더욱 비겁했던 모습이 수없이, 더 이상 채울 수 없을 정도로 가득히 채워져 있다…….[19]

'나'는 '쥐'와 유다만이 아니라 자신의 배신 속에도 예수가 함께하고 있다는 것을 확신할 수 있었다. 「군중의 한 사람」에서 늘 이야기하고 있는 "나는 너의 병을 고칠 수는 없다.", "하지만, 나는 그 고통을 함께 나누고 싶다. 오늘 밤도, 내일 밤도, 그다음 밤도……. 네가 고통스러울 때, 나는 너의 고통에 함께하고 싶다."라는 내용과 「순례」가 하나로 연결되는 장면이기도 했다.

---

19   私はこの思い出を一度も自分の小説に織り込んだことはない。が、ノサック神父を
      裏切った—裏切ったというのが大袈裟ならば—見棄てたあの十分間のことは、うす
      汚い人生の塵が覆った長い歳月の間にも時々、心に甦ることがある。
      癩病院での私。この十分間の私。私は自分がねずみとどう違うのだろうと、運転す
      る戸田の横で思った。もっとも、こんなことは些細なことだ。私の過去にももっと大
      きな卑怯な姿勢が数多く詰まりすぎるぐらい詰まっている……。

어쩌면, 당신은 '쥐'와 그 외의 인간과 함께 나의 인생에도 함께하셨는지도 모른다. 어쩌면 당신은 내가 서랍 속에 던져 넣어두었던 낡은 원고 속에도 몸을 감추고 계셨는지도 모른다. 이가 빠진, 그 거짓말쟁이인 「13번째의 제자」. 내가 쓴 그 외의 겁쟁이들, 내가 만들어낸 인간들 속에 당신은 계시고, 나의 인생을 붙들려 하고 계신다. 내가 당신을 버리려고 한 때조차도 당신은 끝내 나를 버리려 하지 않으신다.[20]

때문에 '나'가 "이 나이가 되면, 예수를 따랐던 12명의 훌륭한 제자보다도 예수를 버리고 떠난 제자들 쪽이 더 마음에 걸려서. 결국, '쥐'도 나도 그 형편없는 제자와 닮았기 때문에…… 자네도 그렇지 않은가."라고 말하는 장면에서 드러나듯이, 엔도는 '형편없는 인간이기에 더욱 그 사람 곁을 동행하는 동반자 예수'를 '나의 예수'로 형상화시켰던 것이다.

이때에 이르러서, '나'가 조롱하면서도 한편으로는 마음에 걸려했던 '쥐'는 '나의 쥐'가 된다. 따라서 "이 순례길에서 나를 따라다닌 것은 예수였던가? '쥐'였던가? 잘 모르겠다. 하지만 당신은 그 '쥐'의 그림자에 숨어 있었다(この旅で私に付きまとってきたのは、イエスだったか、ねずみだっ

20 ひょっとすると、あなたは私の人生にもねずみやそのほかの人間と一緒に従いてこられたかもしれぬ。ひょっとすると、あなたは私が引き出しにほうりこんでおいた古い原稿のなかにも身をひそめておられたのかもしれぬ。歯の欠けたあのうそつきの「十三番目の弟子」。私の書いたほかの弱虫たち、私が創り出した人間たちのそのなかに、あなたはおられ、私の人生をつかまえようとされている。私があなたを棄てようとした時でさえ、あなたは私を生涯、棄てようとされぬ。

たのか。もうよくわからない。だが、そのねずみの陰にあなたは隠れていた)"라고 말할 수 있게 된다.

결국 이스라엘 순례는 '나' 자신이 투영된 소설 「13번째의 제자」와 닮은꼴인 '쥐'의 곁에서 동행하는 예수를 발견하는 순례이며, 그 발견을 통해서 자신의 삶과도 동행하는 예수를 확인하게 되는 과정이다.

이 소설의 포인트는 「13번째의 제자」에 있었다. '나'는 자신의 투영으로 묘사된 주인공의 배신과 그 주인공과의 관계를 맺고 있는 예수에 대해 쓰고자 했다. 하지만, 실패한 채 책상 서랍 속에 던져 놓았다. 이 소설은 '나'가 순례를 통해서 지금은 희미해져 버린 '나에게 있어서의 예수'를 발견하며, 그것을 다시 한번 「13번째의 제자」로 쓰고 싶은 시도였다. '나'는 사적史的 예수의 흔적을 찾아 걸으면서 '쥐'에게도 자신에게도 함께하고 있는 예수를 발견했다. 그리고 그렇게 죽은 예수는 '부활'을 통해서 영원한 동반자가 된다는 것을 형상화 시켰다. 또한 "예수의 부활이란 인간이 그런 사랑의 행위를 계승하는 것"이라는 말을 통해서 「순례」 속의 나에게 연결된다. 이처럼 '순례'와 현실의 '나'를 연결시키기 위한 장치와 목적으로 엔도는 『예수의 생애』를 쓰면서도, 사랑의 예수를 쓰면서도, 『사해 부근』의 '동반자 예수'를 쓰지 않으면 안 되었던 것이다. 이를 통하여 엔도의 동반자 예수는 '나'와 맞물리며 극대화되었다.

제8장
『깊은 강深い河』
- '깊은 강'에 도달하게 된 '신' -

1. 서론

『깊은 강(深い河)』은 1993년 6월 순문학 특별 작품으로 고단샤(講談社)에서 발간되었다. 이 작품은 엔도의 나이 70세 때 발표된 것으로, 투병을 하면서 집필한 그의 마지막 순문학이다. 그의 투병 과정을 알 수 있는 『〈깊은 강〉 창작 일기』에는 당시의 모습이 상세히 쓰여 있다.

> 70살의 몸으로 이러한 소설은 너무나 힘든 노동이다. 그러나 완성시키지 않으면 안 된다. (중략) 이 일기를 다시 읽어 보면, 두꺼운 벽에 부딪힐 때마다, 그것을 극복하게 한 것은 내 무의식 속에 떠오르는 스토리였음을 알 수 있다. 그 스토리에는 오랜 시간, 내 소설의 본질이 있었다는 느낌을 금할 수 없다. 그 본질이 어쩌면 나의 인생관, 인간관인지도 모르겠다.[1]

---

[1]   엔도 슈사쿠, 『〈깊은 강〉 창작 일기(《深い河》創作日記)』, 講談社, 1997년 9월.

엔도는 초기 작품부터 마지막 작품에 이르기까지 일생에 걸쳐 일관되게 관철시켜 온 문학의 주제를 『깊은 강』에서 명백히 하였다. 그의 문학적 주제인 神의 문제는 『깊은 강』의 '신'으로 귀결하게 되는데, 왜 『깊은 강』의 '神'으로 귀결될 수밖에 없었는지를 논증하는 것이 본 장의 내용이다.

『깊은 강』에는 여러 등장인물이 존재한다. 암으로 아내를 잃은 이소베 오사무, 이소베의 아내를 간병하던 자원봉사자 나루세 미쓰코, 동화 작가인 누마다, 전쟁의 처참한 기억을 지닌 기구치, 신혼여행에 참가한 산죠 부부, 여행 안내원인 에나미, 그리고 미쓰코의 회상을 통해서 등장하고 실제로 갠지스강에서 만나게 된 오쓰이다.

이 인물들은 한 번도 만난 적 없는 초면이지만, 인도 여행을 통해서 서로의 인생에 개입하고, 영향을 주는 인물들이다. 그리고 여행 장소가 '인도의 갠지스강'이라는 점과 각자가 살아온 인생들이 결부되어 관계 맺기를 하게 된다. 그들은 각자의 과거를 지니고 있고, 그 과거에 속박된 채 단체 여행에 참가하고 있다. 그들의 심경은 다음과 같은 내용에서 드러난다.

七十歳の身にはこんな小説はあまり辛い労です。しかし完成させねばならぬ (中略) この日記を読みかえしてみると、固い壁にぶつかるたび、それを乗りこえるのは私の無意識から浮かびあがってくるストーリーであるが、そのストーリーには長い間の私の小説の型があるような気がしてならない。その型がひょうとすると私の人生観、人間観なのかもしれぬ。

"어떤 것을 찾으러 갑니다. 정말로 보물찾기 같은 여행입니다."

"여러분 모두 각기 다른 심정으로 인도에 가시는 거군요."[2]

서로에게 타인이었던 그들은 여행이라는 짧은 기간 동안 서로가 서로에게 동행자가 되어 간다. 앞에서 열거한 바와 같이 엔도는 인간의 고통을 외면하지 않고, 늘 인간 곁에 함께하는 동반자 예수를 작품 속에 형상화했다.[3] 그리고 『깊은 강』에서는 여행이라는 형식을 빌려, 고통을 안고 있는 인간이 또 다른 고통을 안고 있는 인간들과 동행하며 서로의 고통에 공감하는 동반자를 그려냈다. 그리고 이러한 형상화를 위해 이 소설의 인물들은 지금까지 자신의 인생에 흔적을 남긴 동반자를 잊지 못하는, 혹은 그 동반자를 찾아 인도 여행에 참가하는 이들로 구성되어 있다.

2. 등장인물

작품의 중심인물은 유언을 남기고 죽은 아내를 생각하는 이소베, 대학 시절 그저 장난으로 잠시 사귀었지만 지금은 신부가 된 오쓰에 대한 기억을 잊지 못하고 그가 인도에 있다는 소문을 듣고 찾아가는

---

2   엔도 슈사쿠, 『깊은 강』, 講談社, 1993년 6월.
「あることを探りに行くんです。本当に宝探しみたいな旅です」
「皆さん色々なお気持ちで、印度に向われるんですね。」

3   본 텍스트 제6장과 제7장 참고.

미쓰코, 가톨릭 신부이지만 죽음을 눈앞에 둔 사람들이 갠지스강에 도달할 수 있도록 도와주고 있는 오쓰 등이다.

그들은 각각의 이유로 인도 여행에 참가하는데, 그 점에 대해 엔도는 『깊은 강』의 주제가 "인간의 영혼이 찾고 있는 사랑"에 있다고 하며, 그것을 찾기 위한 방법으로 등장인물들에게 "인도 여행이라는 투어 형식을 취하게 했다."[4]라고 말하고 있다.

특히 등장인물들이 현재를 언급하면서 과거를 회상하는데, 이는 엔도 소설에서 많이 사용되고 있는 서술 형식이다. 그럼 저마다의 과거를 갖고 있는 등장인물들을 구체적으로 열거해 보겠다.

2-1. 이소베 오사무와 그의 아내

회사원인 이소베 오사무(磯辺オサム)에게는 암에 걸린 아내가 있다. 의사로부터 여명이 3개월밖에 안 된다는 선고를 받았다. 그러나 그 사실을 아내에게 전할 용기가 없어 거짓말을 해버렸다. 미쓰코(美津子)는 입원한 아내를 간병하고 있는 자원봉사자이다. 아내는 나날이 쇠약해지고, 이윽고 죽음을 맞는다. 임종 때 아내는 "나… 꼭…다시 태어날 테니, 이 세상 어딘가에 다시 태어날 테니…. 찾아요… 나를 찾아줘요… 약속이에요, 약속이에요."라는 유언을 남겼다. 장례식을 마치고 아무도 없는 집으로 돌아온 이소베는 아내의 빈자리를 느낀다. 그리고 여

4   대담対談「最新作《깊은 강》─魂의 문제」, 엔도 슈사쿠와 가가 오토히코(加賀乙彦)의 대담, 「國文學」, 1994년 9월.

행 도중에도 내내 아내에 대한 그리움을 떨쳐버리지 못한다. 그에게 있어 아내는 어떤 존재였던가. 아내가 옆에 있을 때는 느끼지 못한 무게를 아내가 죽고 난 후에 느끼게 되었다. 그 심경을 다음과 같이 설명한다.

> 결혼 생활이란 그에게 있어, 서로 보살펴주거나 도와주거나 하는, 남녀가 분업하여 서로 돕는 관계였다. 같은 지붕 아래서 함께 생활하며, 애정이 급속히 소멸되어 버린 뒤에는 서로가 서로에게 어떤 도움이 될 것인가, 편한가, 이것이 문제가 되는 것이다. (중략) 남편이 매일 지쳐 회사에서 돌아왔을 때 어느 정도 멋대로 행동하는 것을 눈감아 주고, 쉴 수 있게 해 주는 것, 이것이 아내의 최대 임무라고 그는 생각했다. (중략)
>
> "아내는 남편에게 있어 공기와 같은 존재가 되면 됩니다."
>
> "공기가 없으면 곤란합니다. 그러나 공기는 눈에 보이지 않습니다."[5]

---

5   작품 내용의 모든 인용은 엔도 슈사쿠, 『深い河』, 講談社(1993년 6월)를 사용하였고 번역은 필자가 하였다.
      結婚生活とは彼にとって、たがいに世話したり面倒をみたりする男女の分業的な助けあいだった。同じ屋根の下で生活を共にして、惚れたはれたなどという気持が急速に消滅してしまえば、あとはお互いがどのように役にたつか、便利かが問題になるのだ。(中略) 夫が毎日、神経をすりへらして会社から戻った時、どれだけ我を許し、休息の場を作っておいてくれるかが妻の最大の仕事だと彼は考えていた。(中略)
      「妻は夫にとって空気のようなものになればいいのです」
      「空気はなくて困ります。しかし空気は眼には見えません」

이소베에게 있어 아내는 공기와 같은 존재이자 자신을 도와주면서 함께하는 동반자였다. 그 동반자가 있을 때는 고마움을 느끼지 못했는데 아내가 죽고 난 후에야 그 고마움이 가슴 깊이 스며드는 것이다. 그 아내가 죽음을 맞기 전에 남긴 유언을 떠올린다. 이소베는 "나를 찾아 줘요."라는 아내의 유언을 생각한다. 그러한 이소베의 심정은 다음과 같다.

> 하지만, 이소베는 그런 불가능한 일이 있을 거라고는 생각지 않았다. 거의 대부분의 일본인과 마찬가지로 무종교인 그에게 죽음이란 모든 것이 소멸하는 것이었다. 다만 그녀가 생전에 사용했던 일상의 물건들이 아직도 이 집안에 남아 있었다.[6]

이소베에게 있어 "죽음이란 모든 것이 소멸하는 것"이었다. 아내가 남긴 유언은 죽은 사람이 다시 살아난다는 것을 의미하고 있다. 그 때문에, 이소베의 마음에 한 가닥 의문이 남는다.

미국에 있는 조카딸을 방문했을 때, 그는 스티븐슨 교수의 『전생을 기억하는 아이들』이라는 책을 읽고 아내도 이 세상 어딘가에 다시 태어날지도 모른다는 생각을 하게 된다. 이소베는 연구 단체에 편지를 보내, 전생에 일본인이었다는 인물의 수사를 의뢰한다. 인도의 캄로지

---

6   だが、磯はそんな不可能なことがあるとは思えなかった。ほとんど多くの日本人と同じように無宗教の彼には、死とはすべてが消滅することだった。ただ彼女が生前に使っていた日常の品がいまにこの家の中に存続している。

에 그런 소녀가 있다는 답신을 받은 이소베는 소녀를 만나기 위해 인도에 가려고 결심한다. 아내가 유언으로 남긴 환생還生이라는 과제를 갖고 인도로 향한 것이다. 이 여행 설명회에서 아내를 간병해 준 자원봉사자 미쓰코를 만난다.

2-2. 나루세 미쓰코

나루세 미쓰코(成瀨美津子)는 병원의 자원봉사자로서 이소베의 아내를 간병해 주었는데, 인도 여행 설명회에서 이소베와 재회한다. 미쓰코가 인도 여행을 계획한 이유는 다음과 같다.

> 그녀가 인도에서 무엇을 보고 싶은지 사실은 자신도 알 수 없었다. 어쩌면 선과 악, 잔혹함과 사랑이 혼재된 여신들의 상像과 자신을 비교하고 싶었는지도 모르겠다. 아니, 그것만이 아니라, 또 다른 하나 그녀에게는 찾고 싶은 것이 있었다.[7]

미쓰코는 택시 유리창으로 보이는 대학교를 바라보며, 자신의 학창 시절과 오쓰를 떠올린다. 그녀는 가톨릭계 대학에 재학하는 동안, 어릴 때부터 크리스찬이었던 오쓰를 유혹하기 위해 그와 장난삼아 사귄

---

[7] 彼女は印度で何を見たいか、本当は自分でもわからなかった。ひょっとしたら善と悪や殘酷さや愛の混在した女神たちの像を自分と重ね合わせたいのかもしれなかった。いや、それだけではなく、もうひとつ、彼女には探したいものがあった。

일이 있었다. 오쓰는 미쓰코를 사랑하게 되었고 신을 떠났다. 그렇지만 미쓰코에게 버림받은 후 다시 신앙의 세계로 돌아가 프랑스의 수도원, 인도의 아슈람 등, 유럽의 그리스도교 신앙에 몰입하고 있다.

수년 후, 미쓰코는 돈 많고 평범한 남자와 결혼했지만 그와 이상이 맞지 않았다. 신혼여행지에서조차도 남편과 따로 다닌다. 혼자 여행하면서 그녀는 "정말 무엇을 원하는가, 왜 혼자 이런 곳에 온 것인가."하고 생각하게 된다. 그녀의 심경은 다음과 같이 표현되어 있다.

> 미쓰코는 자신이 다른 여성들과 달리 누군가를 진실로 사랑할 수 없는 듯 생각되었다. 모래땅처럼 메마르고 메마른 여자. 사랑이 소멸된 여자.[8]

그녀는 프랑수아 모리아크의 『테레즈 데케루』의 무대인 랑드 지방을 돌아다녔는데, 여전히 이 여행을 통해서 자신이 무엇을 찾고 있는지 알 수 없었다. 그런 그녀는 "마음속에는 무언가 파괴적인 것이 숨죽이고 있"는, "옛날에는 모이라, 지금은 테레즈"와 같은 여성으로 묘사된다. 그녀가 느끼고 있는 허무는 어디에서부터 시작된 것일까.

---

8   美津子は自分が他の女性たちとちがって、誰かを本気で愛することができないようにおもった。砂地のように乾ききって、枯渇した女。愛がもえつきた女。

이러한 여성은 '나루세(成瀬)'라는 같은 이름으로 엔도 소설에 자주 등장한다. 대표적인 소설이 『스캔들』인데, 『깊은 강』의 나루세 미쓰코는 『스캔들』과 이어지는 인물로 생각된다. 이와 같이 엔도 소설에는 허무를 느끼고, 자기 자신을 학대하며, 사랑조차도 구하지 않는 니힐리스트가 이따금 등장한다. 그 원형이 프랑수아 모리아크의 『테레즈데케루』라고 생각된다. 그리고 『테레즈 데케루』의 무대를 방문한 미쓰코에 대해 화자는 다음과 같이 이야기하고 있다.

> 미쓰코는, 테레즈를 어둠의 숲속으로 이끄는 소설 속의 기차가 모리아크의 창작이라는 것을 알았다. 그렇게 본다면, 테레즈는 현실이라는 어둠의 숲을 지나쳤던 것이 아니라, 마음 깊은 곳 어둠의 정체를 보기 위함이었다. 그랬던 것인가.
>
> 그랬던 것인가 하고 정신이 든 미쓰코는 자신이 남편을 파리에 남겨두고 이런 시골에 이르게 된 것도 실은 자신의 마음속 어둠을 알기 위해서였다고 깨닫게 되었다.[9]

9 　美津子はテレーズを闇の森のなかに運ぶ小説中の汽車がモウリヤックの創作だと知った。そうしてみるとテレーズは現実の闇の森を通りすぎたのではなく、心の奥の闇をたどったのだ。そうだったのか。
　そうだったのか、と気づいて美津子は巴里に夫を残してこんな田舎にたどりついたのも、実は自分の心の闇を探るためだったと気がついた。

그녀는 자신의 허무의 시작이 어디서부터 시작되었는지 알고 싶어 한다. 그리고 "남편을 파리에 남겨 놓고 이런 시골에 이르게 된 것도 실은 자신의 마음속 어둠을 알기 위해서였다고 깨닫게" 되었다. 그녀 의 방황은 그 어둠이 무엇인지 알고 싶기 때문인지도 모른다. 하지만 그녀는 그것이 무엇인지 알지 못한다.

그녀는 신혼여행지인 프랑스의 파리에서 혼자 리용으로 간다. 그리 고 묵고 있던 호텔에서 오쓰에게 연락해 그와 만난다. 오쓰는 프랑스 리용의 신학교에 다니고 있었다. 손 강가를 거닐면서 미쓰코가 오쓰에 게서 느낀 것은 다음과 같은 것이었다.

신 같은 걸 믿지 않는 미쓰코로서는 그가 한 말이 궤변으로밖에 생각 되지 않았다. 이해할 수 있었던 것은 이 초라한 남자가 지금의 미쓰코 나 옛 친구들 그리고 미쓰코의 남편의 세계와는 아주 동떨어진 차원 의 세계에 들어갔다는 사실이었다.[10]

---

10   神など信じぬ美津子には彼の述懐は無理矢理に辻褄をあわせたようにしか思
      えなかった。理解できたのは、このみすぼらしい男が、今の美津子やかつて
      の旧友や美津子の夫たちの世界とはまったく隔絶した次元の世界に入った、
      ということだった。

오쓰로부터 양파(예수)에 관한 이야기를 들으면서 미쓰코는 "지긋지긋해. 아무 쓸모도 없는 환영 때문에 인생을 망치고 있는 남자. 나와는 너무도 거리가 먼 세계."라고 생각한다.

그리고 오쓰와 헤어져 파리로 돌아와 남편을 만난다. 그러면서도 미쓰코는 신혼여행 동안 내내 '나는 도대체 무엇을 원하고 있는 건가'라는 생각을 떨칠 수 없다. 그런 생각을 하던 미쓰코는 결국 남편과 헤어지게 되고, 자원봉사를 하면서 살아간다.

2-3. 누마다

누마다(沼田)는 유년 시절부터 초등학교 4학년 봄까지 만주의 다롄에서 살았다. 그가 다롄에서 살고 있을 때 그의 어머니는 심부름을 시킬 중국인 소년을 고용했고, 15살의 '이'라는 하인은 가사를 도우며 누마다를 보살펴 주었다. 어느 날, 누마다는 학교에서 돌아오는 길에 눈곱이 끼고 흙투성이인 개를 발견한다. 어머니는 개가 너무 더러우니 버리라고 했지만, '이'가 개를 깨끗이 씻겨주었기에 나무 상자에 넣어 집에서 키우게 된다. 하지만 아버지가 시끄럽다며 버리라고 야단을 쳤고, 이 사실을 안 '이'는 누마다 대신 강아지 '구로(黑)'를 숨겨 주었다. 이후 누마다는 그럭저럭 기운을 차린 개를 부모에게 데리고 가서 키우게 해달라고 사정해 결국 허락을 받는다. 그러나 '이'는 석탄을 훔쳤다는 이유로 쫓겨나게 된다.

초등학교 3학년 가을, 누마다 부모의 이혼 이야기가 나왔다. 누마다는 그 시기 학교에서 집으로 돌아오는 것이 고통스러웠다고 회상하고 있다. 그는 '구로'에게만 "집에 가고 싶지 않아."라고 말을 건넸다. 그러자 '구로'가 "어쩔 수 없잖아. 산다는 건 그런 거야."라고 대답하는 듯하였다. 그 시기의 일을 화자는 이렇게 말하고 있다.

구로는 그때 유일하게 그의 슬픔을 이해해 주고, 그의 말을 들어 주는 존재이며, 그의 동반자이기도 했다.[11]

누마다가 회상하는 유년 시절은 엔도의 유년 시절과 중첩된다. 그 어두운 시간의 끝에서, 어머니는 누마다를 데리고 일본으로 돌아오게 되었다. 아버지는 그들을 배웅하지 않았다. 그들을 배웅한 것은 구로 뿐이었다.

누마다는 마차가 움직이기 시작하자 돌아보며 자신을 쫓아오는 구로를 바라보았다. 울지 않으려 해도 눈이 젖고, 그 모습을 어머니에게 들키지 않으려고 고개를 숙였다. 구로는 한길을 돌아서도 계속 달려 오고 있다. 마치 이것이 누마다와 자신의 이별이라는 것을 알고 있는 듯했다. 그러나 이윽고 지친 구로는 발을 멈추고, 사라져 가는 누마다를 체념 가득한 눈으로 쳐다보면서 서서히 작아져 갔다. 누마다는 어

---

11   クロはあの頃の彼にとって哀しみの理解者であり、話を聞いてくれるただ一つの生きものであり、彼の同伴者でもあった

른이 되어서도 그 구로의 눈을 기억하고 있다. 그가 이별의 의미를 처음으로 안 것은 바로 '이'와 구로에 의해서였다.[12]

누마다는 이렇게 구로라는 개에 대한 애착을 밝히고 있다. 그 애착의 이유는 "구로는 동물이 인간과 이야기를 나눌 수 있다는 것을 그에게 처음으로 가르쳐준 개였다. 아니, 이야기를 나눌 뿐만 아니라 슬픔을 이해해 주는 동반자라는 점을 알게 해 주었"기 때문이다.

그리고, 대학 시절부터 동화 쓰기를 평생의 직업으로 선택했다. 이 동화 속에 그는 아이들의 슬픔을 이해하는 동물들인 개와 산양, 그리고 새끼 새에 대해서 썼다.

동화 작가가 된 누마다는 한 마리의 코뿔새를 기르며 피에로라고 이름 붙였다. 그러나 그 새의 울음소리는 귀엽지도 않았고, 새장에서 나는 냄새도 지독했기 때문에 풀어 주려는 마음으로 새장 문을 열어 놓은 채 바깥에 내놓았다. 그런데 그날 밤, 일을 하고 있던 그에게 코뿔새의 우는 소리가 들려왔다.

---

12   沼田は馬車が動き出すと、ふりむいて、自分を追いかけてくるクロを見つめていた。泣くまいとしても目がぬれ、それを母に見られぬため顔をそむけた。クロは通りを曲がっても、まだ駆けるのをやめない。まるでこれが沼田と自分との最後の別れだとわかったようだった。だがやがて、疲れたクロは足をとめ、去って行く沼田を諦めのこもった眼で見ながら少しずつ小さくなっていった。そのクロの眼も沼田は大人になっても忘れていない。彼が別離の意味を初めて知ったのは李とこの犬によってだった。

그때였다. 형언할 수 없는 슬픈 소리가 들려왔다. 마치 촛불이 확 타올랐다가 꺼지듯 모든 슬픔을 담은 애절한 소리였다. 코뿔새가 울고 있었던 것이다. 누마다는 피에로가 수많은 감정을 담아 "외로워요." 라고 소리친 것처럼 생각되었다. 그는 그때 비로소 이 우스꽝스러운 피에로에게 연대감 같은 것을 느꼈다.[13]

새의 울음소리를 "외로워요."라고 느끼고, 새의 울음소리에 마치 자신의 고독이 반영된 것 같다고 생각하게 된 누마다는 피에로와 이제까지와는 다른 관계를 맺기 시작한다. 이후 누마다는 결핵이 재발하여 입원하게 되는데, 입원하기 전날 코뿔새를 풀어 준다.

누마다는 2년 동안 입원 생활을 하게 되었다. 지치고 외로운 마음으로 병실에 있는 누마다에게 아내는 구관조 한 마리를 가져다주었다. 누마다는 "소년 시절부터 누마다는 언제나 마음의 비밀을 사람이 아닌 개와 새에게 털어놓았다. 이번에도 거듭되는 수술 실패로 우울해진 기분을 코뿔새와 같은 새들에게 고백하고 싶은 마음이었는데, 아내는 그것을 간과하지 않았다."라며 자신의 고독을 이해해 줄 동반자를 찾는 심정을 이야기하고 있다. 누마다의 경우, 그 대상은 사람이 아니라, 개나 새와 같은 동물이었다.

---

13   その時だった。何ともいえぬ哀しい一声が聞こえた。まるで蠟燭の炎がぱっと燃えて消えるように、すべての悲しみをこめた、せつない声だった。犀鳥が鳴いたのだ。満感の思いをこめてピエロが「寂しいです」と、だったひとこと叫んだように沼田には思えた。彼はその時はじめて、この滑稽なピエロに連帯感に似たものを感じた。

살아오면서 진심으로 대화를 나눈 것은 결국, 개와 새뿐이었다는 느낌이 들었다. 신이 무엇인지 알 수 없었지만, 만일 인간이 진심으로 이야기할 수 있는 대상이 신이라고 한다면, 누마다에게 있어서 그것은 구로이기도 했고, 코뿔새이기도 했고, 구관조이기도 했다.[14]

누마다는 자신의 여러 생각이나 고통을 구관조에게 털어놓는다. 게다가 어른이 된 지금에 와서도, 한 마리의 개와 코뿔새가 자신의 외로움을 나누고, 자신의 고독을 함께해 주는 동반자가 되고 있다고 생각한다.

누마다는 수술을 받는 동안 죽음의 문턱까지 갔다가 '生'으로 귀환한다. 의식을 회복한 누마다는 구관조가 죽었다는 것을 듣게 된다. 그는 수술 전 "어떻게 하지?"라는 자신의 고통스러운 외마디를 들었던 구관조가 자기 대신에 죽었다고 생각한다.

누마다가 인도 여행에 참가한 이유는 자기를 대신해서 죽은 것처럼 느껴지는 구관조를 위해서였다. 구관조와 닮은 새를 사서 숲속에 풀어 줌으로써 그 은혜에 보답하고 싶었기 때문이다.

---

14   人生のなかで本当に対話をしてきたのは、結局、犬や鳥とだけだったような気がした。神が何かわからなかったが、もし人間が本心で語るのが神とするならば、それは沼田にとって、その都度、クロだったり、犀鳥だったり、この九官鳥だった。

2-4. 기구치

기구치(木口)는 인도행 비행기 속에서 여행 가이드인 에나미(江波)와 식사에 대한 이야기를 나누던 도중 자신이 청년 시절 경험한 전쟁에 대해 이야기한다. 그는 "전쟁 중 미얀마의 정글에서 싸웠습니다."라고 말하면서, 전쟁 경험이 없는 젊은 에나미에게 전쟁터에서의 기아와 절망, 피로 등을 털어놓으며 공허함을 느낀다.

1945년 5월, 전쟁터의 병사들은 대부분 영양실조였고, 반 이상은 말라리아에 걸렸다. 당시 보우칸 평지에는 콜레라가 유행하고 있었기 때문에 그들은 절대로 물을 마시지 말라는 명령을 받고 있었다. 마지막으로 음식을 먹은 것은 3일 전이었다. 그들은 어느 마을에서 발견한 망고를 마구 먹은 결과 복통을 앓고 설사를 하게 되었다. 결국 걸을 수도 없게 된 병사들은 "걸을 수 없습니다. 여기서 죽게 해 주십시오."라고 하소연했다. 병사들 가운데는 자결하는 자도 나왔다. 그 절규를 들으면서도 몽유병자처럼 걷고 있는 병사들의 표정은 변함이 없었다.

'죽음의 길' 위에 오른 절체절명의 상황 속에서 부상당한 기구치를 전우인 쓰카다(塚田)가 부축해 주었다. 쓰카다는 "밤에 이 골짜기를 내려가 마을을 찾았어. 아무도 없었지만, 소 한 마리가 죽어 있었어. 아직 먹을 수 있어서 구워 왔으니까 걱정할 필요 없어."라며 썩은 고기를 입에 넣어 주었다. 이렇게 쓰카다는 기구치를 버리지 않고 생사를 함께했다.

전쟁이 끝나고 3년이 지나서야 기구치는 가까스로 도쿄로 되돌아와 작은 운송 가게를 시작했다. 그리고 전우였던 쓰카다를 만난다. 그러나 쓰카다는 인육人肉을 먹고, 그것을 기구치에게도 먹게 한 끔찍한 기억에서 벗어나기 위해 전쟁 이후 계속 술을 마셨고, 그로 인해 식도정맥이 파열된 상태였다. 그리고 쓰카다의 입을 통해 기구치도 그 사실을 알게 된다. 그런 쓰카다를 간호해 준 사람은 외국인 자원봉사자 가스통이다. 가스통에 대해 화자는 이렇게 묘사하고 있다.

> 바보 취급을 받기도 하고, 비웃음거리도 되면서 가스통이 조금이나마 환자들을 위로하고 있다는 것을 기구치는 느꼈다. (중략) 가스통은 매일 고통스러워하는 많은 환자들에게 잠시나마 기분 전환 거리가 되었다. 이 병원에서 가스통은 서커스의 광대 역할을 자처하고 있다.[15]

여기에 등장하는 '가스통'은 『바보』[16]에 등장하는 프랑스 청년 가스통과 같은 인물로 보인다.[17]

가스통에 대해서 기구치는 다음과 같이 설명한다.

---

15 馬鹿にされたり、からかわれたりしてガストンが患者たちにわずかな慰めを与えているのを木口は感じた。(中略) ガストンは毎日、苦しむ多くの患者たちの一時の気晴らしになる。サーカスの道化師の役をガストンはこの病院で演じている。

16 엔도 슈사쿠, 『바보(おバカさん)』, 角川文庫, 1962년 8월.

17 『바보』에는 "정말 말처럼 길쭉한 얼굴을 하고 있었다. 얼굴만이 아니라 코도 길다. 그리고 잇몸을 드러내 보이고 웃으면, 영락없는 말의 얼굴이었다."라고 쓰여 있다. 야쿠자인 엔도의 옆을 줄곧 따라다닌 『바보』의 가스통이 『깊은 강』에서는 "말과 같은 얼굴의 외국인 청년", 쓰카다를 간병하는 청년으로 등장하고 있다.

전우가 죽은 후, 그 사람은 병원에서 모습을 감추었다고 합니다. 나로서는 그 사람이 나의 전우를 위해서 나타났다가 전우가 죽자 사라졌다는 생각마저 듭니다. 전우가 인간으로서 해서는 안 되는 끔찍한 일을 저지르고, 자포자기한 채 죽음에 이르렀을 때, 그 사람이 곁에 와 주었던 것입니다. 그 사람은…… 나의 전우에게 있어서 같은 순례에 동행하는 또 한 사람의 순례자였습니다.[18]

기구치가 인도 여행에 참가한 것은 전쟁의 끔찍한 기억 속에서 고통받다가 죽은 쓰카다 때문이다. 전쟁터였던 미얀마 근처까지 가서 죽은 전우의 명복을 빌기 위해서이다.

2-5. 에나미

인도 여행의 가이드인 에나미(江波)는 4년 정도 인도에서 유학한 경

이처럼 엔도의 소설 속에는 같은 이름을 지닌 동일한 인물이 종종 등장한다. 이 점에 대해 遠藤祐는 "엔도 슈사쿠의 문학 세계에서, 서로 다른 작품의 인물들을 이름이 같다는 이유만으로 동일한 존재라고 보아버리면 경솔한 우를 범하게 될 것이다(「遠藤周作『深い河』について」, 第7回東北アジア・キリスト教文学会の發表, 1999년 8월 13일)."라고 하고 있는데, 『바보』의 '가스통'과 『깊은 강』의 '가스통'은 동일 인물이라고 생각해도 전혀 무리가 없다. 왜냐하면, 엔도가 고통을 당하는 사람 옆에서 그 고통을 함께 나누며 함께해 주는 동반자로서 그들을 등장시키고 있기 때문이다.

18　戦友が死んだあと、あの人は病院から姿を消したそうです。私には私の戦友のためにあの人が現われ、戦友が死ぬと、あの人は去った気さえする。戦友が人間がしてはならぬ怖いことを犯し、自暴自棄のまま死にかけた時、あの人がそばに来てくれたのです。あの人は……私の戦友にとっては、同じ巡礼に同行するもう一人のお遍路さんになってくれた。

험이 있고, 현재는 아르바이트로 코스모스 여행사의 가이드를 하고 있다. 에나미의 역할은 자신의 경험을 살려 여행객이 현지에 위화감을 느끼지 않고 즐거운 시간을 보낼 수 있도록 안내하는 것이다. 단독 여행이라면 굳이 필요하지 않을 가이드를, 단체 여행이라는 형식을 취함으로써 동행하게 한다. 그 안내역이 에나미이다.

에나미는 인도에 대해 "인도는 한번 오면, 완벽하게 싫어지는 손님과 몇 번이고 오고 싶어지는 손님으로 나누어지는 듯합니다. 저 같은 사람은 후자"라고 말한다. 때문에 그는 경박하게 인도를 조소하는 산죠와 같은 사람에게 불쾌감을 표시한다.

에나미의 내면은 다음과 같이 표현된다.

> 솔직히 그는 의식주를 해결하기 위해 코스모스 여행사의 의뢰를 받아 일하면서 자신이 안내하는 일본인 관광객을 경멸하고 있었다. 경건한 마음으로 불교 유적지를 순례하는 노인들, 히피 흉내를 내며 방랑을 즐기는 여대생들, 그리고 누마다처럼 인도의 자연 속에서 잃어버린 것을 찾으려 하는 남자…. 그들이 일본에 가지고 돌아가는 토산품은 언제나 정해져 있다. (중략) 에나미는 가게 입구에 서서 경멸의 눈으로 보고 있었다.

그런 그가 정해진 코스가 아니라 "제가 좋아하는 여신상을 보십시오."라며 안내한 곳은 '차문다'가 있는 장소였다. 차문다 앞에서 그는 다음과 같이 말한다.

> 그녀의 젖가슴은 노파의 그것처럼 쪼글쪼글합니다. 그런데도 그 쪼글
> 쪼글한 젖가슴에서 젖을 짜 줄지어 있는 아이들에게 주고 있습니다.
> 그녀의 오른발은 나병 때문에 짓무른 상태인데, 보이십니까? 배도 굶
> 주려 움푹 들어가 있고, 게다가 거기에는 전갈이 달라붙어 있는 게 보
> 이시죠? 그녀는 그런 고통과 아픔을 견디면서도 메마른 젖가슴으로
> 인간에게 젖을 먹이고 있는 것입니다.[19]

'차문다'는 인도의 모든 고통을 나타내고 있다고 에나미는 말한다.
그 신은 "고통과 아픔을 견디면서도 메마른 젖가슴으로 인간에게 젖
을 먹이고 있는" 모습으로, 정말로 인도인의 고통을 함께 나누고 있는
인도의 모성적 신으로 묘사되어 있다.

그러나 그는 "자신의 감정이 부끄러운 듯 더러워진 커다란 손수건
으로 땀에 젖은 얼굴을 힘주어 훔쳤다. 그는 인도에 빗대어 관광객들
에게 이 수난의 여신을 설명해 왔지만, 사실은 자신의 개인사, 남편에
게 버림받으면서도 수많은 고통을 견디며 그를 키워준 어머니를 떠올
리고 있었"던 것이다.

19　彼女の乳房はもう老婆のように萎びています。でもその萎びた乳房から乳を
　　出して、並んでいる子供たちに与えています。彼女の右足はハンセン氏病の
　　ため、ただれているのがわかりますか。腹部も飢えでへこみにへこみ、しかも
　　そこには蠍が噛みついているでしょう。彼女はそんな病苦や痛みに耐えなが
　　らも、萎びた乳房から人間に乳を与えているんです。

차문다를 본 어떤 사람은 "이 지하에 내려와 …… 나는 비로소 왜 이 나라에서 석가가 태어났는지 …… 알 듯한 기분이 든다."라고 말한다. 이와 같이 에나미는 관광객들에게 인도의 참모습을 보여주려고 하는 안내원이다.

2-6. 산죠 부부

여행에 참가하는 사람들 가운데 유일하게 일행과 함께 참가한 사람이 산죠 부부(三條夫婦)이다. 카메라맨을 지망하는 남편의 희망으로 신혼여행을 겸해 인도 여행에 참가했지만, 아내는 출발 때부터 신혼여행지로 인도를 선택한 남편에게 불만을 털어놓는다. 동행하는 사람들로부터는, 나쁜 사람은 아니지만 무신경한 젊은이로 비춰진다.

그와 같이 타인의 일에 무신경한 산죠는, 죽음을 맞이하기 위해 갠지스강에 도달한 사람들은 물론, 죽은 시체를 촬영해서는 안 된다는 말을 들었으면서도 시체를 촬영하고 만다. 시체를 운반하던 오쓰가 그 사건에 휘말려 큰 부상을 당한다. 병원으로 이송된 오쓰는 생명이 위태롭게 된다.

2-7. 오쓰

일본인인 오쓰(大津)는 가톨릭계 대학을 졸업하고, 신부가 되기 위해 프랑스의 신학교에서 유학하고 있다. 그러나 프랑스 신학교에 온 지 이미 3년이 되었음에도, 오쓰는 프랑스인의 기질에 좀처럼 익숙해지지 못하고 교회로부터는 이단적이라는 말을 듣는다.

오쓰는 리용의 신학교에서 신부가 되기에는 부적합하다고 여겨져 서품식을 연기당하고, 프랑스 남쪽 아르데슈의 수도원으로 보내져 농사 등의 육체노동을 하게 되었다. 오쓰는 선배 프랑스인 수사와 논쟁할 때면 늘 그들의 스콜라(Schola) 철학인 명석한 논리 앞에 굴복당했다. 그러나 몇 번이고 설복당하면서도 오쓰는 신학교의 시험을 치를 때면 답안지에 "유럽식 그리스도교만이 절대적이라고는 생각하지 않는다." 라고 써버리곤 했다. 몇 번이나 신부 시험에 낙제를 거듭하는 사이 오쓰는 오히려 자신의 신념을 굳혀 가고, 자신의 범신론적인 과오를 지적당할 때마다 이렇게 응수하게 되었다. "하지만, 그리스도교 안에도 범신론적인 요소가 내포되어 있지 않습니까?" 오쓰는 각자 자신이 자라난 곳의 신앙에 뿌리내린 종교에 귀의해야 한다고 말한다. 이에 대해 프랑스의 신학교 교장은 다음과 같이 말한다.

> 자네가 그렇게도 강하게 자신이 자라난 곳의 신앙에 뿌리내린 종교에 귀의해야 한다고 말한다면, 왜 불교 신자로 돌아가지 않는가? 그쪽이 자네 생각에 가까운 복귀가 아닌가?[20]

신학교 교장과 오쓰의 이야기는 근본적인 차이가 있다. 거기에는

---

20   君がそれほどつよく、自分の育った土地の信仰に根ざした宗教に帰依すべき
      ものだと言うなら、なぜ仏教徒に戻らない。そのほうが君の考えに自然な復
      帰ではないか

서양의 문화, 종교 등의 환경에서 자라난 사람과, 동양의 나라인 일본에서 태어나 일본이라는 고유의 문화에서 성장한 일본인인 오쓰라는 이질감이 자리하고 있다. 이 문제는 엔도 문학의 출발점에서부터 제기된 문제이자 엔도가 일생 동안 품어 온 문제로서, 오쓰의 입을 통해서 더 구체적으로 강조되고 있다. 오쓰는 가톨릭 신자이지만, 인도의 갠지스 강가에서 사랑을 필요로 하며 죽음을 맞이하는 사람들과 행려병자를 옮기면서 예수가 걸어간 길을 걷는 인물이다.

3. 오쓰의 문제의식

오쓰는 프랑스에서 미쓰코를 만나, 이 나라에 와서 뭔가 위화감을 느끼지 않았느냐고 물었다. 프랑스에 온 지 불과 20일밖에 안 된 그녀는 오쓰가 말하는 위화감을 느낄 틈도 없었다. 이에 대해 오쓰는 다음과 같이 말한다.

> 나는 말이죠, 3년째입니다. 3년 동안 여기에서 살면서, 나는 이 나라의 사고방식에 지쳤습니다. 그들의 손으로 빚어 그들 심성에 맞게 만든 사고방식이…… 동양인인 내게는 버거운 것입니다. 녹아들 수 없는 겁니다. 그래서…… 매일 힘이 듭니다. 프랑스인 상급생과 선생들에게 털어놓으면, "진리에는 유럽도 동양도 없다."라며 훈계를 합니다. 모든 것이 나의 노이로제나 콤플렉스일 거라고. 양파에 대한 사고

방식도……[21]

이와 같은 문제를 평생 품어 온 오쓰는 이제 지칠 대로 지쳤다. 자신의 질문에 답을 찾기는커녕 오히려 이단시되고 있을 뿐이다. 그러한 오쓰는 자신이 생각하고 있는 신을 다음과 같이 설명하고 있다.

나는 이곳 사람들처럼 선과 악을 분명하게 구별할 수 없습니다. 선 속에도 악이 숨어 있고, 악 속에도 선한 것이 잠재되어 있다고 생각합니다. 그렇기 때문에 신은 마술을 사용할 수 있는 겁니다. 나의 죄까지도 활용해서 구원으로 향하게 해 주셨지요.

하지만, 내 생각은 교회에서는 이단적입니다. 나는 질타를 받았습니다. 자네는 구별하지 못하고 있네. 확실한 차이를 모르고 있지. 신은 그런 존재가 아니야. 양파는 그런 존재가 아니라고.[22]

오쓰의 이 말을 통해 그가 직면하고 있는 문제가 명백해졌다. 이는

---

21   ぼくはね、三年目です。三年間、ここに住んで、ぼくはここの国の考え方に
　　　疲れました。彼等が手でこね、彼等の心に合うように作った考え方が……東
　　　洋人のぼくには重いんです。溶けこめないんです。それで……毎日、困って
　　　います。仏蘭西人の上級生や先生たちにうち明けると、真理にはヨ-ロッパ
　　　も東洋もないって戒められました。すべてはお前のノイロ-ゼかコンプレッ
　　　クスだろうって。玉ねぎについての考え方も……

22   ぼくはここの人たちのように善と悪とを、あまりにはっきり区別できませ
　　　ん。善のなかにも悪がひそみ、悪のなかにも良いことが潜在していると思い
　　　ます。だからこそ神は手品を使えるんです。ぼくの罪さえ活用して、救いに
　　　向けてくださった。

엔도 문학에서 줄곧 제기되어 온 문제로, 『그리스도의 탄생』에서는 "이방인 문제"[23]로 나타났다.

엔도는 『예수의 생애』[24] 이후 『그리스도의 탄생』[25]에서는 '사랑의 신'을 자신의 신으로 묘사하고 있다. 즉, 예수의 사랑을 통해서 '신의 사랑'을 재인식한 엔도는 자신이 믿는 신에 대해서 확신을 갖고 있었다. 그리고 "너에게 신이란 무엇인가?"라는 수도원 선배의 물음에 대해 오쓰로 하여금 다음과 같이 말하게 한다.

> 신이란 당신들처럼 인간 밖에 있어 우러러보는 대상이 아니라고 생각합니다. 그것은 인간 안에 있고, 게다가 인간을 품고, 나무를 품고, 화초를 품는 커다란 생명입니다. (중략)
>
> 신은 인간의 선행뿐만 아니라 우리의 죄마저도 구원을 위해 활용하십니다.[26]

でも、ぼくの考えは教会では異端的なんです。ぼくは叱られました。お前は何事も区別しない。はっきりと識別しない。神はそんなものじゃない。玉ねぎはそんなものじゃないって。

23　엔도 슈사쿠 지음·이평춘 옮김, 「역자 후기」, 『그리스도의 탄생』, 가톨릭 출판사, 2022년 5월.

24　엔도 슈사쿠, 『イエスの生涯』, 新潮社, 1973년. 한국어판 이평춘 옮김, 『예수의 생애』, 가톨릭 출판사, 2021년 6월.

25　엔도 슈사쿠, 『キリストの誕生』, 新潮社, 1978년.

26　神とはあなたたちのように人間の外にあって、仰ぎみるものではないと思います。それは人間のなかにあって、しかも人間を包み、樹を包み、草花をも包む、あの大きな命です。(中略) 神は人間の善き行爲だけではなく、我々の罪さえ救いのために活かされます。

엔도가 오쓰의 입을 빌려 말하고 있는 '神은 인간 밖에 존재하는 것이 아니라, 인간 안에 존재한다'라는 말을 통해서, 엔도에게 있어서의 신의 본질은 어떠한지 엿볼 수 있다. 이 신은 인간 밖에 존재하고 있어 인간과 거리를 지닌 대상이 아니라, 인간과의 화해를 바라며 인간 안에서 살고, 인간 안에서 작용하고 있는 것이다. 엔도는 1983년에 발표한 『내게 있어 신이란』에서 다음과 같이 이야기한다.

악 안에도 죄 안에도 신이 작용한다는 것을 말해두지 않으면 안 됩니다. 어떤 것에도 신이 작용한다는 사실입니다. 병에도, 물욕에도, 여자를 안는 일에도 신이 작용하고 있다는 사실을, 소설을 쓰고 있는 동안 나는 점점 느끼게 되었습니다. 신은 존재가 아니라 작용(섭리)입니다.[27]

1955년에 발표한 『백색인』[28]에는 '신의 작용'이 쟈크의 말을 통해 다음과 같이 나타나 있었다.

섭리라는 말이 있다. 인간의 예측불허한 운명에 대한 그리스도교의 사고이다. (중략) 확실히 말하면, 나는 그 성 베르나르 교회에서 그들이

27   엔도 슈사쿠, 『내게 있어 신이란(私にとって神とは)』, 光文社, 1983년.
28   『백색인』은 1955년 『近代文学』 5·6호에 연재되어 같은 해 12월 講談社에 의해 『백색인·황색인』으로 간행되었고 이후 『엔도 슈사쿠 문학 전집(遠藤周作文学全集)』 제1권(1975년 6월, 新潮社)에 수록되었다.
      한국어 번역판. 이평춘 옮김, 『신의 아이(백색인)·신들의 아이(황색인)』, 어문학사, 2010년 4월.

기도하는 모습을 본 해 질 녘부터 이 두 사람의 운명과는 결별할 생각이었다. 그들을 떨쳐버린 듯한 느낌이 들었다. 하지만, 그들은 또다시 나의 운명 속으로 돌아왔다. 누가 나의 의지를 뛰어넘어 이렇게 했는지는 모른다. (중략) 이와 같이 우리 세 사람을 핀셋으로 실험대에 올려 놓고 꼭두각시처럼 내기를 강요한 것은 내가 아니다. 결코 나는 아니다. 내가 아니라고 한다면, 그것은……[29]

즉 엔도는 1955년 집필한 『백색인』에서는 '신의 작용(섭리)'을 의식하면서도 "나의 의지를 뛰어넘어 누가 그렇게 했는지 모른다."라고 말했다. 그러나 28년이 경과 한 1983년에 이르자 『내게 있어 신이란』을 통해 "악 안에도, 죄 안에도 신이 작용한다."라고 확실히 말하게 된다. 이 변화는 그의 문학사 안에서 '神像의 변화'가 이루어진 결과라고 할 수 있을 것이다. 게다가 엔도는 자신의 인생 속에서 발견해낸 신에 대해 다음과 같이 이야기하고 있다.

저기에 신이 있다고 신의 존재를 발견하는 것이 아니라는 것을 저는 점점 알게 되었습니다. 등 뒤에서, 여러 사람을 통해서, 눈에 보이지

---

29   摂理という言葉がある。人間の不測の運命にたいする基督教の考えだ。(中略) ハッキリ言えば、私はあの聖ベルナールの教会で彼等が祈っているのを見た夕暮から、この二人の運命とは別れたつもりでいた。彼等を棄てた気でいた。けれども、奴等は、また、私の運命のなかで舞い戻ってきたのである。私の意志をこえて誰がそうしたのかは知らぬ。(中略) このように、私たち三人をピンセットで実験台におき人形のように賭を強いたのは私ではない。決して私ではない。私でないとすれば、それは……

않는 힘으로 나의 인생을 지탱해 주었기에, 오늘의 내가 있다는 사실을 알게 되었습니다. 뒤에서 등을 밀어 주고 있는 것이 신입니다.[30]

즉 엔도는 신의 작용이 각각의 인생 안에서, 각각의 일과 사건을 통해서, 각각의 형태로 나타난다고 말하고 있는 것이다.

또한 엔도는 이처럼 인간 안에, 인간을 통해서 나타나는 '신의 작용'을 『깊은 강』에 등장하는 오쓰의 입을 빌려 구체적으로 표현하고 있다.

소년 시절부터 어머니를 통해 내가 단 하나 믿을 수 있었던 것은 어머니의 따스함이었습니다. 어머니가 잡아 주는 손의 따스함, 안아 주었을 때의 몸의 온기, 사랑의 따스함, 형과 누나에 비해 우직한 나를 저버리지 않았던 따스함. 어머니는 내게도 당신이 말씀하시는 양파의 이야기를 늘 들려주셨는데 그때, 양파란 이보다 더 따스하고 따스한 집합체―즉, 사랑 그 자체라고 가르쳐 주셨습니다.

성장하여 어머니를 잃었지만, 그때 어머니의 따스함의 근원에 있었던 것은 양파의 일부분이었다는 생각이 들었습니다. 그래서 결국, 내가 추구한 것도 양파의 사랑일 뿐, 교회가 말하는 많은 교리는 아닙니다.

---

30   あそこに神がいる、と神の存在を見つけるものではないということがだんだん私にはわかってきました。後ろのほうから、いろんな人を通して、目に見えない力で私の人生を押していって、今日この私があるのだということがわかってきたのです。後から背中を押しているのが神なのです。

(물론 그런 생각도 내가 이단적이라고 여겨졌던 원인입니다) 이 세상의 중심은 사랑이
며, 양파는 오랜 역사 속에서 그것만을 우리 인간들에게 알려 준 것이
라고 생각합니다.[31]

오쓰의 이야기를 통해 엔도가 추구하고 있는 것은 "어머니의 따스
한 근원"인 '모성적 신'의 모습이었다. 에나미에게 있어서 '모성적 신'
은 인도의 차문다이고, 누마다는, 인간이 진심으로 소통하는 대상이
신이라고 한다면 자신에게 있어 그 대상은 "새"와 "개"라고 말한다.
두 사람 모두 '모성적 신'에 대해 말하고는 있지만, 이들이 추구하는
신은 오쓰가 말하는 '신'과 일치하지는 않는다. 다시 말해 오쓰, 에나
미, 그리고 누마다라는 각 인물들 사이에는 어떤 차이가 존재하는데,
이는 '우리의 삶에 작용하는 신'의 차이에서 기인한다고 볼 수 있다.
오쓰가 말하는 '신'은 "인간의 죄마저도 구원을 위해서 활용하고 포용
하는" 존재이다.

오쓰는 "내 옆에 늘 양파가 계시듯, 양파는 나루세 씨 안에, 나루세

31 少年の時から、母を通してぼくがただひとつ信じることのできたのは、母の
    ぬくもりでした。母の握ってくれた手のぬくもり、抱いてくれた時の体のぬ
    くもり、愛のぬくもり、兄姉にくらべてたしかに愚直だったぼくを見捨てな
    かったぬくもり。母はぼくにも、あなたのおっしゃる玉ねぎの話をいつもして
    くれましたが、その時、玉ねぎとはこのぬくもりのもっと、もっと強い塊り—
    つまり愛そのものなのだと教えてくれました。
    大きくなり、母を失いましたが、その時、母のぬくもりの源にあったのは玉
    ねぎの一片だったと気がつきました。そして結局、ぼくが求めたものも、玉
    ねぎの愛だけで、いわゆる教会が口にする、多くの他の教義ではありませ
    ん。(もちろんそんな考えも、ぼくが異端的と見られた原因です)この世の中心は愛で、玉ねぎ
    は長い歴史のなかでそれだけをぼくたち人間に示したのだと思ってます。

씨 곁에 있습니다. 나루세 씨의 고통도 고독도 이해할 수 있는 존재는 양파뿐입니다."라는 이야기를 통해서 '동반자'로서의 예수에 대해 언급한다. 그는 또한 "키니네를 먹으면 건강할 때는 고열을 일으키지만, 말라리아 환자에게는 없어서는 안 되는 약이 됩니다. 죄란 이런 키니네와 같은 것이라고 나는 생각합니다."라고 이야기한다. 여기에서 "죄란 이런 키니네와 같은 것"이라는 표현은 엔도 문학의 또 하나의 핵심인 '인간의 죄의 문제'를 제기하고 있으며, 더 나아가 그 인간의 죄에 대해 용서를 베푸는, 유다이기 때문에 용서하시는 '사랑의 신'을 보여 준다.

4. '부활'과 '환생'

인간은 누구나 죽음에 대한 불안과 공포를 지니고 있다. 젊을 때는 거의 관심을 갖지 않았더라도 살아가는 동안 반드시 죽음에 직면한다. 혹은 죽음을 생각지 않을 수 없는 순간에 직면하게 된다. 그렇기에 모든 종교는 사후의 세계에 대해서 이야기한다.

'부활復活'은 예수가 유다에 의해 팔려 가 십자가 위에서 죽은 후, 3일째 되는 날 죽음으로부터 부활한 사건이다. 신약성서의 원시 그리스도교는 예수가 부활했다는 신앙을 토대로 성립됐다. 이 신앙의 성립 배후에는 사형당한 예수가 제자들에게 나타난 사건이 있었다(「마태오」 28장 9~20절, 「마르코」 16장 9~13절, 「루가」 24장 13~49절, 「요한」 20장 11~21절).

그리고 엔도는, 예수를 배반한 제자들의 후회와 심리적 고통, 자신들이 예수를 배신했음에도 불구하고 제자들의 죄를 묻지 않고 사랑하는 예수에 대한 재인식이 예수 부활의 근거라고 이야기한다.[32] 예수는 죽었지만, 새로운 모습으로 그들 앞에 나타나, 그들 가운데 살기 시작한 것이다. 그것은 바꿔 말하면, 다름 아닌 그들의 마음속에 예수가 부활한 것이다. 실로 부활의 본질적인 의미 중 하나는 제자들의 예수 재발견이다.

'환생還生'은 산스크리트어로 '흐르는 것'을 의미하며, 생명체가 삶과 죽음을 반복하는 것을 가리키기 때문에 '생사生死'라고도 번역되고, 또한 '윤회환생輪廻還生'이라고도 일컬어진다. 이는 인도에 널리 퍼진 사고이며, 불교에서는 해탈하지 못한 생명체는 미혹迷惑의 세계인 삼계육도三界六道를 윤회하지 않으면 안 되는 것으로 여겨지고 있다.[33] 그런데 엔도는 '부활'과 '환생'을 연결 짓고 있다. 『깊은 강』에서 '부활'과 '환생'은 다음과 같이 연결되어 있다. 미쓰코는 백인 수녀에게 다음과 같은 이야기를 건넨다.

"무엇 때문에 그런 일을 하고 계시는 겁니까?"

"예?!"

---

32 엔도 슈사쿠, 『그리스도의 탄생(キリストの誕生)』, 新潮社, 1978년.
한국어 번역판, 엔도 슈사쿠 지음, 이평춘 옮김, 『그리스도의 탄생』, 가톨릭 출판사, 2022년 5월.

33 仏教辞典, 中村元 外 編, 岩波書店, 1989년 12월.

수녀는 놀란 듯 파란 눈을 크게 뜨고 미쓰코를 바라보았다.

"무엇 때문에 그런 일을 하시나요?"

"그것밖에…… 이 세상에서 믿을 수 있는 것이 없는 걸요."

'그것밖에'라고 한 것인지, '그 사람밖에'라고 한 것인지, 미쓰코로서는 잘 알아들을 수 없었다. 그 사람이라고 말했다면, 그것은 오쓰의 '양파'일 것이다. 양파는 먼 옛날에 죽었지만, 그는 다른 사람 속에 환생했다. 2천 년 가까운 세월이 흐른 후에도, 지금의 수녀들 안에 환생했고, 오쓰 안에 환생한 것이다. 들것에 실려 병원으로 옮겨진 그처럼 수녀들도 인간의 강 속으로 사라져갔다.

그렇다면 엔도는 왜 '부활'과 '환생'을 연결시킨 것일까. 이에 대한 대답은 『깊은 강』이 발표되기 15년 전, 1978년에 발표된 『그리스도의 탄생』에 이미 존재하고 있었다. 그 내용은 다음과 같다.

동방 종교가 갖고 있는 죽음, 재생의 감각과 유대 종교에 있는 죽음과 부활의 기대가 뒤섞여 하나가 되어 있었다는 사실이다. 그 잡다한 요소가 참혹한 예수의 죽음에 의해 비로소 촉발되어, 무엇인가를 생성하려고 한 것이다. 제자들은 예수의 가르침과 유대교의 예언서 속에서, 무지한 갈릴래아 서민들은 의식 밑에 숨겨진 죽음과 재생의 감각에 의해서, 즉 엄격한 일신교인 유대교적인 요소에, 유대교가 아닌 범신론적인 요소가 뒤섞여, 지금 예수가 되살아나기를 함께 기대했던

것이다.[34]

"엄격한 일신교인 유대교적인 요소에, 유대교가 아닌 범신론적인
요소가 뒤섞여, 지금 예수가 되살아나기를 함께 기대했던 것이다."라
는 표현 방식으로 보아, 엔도가 예수의 제자들의 의식 배후에 동방 종
교가 지니고 있는 죽음 및 재생의 감각과 유대교에 있는 죽음, 그리고
부활에 대한 기대가 뒤섞여 있었다고 해석하고 있었음을 알 수 있다.
즉, 유대교를 믿는 갈릴래아 지방의 서민들 사이에 존재하고 있었다고
생각되는 범신론적인 요소와 죽음, 재생의 감각이 일신교인 유대교적
인 죽음, 부활에 뒤섞여 있었다는 것이다.

엔도는 이와 같은 견해를 지니고 있었기 때문에 『깊은 강』에서 '부
활'과 '환생'을 연결시킬 수 있었던 것이리라.

또한 '부활'이 가지는 의미는 '죽은 사람이 살아 있는 사람의 마음
속에서 지워지지 않고 되살아나는 것'이며, '환생' 또한 '그 사람이 마
음속에 되살아나는 것'이다. 그런 의미에서 '부활'과 '환생'은 연결될
수 있었다. 그 결과 엔도는 오쓰를 통해서 "神은 다양한 얼굴을 갖고
계십니다. 유럽의 교회뿐만 아니라 유대교에도, 불교 신자 가운데도,

---

34   オリエント宗教のもつ死と再生の感覚とユダヤ宗教にある死と復活の期待
      が混沌として一体になっていたという事実である。その混沌としたものがみ
      じめなイエスの死によってはじめて触発され、何かを生み出そうとしたこと
      である。弟子たちはイエスの教えとユダヤ教の預言書のなかに、無知なガリ
      ラヤの庶民たちは意識下にかくれた死と再生の感覚によって、つまり厳しい
      一神教であるユダヤ的なものに、ユダヤ教ならざる汎神的なものが混淆し
      て、今、イエスの甦りを共に期待したのだ。

힌두교 신자 가운데도 신은 계신다고 생각합니다."라고 이야기하고 있다. 이 인식과 말을 통하여 비로소 '동양의 신'과 '서양의 신'의 구별도, '유일신'과 '일본의 범신론'의 갈등도 사라져버릴 수 있었던 것이다.

엔도는 이러한 인식의 개진 과정을 거치면서 그의 초기 문학의 주제였던 신들-신, 백색인-황색인, 동양-서양의 대립으로 야기된 고뇌에 스스로의 답을 찾을 수 있게 되었다. 마침내 그는 유일신론과 범신론의 구별조차 필요 없게 되는 '초월'을 발견했고, 그 안에서의 갈등은 무의미해졌기 때문이다.

때문에 『깊은 강』에서 미쓰코로부터 "당신은 힌두교도가 아닌데"라는 말을 듣고 오쓰는 "그런 차이는 중요하지 않아요. 만일 양파(그리스도)가 지금 이 마을에 계신다면, 행로병자를 업고 화장터로 가셨을 거라고 생각합니다.", "나는 환생도 부활도 구분하지 않습니다. 같은 거라고 생각합니다. 양파는 내 마음속에 다시 살아나, 내 인생을 이와 같은 것으로 만들었습니다. 확실히 그는 내 안에 살아 있습니다."라고 대답할 수가 있었다.

즉 엔도에게 있어서 '모든 것이 함께 흐르는' '깊은 강'은 '부활'과 '환생'을 구별할 필요성이 없는 세계였고, 이 지점에 다다른 순간부터 '부활'과 '환생'은 대립 관계가 아니게 된 것이다. 엔도 문학의 시작부터 태동하여 그가 평생 지고 다녔던 갈등은 그의 내면에서 이렇게 정리되었으며, 때문에 그는 '부활'과 '환생'을 같은 의미로 볼 수 있었다.

그러므로 이소베 부인의 "나… 꼭…다시 태어날 테니, 이 세상 어딘가에 다시 태어날 테니…. 찾아요… 나를 찾아줘요… 약속이에요, 약속이에요."라는 말대로 이소베는, 자신의 혼魂 속에 부활하는, 다시 살아나는, '곁을 지켜주는 동반자'로서의 아내를 발견할 수 있었던 것이다. 그리고 오쓰의 죽음을 눈앞에 둔 미쓰코는 다음과 같이 이야기한다.

> 양파는 먼 옛날에 죽었지만, 그는 다른 사람 속에 환생했다. 2천 년 가까운 세월이 흐른 후에도 지금의 수녀들 안에 환생했고, 오쓰 안에 환생한 것이다.[35]

이 점에 대해 가와무라 미나토(川村湊)는 엔도가 이해하고 있는 부활의 의미가 작중 인물을 통해서 표현되고 있다고 평하며 다음과 같이 이야기하고 있다.

> 이제까지 비非그리스도교적인 신앙으로서 의식적·무의식적으로 배제되어 온 '환생'의 개념과 '범신론'적인 신앙, 그리고 불교, 힌두교, 이슬람교 같은 다른 종교와의 적극적인 싱글레티즘(諸宗混合)적인 것에 대한 긍정적인 모습이 이 작품 세계 속에서는 엿보인다.[36]

---

35   玉ねぎは、昔に亡くなったが、彼は他の人間のなかに転生した。二千年ちかい歳月の後も、今の修道女たちのなかに転生し、大津のなかに転生した。

36   가와무라 미나토(川村湊), 「인도의 영혼을 찾아서(大竺にあにまを求めて)」, 「國文學」, 제38권 제10호, 1993년 9월.

부활은 나루세 미쓰코의 마음의 변화를 통해서 다음과 같이 나타난다. 미쓰코는 인간을 사랑할 수 없는 여자였다. 자원봉사자로 환자 곁에 있었지만, 마음은 늘 냉랭한 상태였다. 그런 미쓰코는 신앙의 세계로 돌아가 신부가 되어 있는 오쓰를 잊지 못하고 늘 마음에 걸려 하며, 결국 오쓰가 인도에 있다는 소문을 듣고 인도를 방문한다.

오쓰와 재회한 미쓰코는 갠지스강에서 죽음을 맞이하는 사람들을 위해 사랑의 행위를 하고 있는 그를 의식하게 되고, 조금씩 변화되기 시작한다. 신혼여행 때 오쓰에게서 들은 '양파'에 대한 이야기를 '지겹다'고 생각하던 그녀가 이번에는 다음과 같이 말하게 된다.

저녁 안개가 도시를 감싸고, 그녀는 갑자기 자신의 인생 모든 것이 무의미하고 아무 소용없는 것처럼 느꼈다. 이 인도 여행뿐만 아니라, 이제까지의 그녀 자신 모든 것이, 학창 시절도, 짧았던 결혼 생활도, 위선적으로 자원봉사를 흉내 내던 일도. 이렇게 처음 방문한 도시 안에서 오쓰를 찾아다니던 일도. 하지만 그런 어리석은 행동 속에 그녀도 X를 원하고 있다는 것만은 막연하게 느꼈다. 자신을 채워줄 수 있는

これまで非キリスト教的な信仰として意識的・無意識的に排除されてきた<転生>の概念や「汎神論」的な信仰、さらに仏教、ヒンズー教、イスラム教といった他の宗教との積極的なシンクレティズム(諸宗混淆)的なものに対する肯定的な感触が、この作品世界の中にはうかがわれる。

X를.[37]

이 내용부터 어느 사이엔가 'X'를 원하고 있는 그녀가 등장하고, 공허하기만 하던 자신을 채워줄 'X'를 찾게 된다. 이 변화는 단지 위선적으로 환자를 간호했던 그녀가 진정으로 환자를 걱정하며, 전화로 기구치의 상태를 문의한다는 행동의 변화로 나타난다.

이와 같이 '신'과 아무 관계도 없고, '양파' 따위 '지겹다'고 생각하던 미쓰코의 마음이 오쓰의 세계와 'X'를 받아들이게끔 변화하는 것이야말로 부활이다. 그리고 이 'X'는 『그리스도의 탄생』의 끝부분에 쓰여 있는 'X'와 겹쳐진다. 'X'는 '그리스도'를 의미하고 있으며 또 한편으로는 미지수인 'X'를 의미하는 것으로 보이는데, 엔도가 이에 대해 확실하게 밝힌 바는 없다.

엔도는 그저 그것을 'X'라고, '양파'라고 이야기한다. 거기에는 언어로 표현할 수 없는 보편적이며 포용성 있는 '깊은 강의 신'이 함축되어 있다. 무엇인가에 한정되지 않고, 어떤 언어에 구속되지 않는 보편적인 신으로서 존재하고 있는 것이다. 그 신은 이질성을 따지지 않고 받아들이며, 어울려 함께 흐르는 '사랑의 신'이다.

---

37   夕靄が町を包み、彼女は急に自分の人生の何もかもが無意味で無駄だったように感じた。このインド旅行だけでなく、今日までの彼女自身のすべてが、学生生活も短かった結婚生活も、偽善的なボランティアの真似事も。こうしてはじめて訪れた町のなかで、大津をたずね歩いた事も。だが、それらの愚行の奥に彼女もXをほしがっていることだけは漠然と感じた。自分を充たしてくれるにちがいないXを。

제8장 『깊은 강深い河』 227

5. 결론

'부활'과 '환생'은 다시 태어나는 것이다. 어떤 방식으로 새로워지는가의 문제이다. '이제까지의 자신이 어떤 식으로 새롭게 다시 태어나는가'라는 의미로서의 환생이며 부활이다. 때문에 엔도는 각각의 인물들이 자신의 삶 속에서 새롭게 발견하는 생명과 사랑을 환생과 부활로 표현하려 시도한 것이다.

엔도는 1972년 6월에 발표한 「갠지스강과 유다 광야」 속에서 다음과 같이 이야기한다.

> 아마도, 내가 이때 생각한 것은 인도인과 힌두교도의 종교 개념과는 조금 거리가 있었을 것이다. 하지만, 풍요로운 갠지스강을 모성적인 이미지로 바꾸어 어머니로부터 태어난 것이 모성적인 것으로 되돌아간다는 감각만은, 동양인인 나로서도 나름대로 알 수 있을 것 같은 생각이 들었다.
>
> 모성적인 것의 이미지를 자연의 무언가에 연결시키는 것은 범신론의 한 현상이긴 하지만, 동시에 나로서는 동양인의 종교 심리의 특징인 것처럼 생각된다. 모성적인 이상, 그 이미지를 부여하는 자연은 혹독하고 거친 것이어서는 안 된다. 그것은 온화하고 포용력으로 충만한 것이어야 한다.[38]

---

38   엔도 슈사쿠, 「ガンジス河とユダの荒野」, 『遠藤周作文学全集』 제11권, 新潮社, 1975년 9월.

엔도에게 있어서의 '깊은 강'은 어머니처럼 모든 것을 받아들이는 강이었다. 모든 종교, 인류, 문화를 초월하여 함께 흐르는, 감싸안는 포용력으로 충만한, 깊고도 너른 강이었다.

그것은 또한 배신한 제자들을 미워하기는커녕 그래도 필사적으로 사랑하려 한 어머니와 같은 예수의 이미지에서 생겨났던 것이다. 배신한 자식을 사랑해 준 어머니와의 관계. 거기에서 인간의 모든 죄를 짊어지는 예수의 이미지가 탄생했다. 그리고 인간의 나약함, 슬픔을 이해해 주는 동반자 예수의 이미지가 생겼다.[39]

그리고 위에서 이야기하듯이 "인간의 나약함, 슬픔을 이해해 주는" 동반자로서의 '모성적인 예수'와 겹쳐지는 것이다. 작중인물들은 그 모성적인 '깊은 강'을 만나, 각자 자신의 인생 속에서 새로운 생명을 발견할 수 있었다.

> おそらく、私がこの時、考えたことは印度人やヒンズー教徒の宗教観念とはほど遠いものであったろう。だが、ゆたかなガンジス河を母なるもののイメージにおきかえ、母より生まれたものが、母なるものに還るという感覚だけは東洋人である私には私なりにわかるような気がした。
> 母なるもののイメージを自然のなかに結びつけるのは汎神論の一つのあらわれではあるが、同時に東洋人の宗教心理の特徴であるように私には思われる。母なるものである以上、そのイメージを与える自然はきびしく、峻烈で烈しいものであってはならない。それは優しさと包容力とにみちたものでなくてはならぬ。

39　それはまた裏切った弟子たちを憎むどころか、なお必死に愛そうとした母親のようなイエスのイメージから生れていったのだ。裏切った子と愛してくれた母との関係。そこから人間のすべての罪を背負うイエスのイメージが生じた。そして人間のその弱さ、哀しさを理解してくれる同伴者イエスのイメージができた。

"한 번도 사람을 사랑한 적이 없는 여자"인 미쓰코. 영혼의 굶주림과 갈증으로 고통스러워하며 영혼의 방황 속에서 살아온 그녀는, 예전에 자신이 버린 오쓰의 사랑의 행위와 양파에 대한 사랑을 보며 자신의 생 속에서 'X'를 찾고자 하는 동시에 진정한 사랑의 모습을 생각한다.

그리고 "일본인의 심성에 맞는 그리스도교를 생각해 보고 싶다."라며, 그리스도가 십자가를 짊어지고 걸었듯이 아직 목숨이 남아 있는 가난한 사람을 업어 갠지스강으로 데리고 가는 오쓰. 그 오쓰의 사랑의 증거 속에서 그리스도는 환생한다. 즉 오쓰 안에는 고통당하는 사람들을 위해서 자신을 내어주는 예수가 부활해 있는 것이다.

죽은 아내의 환생을 찾기 위해 인도에 간 이소베. 그는 "인도에 오고부터" "일본에 있을 때보다 더욱 아내를 떠올리게 되었다. 그것도 일상생활에서의 보잘것없는 모습"과 "사소한 부부의 대화"를 생각하게 되었다. 이 과정에서 그의 '동반자' 개념은 '무엇이든 해 주는' 동반자에서 '단지 함께 있어 주는' 동반자로 바뀌었다. 그리고 이소베는 죽은 아내에 대한 자신의 사랑과 함께, 죽은 아내 또한 "나… 꼭…다시 태어날 테니"라던 유언대로 자신의 내면에서 부활하고 있음을 깨닫는다. 그는 마침내 아내가 자신 안에 살아 있다는 사실을 인식하며 '환생'에 대한 확신을 가질 수 있었던 것이다.

자신을 대신해서 죽은 구관조를 위해, 인도의 조류 판매 가게에서 산 구관조를 풀어줌으로써 은혜에 대한 보답을 하려고 하는 누마다.

그는 자신이 풀어 준 새가 즐거운 듯이 노래하는 소리를 들으면서 문득 자신이 지금껏 스스로의 모순으로부터 도망치기 위해 줄곧 동화만을 써왔음을 자각하고, 앞으로도 같을 일을 반복하게 될 것이라는 예감을 느낀다. 이렇듯 누마다에게 있어 '부활'은 자신의 어리석음을 깨닫는 '통찰'의 과정으로 그려진다.

마지막으로 전장 한복판에서 생사 가운데 헤매며, 절체절명의 상황 속에서도 자신의 목숨을 구해 준 전우를 기리고자 했던 기구치. 그는 죽음을 목전에 둔 상황 속에서 인육을 먹은 기억 때문에 괴로워하다 비참하게 사망한 친구를 위해 기도함으로써 자신의 새로운 생명을 발견한다.

이렇듯 작중 인물은 각각의 형태로 자신의 과거에서 해방되며 동반자를 발견하게 된다. 부활(환생=새로운 삶)하기 위해 과거의 속박에서 벗어나지 않으면 안 되는 이 주인공들에 대해, 다카야마 테쓰오(高山鐵男)는 「《창작일기》 해설」에서 다음과 같이 이야기한다.

> 『깊은 강』은 여러 주인공들의 다양한 인생 이야기로 되어 있기 때문에 (중략) 작가 자신도 "이 소설 속에는 나의 대부분이 삽입되어 있다."(1992년 8월 18일)라고 쓰고 있다. 실제로 이 최후의 장편에는 그때까지 저자가 구애받아 온 여러 문제가, (중략) 각각 인생의 다른 슬픔과 다른 고뇌를 안고 갠지스강으로 모인다는 소설 형식(중략) 그것은 결국, 구원의 문제라고 생각한다. 또는 희망의 문제로, 죽음 저편에 무

언가를 희망할 수 있는가 하는 문제라고 생각한다.[40]

각각의 인생 속에서, 자신 안에 다시 태어나는 생명. 엔도는 그것을 '환생'이라 했고 '부활'이라고 했다. "양파는 먼 옛날에 죽었지만, 그는 다른 사람 속에 환생했다. 2천 년 가까운 세월이 흐른 후에도 지금의 수녀들 안에 환생했고, 오쓰 안에 환생한 것이다."라는 미쓰코의 말처럼, 각각의 인물이 찾는 사랑과 사랑의 행위 속에서 신의 존재를 증명하고, 신의 작용을 느낄 수가 있었던 것이다.

따라서 "깊은 강"은, 유일한 절대성을 뛰어넘어 어떠한 것도 혼재하며, 선한 인간만이 아니라 어떤 죄인도, 어떤 추한 인간도 거부하지 않고 받아들이며 흐르는 강이다. 이것이 일본에서 태어나 일본에서 성장하며, 일본에서 살아가야 했던 오쓰가 도달하게 된 '神'이며, 인간을 감싸안는 '모성적 신'의 모습인 것이다. 그러기에 엔도는 『깊은 강』에서 그리스도교의 '부활'과 '환생'을 연결시킬 수 있게 되었고, 그 모든 것을 받아들이는 "깊은 강"의 '神신'에 도달할 수 있게 된 것이다.

---

40   다카야마 테쓰오(高山鐵男), 《창작일기》해설(《創作日記》解說)」, 「三田文学」, 여름호, 1997년 8월.
      『深い河』は、何人もの主人公たちの、さまざまな人生の物語からなっているから、(中略) 作家自身も「この小説のなかには私の大部分が挿入されている」(1992년 8월 18日)と記している。じっさい、この最後の長編には、それまで作者がかかわって来たいろいろな問題が、(中略)それぞれの人生のことなった悲しみや、ことなった苦悩をいだいて、ガンジス河のほとりに集まるという小説形式 (中略) それは結局、救済の問題だと思う。あるいは希望の問題と言って、死のかなたになにものかを希望し得るか、という問題だと思う。

결국 엔도는 '깊은 강'에 도달했다. 첫 평론이었던 「신들과 신과」부터 시작된 그의 문학사文學史에서의 갈등과 고뇌는 이러한 형식으로 답을 찾은 것이다. 어쩌면 엔도에게는 이 답이 필연적일 수밖에 없었다는 생각이 든다. '신들과 신', '백색인과 황색인', '동양과 서양'의 갈등 구조 속에서 엔도가 도달할 수밖에 없었던 지점이었다. 다른 일본 작가들에게서는 찾아볼 수 없었던 독특한 정체성이었다. 일본의 범신론과 유일신의 갈등 구조를 엔도만이 유일하게 갖고 있었다. 이것이 엔도 문학의 전문성이자 특징이라고 할 수 있겠다.

　　그러한 의문과 갈등 속에서 시작된 문제의식은, 그의 문학 50년의 창작 생활 속에서 결국 모든 것을 받아들이고 통합시키는, 배척하지 않고 통합되어 함께 흐르는 '깊은 강'에 이르게 된 것이다. 거기에서 '신들과 신', '백색인과 황색인', '동양과 서양'의 갈등이 무마된다. 더 이상 혼돈된 갈등이 존재하지 않아도 되고 융합되어 함께 흐르는 통합의 경지에 이르게 된다. 이것이 엔도가 50년 동안 끌어안고 있던 문제였으며 그가 고뇌를 통해 모색하였고, 도달하게 된 세계였다. 『깊은 강』은 순문학으로서의 그의 마지막 작품이 되었다. 한 작가가 전 생애에 걸쳐서 그 시간을 어떻게, 어떤 과정을 거치며 걸어갔는지, 그의 갈등과 고뇌의 시간을 선명히 볼 수 있었다.

　　결국 엔도가 일본을 대표하는 가톨릭 작가로서 발표했던 수많은 작품들 하나하나가 이 답을 찾아 가는 과정이었다. 데뷔 후 50년의 세월이 흘러 70세의 노작가가 도달하게 된 '신'. 일본인 작가였기에 도달할 수밖에 없었던 '신'이었다. 또한 그리스도교 신자이면서 동양인이었기에 도달할 수밖에 없는 '신'이었다.

『깊은 강』이 엔도의 마지막 작품이었기에, 이곳에 이른 통합주의가 일본에서 그리스도교 신자로 살아야 하는 작가의 숙명이 되었다. 이 과제는 결국 동양인의 숙명이었고, 그 숙명을 거부하지 않고 평생 걸머진 채 달려온 한 작가에게는 무거운 숙명이자 은총이 되었다.

2부

遠藤周作

후미에踏絵
후미에(踏絵)란 '성화를 밟다'라는 뜻이다
엔도는 후미에를 밟은 검은 발가락의 흔적을 보고 『침묵』 집필 결의를 다졌다

제9장

한국과 일본 종교문학의 특성 연구
- 엔도 슈사쿠와 이문열, 김동리 문학을 중심으로 -

이 논문은 2011년 정부(교육과학기술부)의 재원으로 한국연구재단의 지원을 받아 수행된 연구이다(NRF-35C-2011-2-A00710).

1. 서론

종교의 정의를 어디에 두어야 할지 그 범위가 방대하기는 하지만, 우선 이곳에서는 인간에게 있어서 초월적 가치를 갖게 하는 것을 '종교'라 정의를 해 두겠다. 초월적 존재이기 때문에 인간에게 있어 절대적 가치로 부각된다. 이러한 가치를 갖는 종교적 유형은 여러 가지가 있다. 그것이 어느 것이든, 인간은 때로 그 종교와 풀기 어려운 매듭으로 묶여 있다.

인간이 신앙생활을 하면서 초월적 가치를 추구하지 않는다면 종교의 독자적 영역이 성립할 수 없다. 인간은 신앙으로 현세적 활동으로 얻을 수 없는 초세상적 가치를 추구한다. 인간이 이런 초월적 가치를 추구하는 본성이 있는 한, 인간은 종교적 존재다.[1]

---

1   장욱, 『토마스 아퀴나스의 철학』, 동과서, 2003, p.219

그러나 아무리 종교가 초월적 가치를 갖는다 해도, 그것이 종교를 신앙하는 인간을 배제시킨 가치라면, 그 종교는 존재 가치를 상실하게 된다. 따라서 종교와 인간의 상호작용 안에서만이 종교는 절대 가치를 갖는 것이다.

그런 면에서 '문학' 또한 인간의 생각과 정신의 표현이며 인간의 영혼에서 발아한 전파를 이 지상에 쏘아내는 작업의 산물이다. 그 전파의 주체는 인간에 있다. 문학이란 텃밭에 수없이 널려있는 인간의 모습을 소재로 하여 다른 누군가에게 읽혀지기를 기다리고 있는 것이다.

한국문학 평론가 김윤식은 "아무리 소설을 읽어도 나는 현실을 잘 알 수 없다. 그래도 나는 소설을 계속 읽을 것이다. 이유는 간단하다. 언어밖에 가진 것이 없는 내 앞에 소설이 있었고, 있고, 있을 테니까."[2] 아무리 읽어도 현실을 잘 알 수 없지만, 그래도 읽어야 하는 이유는 우리 인간이 현실적 조건 안에서도 초월적 가치를 추구하기 때문이다.

따라서 본 연구는 '종교'와 '문학'을 하나의 카테고리로 묶어[3], 문학 속에 나타난 한국과 일본의 종교적 특성을 고찰하고자 한다.

---

2   김윤식, 『초록빛 거짓말, 우리 소설의 정체』, 문학사상사, 2000, p.6

3   본 논문에서는 다양한 종교 중에서 그리스도교의 유일신에 주안점을 두며 '기독교 문학'을 중심으로 논을 진행한다.

2. 본론

엔도 슈사쿠는 독자적 색깔을 지닌 일본의 가톨릭 작가이다. 본 장에서는 엔도 문학에 나타난 '神'에 중점을 둔다. 엔도 문학에 나타난 '신'은 초기, 중기, 말기에 따라 변화하게 되는데, 그 변화의 배경이 무엇인가를 고찰하여야만 일본의 많은 기독교 작가들과 엔도가 변별되는 이유를 규명해낼 수 있을 것이며, 그 과정을 통하여야만 '일본적 종교문학의 특징'을 도출해낼 수 있을 것이다.

엔도가 일본의 다른 작가와 구별되는 이유는 일본의 범신성汎神性을 부정하지 못한 채, 그리스도교의 '신의 세계'로 들어가기 위해 투쟁한 것이다. 그 결의를 드러낸 것이 1947년의 「신들과 신과(神々と神と)」[4]이다. 따라서 「신들과 신과」의 고찰은 엔도 문학의 근본을 캐는 작업이 될 것이며, 이 작업을 통하여 도출된 '신'과, 한국 작가의 작품 속에 나타난 신의 모습이 비교될 것이다.

텍스트로 사용될 한국 작가의 작품은 이문열의 『사람의 아들』과 김동리의 『사반의 십자가』이며, 이 작품 속에 나타난 종교적 특성을 분석하는 것이 본 장의 목적이다. 이 작품 분석을 통하여 일본의 종교문학과 한국의 종교문학에 나타난 '神像'을 조명, 비교하여 양국의 근원적인 차이점이 있는지, 없는지를 알아보고, 나아가 있다면 어디에 원인이 있고, 없다면 공통점이 무엇인지를 규명해낼 것이다. 이를 통해 양국의 종교적 차이와 공통점은 결국 문화적 차이이자 공통점임을 고

---

4   엔도 슈사쿠, 「신들과 신과(神々と神と)」, 「四季」, 1947년 12월.

찰하고자 한다.

2-1. 엔도 슈사쿠의 「신들과 신과」, 『깊은 강』

엔도 문학은 그가 대학 재학 시절 「四季」에 발표한 「神들과 神과」[5]라는 평론에서부터 시작된다. 이 평론에서 제기된 유일신의 '신'과 일본의 범신적 '신들'의 문제는, 이후 엔도 문학의 긴 여정을 지배하는 테마가 되었다. 그리스도교에서는 인간과 신과 천사 간에 엄격한 존재 조건의 격차를 두고 있다. 인간은 물론 신의 품으로 돌아갈 수 있다. 그러나 그것은 동양적인, 수동적 형태는 아니다. 인간은 인간밖에 될 수 없는 고독한 존재 조건을 지니고 있다. 따라서 신도 아니고, 천사도 아니다. 그런 의미에서 인간은 신과 천사와 대립할 수밖에 없는 존재이다. 따라서 신과의 투쟁 없이 신의 나라에 돌아갈 수 없다는 것이다.[6]

엔도는 '신들의 나라'에서 '신의 나라'[7]로 여행하고자 할 때 "다신多神에서 유일신唯一神으로 바꾸려고 투쟁했던" 로마인의 고충을 확실

---

5 엔도 슈사쿠, 「신들과 신과」, 「四季」, 1947년 12월.

6 '신과의 투쟁 없이 신의 나라에 돌아갈 수 없다는 것'이 엔도 초기 문학에 나타난 신관이었다. 엔도는 일본이라는 범신적 풍토에서 자신이 신의 자식이 아니라 신들의 자식임을 인정할 수밖에 없었고, 따라서 神의 세계로 들어가기 위해서는 투쟁할 수밖에 없었다고 기록하고 있다. 따라서 엔도 초기 문학에 나타난 '神像'은 '신의 세계로 들어가기 위해서는 투쟁할 수밖에 없는' 전투적인 '부성적 신'의 모습으로 그려지고 있다.

7 신神은 그리스도교의 유일신을 의미하고, 신들이란 神의 복수형으로서 범신적 신관神觀의 의미로 사용한다.

히 느끼지 않을 수 없다고 말한다. 신들의 자녀인 일본인들이 신의 자녀인 인간들의 심리, 언어, 자세를 느끼기 위해서는 가톨릭시즘을 아는 것만으로는 아무 소용이 없는데, 그 이유는 가톨릭시즘은 사상뿐만 아니라 사상의 배경에 문제가 있기 때문이다. 특히 가톨릭시즘을 알면 알수록 일본인 엔도는 "신들의 자녀로서의 피가 울부짖는 소리를 듣지 않으면 안 된다."라는, 신들의 세계에서 살아가고 있는 인간의 입장에 대해서 언급하고 있다. 이렇듯 '신들의 세계'에 유혹당하면서도 '신의 세계'[8]로 여행하기 위해서 엔도가 필요로 했던 것은 인간의 한계를 극복하려 했던 능동적 자세에서 생겨난 결의와 투쟁이었던 것이다. 이것이 「신들과 신과」를 발표할 당시의 초기의 신관이었다.[9]

엔도는 『침묵』을 발표한 후 1967년 「文藝」 1월 호에 「아버지의 종

8 엔도는 호리 다쓰오(堀辰雄)의 영향을 받으며 일본의 신들의 존재와 가톨릭의 일신론과의 격차를 자각하게 되었다. 즉, 엔도 문학의 출발점이라고 할 만한 「신들과 신과」를 쓸 때 그는 이미 호리 다쓰오의 책을 탐독하고 있었고 『마취목꽃(花あしび)』과의 연관성을 지니고 있었다. 그에 머물지 않고 『마취목꽃(花あしび)』의 美의 세계를 통해 눈뜨게 된 일본 고대로부터의 야마토(大和)의 신들의 세계와 자신이 믿고 있던 가톨릭의 일신론 세계의 괴리乖離를 「신들과 신과」에 썼던 것이다. 그러나, 엔도는 호리 다쓰오와는 달리 '신의 세계'를 지향했다. 호리의 '신들의 세계'에 공감하면서도 그것을 부정하고 일신론의 세계로 들어가려 했다. 그 결의로 '신들의 세계'와의 투쟁을 언급하고, 또한 일신론의 구조인 '神'과의 투쟁을 받아들이려 했던 것이다. 그러므로 거기에는 투쟁이 있다. 따라서 이 시기 엔도가 품고 있었던 신관神觀은 인간의 죄를 심판하는, 무섭고 엄한 부성적 신관父性的 神觀이었다.

9 엔도가 문학가로서 출발했던 것은 대학 시절의 평론 「신들과 신과」를 잡지 「四季」 5호(1947년 12월)에 발표한 후부터이다. 소설가로서 출발한 것은 프랑스 유학 후의 『아덴까지』부터이고, 『아덴까지』 발표 이후(1954년 12월)부터 『깊은 강』(1993년 6월)까지 수많은 작품을 남겼다. 이 46년간 엔도 문학의 중심 테마였던 '神'의 문제는 여러 모습으로 변이하게 된다. 변이의 배경에는 계기와 사건들이 존재하고 있다.

교·어머니의 종교」를 발표하고, 가쿠레 기리시탄(かくれキリシタン)[10]의 배교 의식을 근거로 "그리스도교는 '아버지'의 종교에서 '어머니'의 종교로 서서히 옮겨 가기 시작했던 것이다."라고 말한다. 또한 가쿠레 기리시탄이 마리아 관음보살을 필요로 한 것은 "엄격한 '아버지' 대신에 자신들을 용서하고, 그 아픔을 알아주는 존재를 추구 했"기 때문이며, 그런 이유에서 그들은 "하느님을 예배하기보다 마리아를 숭배하게 되고, 마리아 관음보살을 만들어낸 원인이 되었다."라고 말하고 있다.

　엔도가 마리아 관음보살에 대해 이처럼 해석하고 있는 것은 마리아가 보여주고 있는 '모성적 부드러움'에 그 근거가 있다고 생각된다. 엔도 문학에 묘사된 '신'像은 초기의 '부성적 신'으로부터 서서히 '모성적 신'으로 바뀌어 갔지만, 엔도 자신이 그것을 어떻게 정의定義하고 있는가는 「구약성서의 '신'과 신약성서의 '신'의 차이」[11] 가운데에서 잘 드러나 있다. 우선, '부성적 신'에 대해 다음과 같이 언급하고 있다.

　　　하느님이 무서운 신이라고 하는 점입니다. 하느님은 자신을 배신한 자를 벌하거나 심판하거나 하는 하느님입니다. 이는 유대교의 신이라는, 유다 민족과 결부된 하느님이 자신을 배신하는 자, 자신과는 다른 신

10　1549년 예수회의 프란치스코 하비에르에 의해 일본에 그리스도교(가톨릭)가 전파된 후, 에도 막부(江戸幕府)의 박해로 신앙생활이 금지되었는데, 이로 말미암아 숨어서 신앙생활을 하던 시대와 신자들을 일컬음.

11　엔도 슈사쿠, 『나의 예수』, 詳傳社, 1976, p.60
　　『나의 예수』 한국어 번역본, 이평춘 역, 가톨릭출판사(로만), 2023. 2.

을 숭배하고 있는 이민족과 싸우지 않으면 안 되었다, 라는 성격에서 기인하는 것인데, 그런 어려운 논의는 별개로 하고, 어쨌든 구약성서의 하느님이란 무섭고, 심판하는, 그리고 벌하는 듯한 하느님입니다.[12]

또한 '모성적 신'에 대해서는,

신약성서 가운데 쓰여 있는 신의 이미지는 그러한 무서운, 엄한 부친의 이미지의 하느님은 아닙니다. 엄한 부친이라기보다는 오히려 어머니에 가까운 듯한 이미지입니다. (중략) 적어도 신약성서 속에서 예수가 설파한 신은 우리의 이상理想과 같은 어머니, 즉 자식과 함께 괴로워하며, 자식이 어떠한 잘못을 범하더라도 끝내는 이를 용서하고, 자식의 슬픔을 마음으로부터 위로해 주는 듯한 모친의 이미지인 것입니다.[13]

라고 언급하고 있다. 이것이 엔도가 인식하고 있는 '부성적 신'과 '모성적 신'像이었다. 그리고, 『깊은 강』[14]에서는 인도의 갠지스강을 '모성적인 강'으로 묘사하면서 '사랑의 신'을 그려냈다.

엔도에게 있어서의 '깊은 강'은 어머니처럼 모든 것을 받아들이는

---

12   엔도 슈사쿠, 『나의 예수』, 詳傳社, 1976, p.60~61
13   엔도 슈사쿠, 『나의 예수』, 詳傳社, 1976, p.61
14   엔도 슈사쿠, 『깊은 강』, 講談社, 1993. 6.

강이었다. 모든 종교, 인류, 문화를 초월하여 흐르는, 포용력으로 충만한, 깊고도 너른 강이었다. 그리고 이 강은 엔도가 직접

> 그것은 또한 배신한 제자들을 미워하기는커녕 그래도 필사적으로 사랑하려 한 어머니와 같은 예수의 이미지에서 생겨났던 것이다. 배신한 자식을 사랑해 준 어머니와의 관계. 거기에서 인간의 모든 죄를 짊어진 예수의 이미지가 탄생했다. 그리고 인간의 나약함, 슬픔을 이해해 주는 동반자 예수의 이미지가 생겼다.

라고 이야기하듯이, "인간의 나약함, 슬픔을 이해해 주는" 동반자로서의 '모성적인 예수'와 겹쳐지는 것이다. 작중 인물들은 그 모성적인 '깊은 강'을 만나, 각자 자신의 인생 속에서 새로운 생명을 발견하게 된다. 그리고 이 작품의 주인공인 오쓰를 통하여 '사랑의 신'으로의 변용을 이야기한다.

> 소년 시절부터 어머니를 통해 내가 단 하나 믿을 수 있었던 것은 어머니의 따스함이었습니다. 어머니가 잡아 주는 손의 따스함, 안아 주었을 때의 몸의 온기, 사랑의 따스함, 형과 누나에 비해 우직한 나를 저버리지 않았던 따스함. 어머니는 내게도 당신이 말씀하시는 양파의 이야기를 늘 들려주셨는데 그때, 양파란 이보다 더 따스하고 따스한 덩어리—즉, 사랑 그 자체라고 가르쳐 주셨습니다.

성장하여 어머니를 잃었지만, 그때 어머니의 따스함의 근원에 있었던 것은 양파의 일부분이었다고 생각했습니다. 그래서 결국, 내가 추구한 것도 양파의 사랑일 뿐이지, 소위 교회가 말하는 많은 교리는 아닙니다(물론 그런 생각도 내가 이단적이라고 보였던 원인입니다). 이 세상의 중심은 사랑이며, 양파는 오랜 역사 속에서 그것만을 우리 인간들에게 알려 주었던 것이라고 생각합니다.[15]

그렇다면, 왜 '사랑의 신'이어야 하는가. 이에 대해 엔도는 「나의 《예수의 생애》」에서 다음과 같이 말하고 있다.

'신의 사랑'이라는 말을 하기는 쉽다. 하지만 그 '신의 사랑'을 현실에서 증명하는 것은 절망적이라 할 정도로 지난至難한 일이다. 가혹하고 비정한 현실은 우리 인간들에게 세 가지, 즉 신의 부재나 침묵, 혹은 징벌만을 알리는 듯 생각되기 때문이다. 그 가혹하고 비정한 현실 속에서 여전히 '신의 사랑'을 증명한다는 일에 예수는 생애를 걸었던 것이다. (중략) '사랑의 신, 신의 사랑'을 그는 설파하게 된다.[16]

15   엔도 슈사쿠, 『깊은 강』, 講談社, 1993, p.188
16   엔도 슈사쿠, 「나의 《예수의 생애》」, 요미우리신문(讀賣新聞), 6월 4, 11, 18, 25일, 1973.

왜 '사랑의 신'이어야 하는가에 대해, 엔도는 '예수'가 그 사랑에 생애를 걸었기 때문이라고 했다. 따라서 초기 문학에서는 부성적 신의 세계를 그렸던 엔도는, 사랑을 위해 자신의 생애를 걸고 그 사랑을 실현한 예수 때문에, 그 예수를 매개로 하여 모성적 신을 통과하면서 '사랑의 신'에 도달하기에 이른다. 그리고 이 모성적 신, 사랑의 신으로의 변용은 엔도가 뿌리내려야 할 곳이 일본이라는 범신적 세계였기에, 그 풍토에서 형성될 수밖에 없었고 그 세계에서 융화될 수밖에 없었던 '신'이었다.

2-2. 이문열 『사람의 아들』

1948년 서울 청운동에서 태어난 이문열[17]은, 1970년 서울대 국어교육과를 중퇴한 후 1977년 대구 매일신문 신춘문예에 『나자레를 아십니까』라는 작품이 가작으로 입선되면서 작가 활동을 시작했다. 그의 나이 29살이었고 이때부터 본명 이열(李烈) 대신 필명 이문열(李文烈)을 사용하기 시작했다. 1978년에는 대구 매일신문에 입사해 편집부에 근

---

17   이문열, 「귀향을 위한 만가」, 이문열·권성우 외, 『이문열論』, 도서출판 三人行, 1991, p.10~11
내 고향은 분명 영양군 석보면 원리동이지만 불행히도 나는 그곳에서 태어나는 인연은 갖지 못했다. 조상으로부터 불려받은 천석 재산을 팔아 허망한 건국 사업에 열중하시던 아버님 덕분에 내가 태어난 곳은 청운동의 지금은 헐려버린 어느 아파트였다. 그리고 어디선가 한번 쓴 적이 있는 대로 그 뒤로도 2년간 나는 서울 거리를 이리 저리 옮겨가며 자라다가 세 살 때 6.25가 터지면서 비로소 어머님의 친정인 영천을 거쳐 고향에 돌아가게 되었다. 갑자기 가장을 잃고 어린 5남매와 시어머니만 남게 되자 아직도 팔리지 않고 있던 고가와 전답을 의지하기 위해 어머님께서 주장하신 귀향이었다.

무하였으며, 이때 쓴 『새하곡』이란 중편소설이 1979년도 동아일보 신춘문예에 당선되었다.

『사람의 아들』은 1979년(31살) 세계의 문학에서 중편으로 출간되어 제3회 오늘의 작가상을 수상하였으며 1987년 장편으로 개작, 1993년 다시 부분 손질되어 출간되었고, 2004년 6월에는 출간 25주년을 기념하는 4판 개정판이 출간되었다.

『사람의 아들』은 이문열의 첫 장편소설이다. 그러나 이 작품은 처음부터 장편소설로 쓴 소설이 아니라, 처음에는 400여 장의 중편소설이었던 것을 1987년에 장편으로 개작하여 1,300여 장으로 늘린 것이다. 이문열 작가는 중편의 골격은 그대로 두면서 개작을 한 이유에 대하여 다음과 같이 밝혔다.

> 초판에 대한 가장 큰 불만은 민요섭과 조동팔이 찾아낸 '새로운 신
> (神)'의 모습을 확연히 드러내지 못한 점이었다. 이런저런 마뜩찮은 고
> 려로 초판에서 빼두었던 '쿠아란타리아서'를 제자리에 돌려놓는다.
> 두 번째로 불만스러웠던 점은 민요섭의 회귀에 대한 설명 부족이다.
> 앞서의 반기독적 논리의 치열함에 비해 그는 너무도 손쉽게 기독교
> 로 돌아가고 있는데, 그 점 후반부에서 어느 정도는 보충이 되었다고
> 본다. 원래는 민요섭의 일기 같은 걸 삽입해 철저하게 규명해 보려고
> 했으나 이번에는 이 정도로 그친다. 세 번째는 자료의 부족으로 얼버
> 무려 버린 아하스페르츠의 편력이다. 엘리아데와 다른 여러 종교사

가, 비교종교학자들의 도움을 얻어 구체적인 여행기로 재생시켰다.[18]

    이것이 이후에도 다시 부분적인 수정, 오탈자 보완을 거쳐 1993년 출간되었고, 25년이 지나도록 절판되지 않고 읽혀 온 끝에 2004년 6월에 출간 25주년을 기념하는 4판 개정판으로 출간되었다. 그 25주년 판에 부쳐 이문열은 "'은경축(銀慶祝)'이 다가오면서 먼저 나를 사로잡은 것은 세월이 가도 줄어들 줄 모르는 부끄러움과 빚진 느낌이었다. 부끄러움은 젊고 무모했기 때문에 용감하게 덤벼들 수 있었던 이 작품의 주제와 배경 때문이다. 주제가 되는 기독교 철학은 중세 천 년 동안 서양 천재의 절반을 소비했고, 배경이 되는 시대와 지역은 세계 삼대 고대 문명의 바탕 위에 헬레니즘과 헤브라이즘이 교차하는 지점이었다. 빚진 느낌은 이 『사람의 아들』을 시작으로 수십 권의 책이 더 출간되었지만 아직도 여전히 이 책이 내게 가장 많은 것을 준 책이라는 데서 비롯된 감정이다. 과연 이 책이 그런 대접을 받는 게 합당한 일인가."[19]라고 과분한 사랑을 받고 있는 책에 대한 부끄러움과 감사의 글을 남기며, 이렇게 개정을 하게 된 이유는 문학에 입문한 시기에 그만큼의 애정을 갖고 쓴 소설이기 때문이라 했다.

    『사람의 아들』은 액자소설로서, 주인공인 민요섭의 피살 사건을 수

---

18   이문열, 「2판(개정판) 작가의 말」, 『사람의 아들』, 민음사, 2004년의 「25주년 판에 부쳐」에서 인용, 1987, p.385

19   이문열, 「25주년 판에 부쳐」, 『사람의 아들』, 민음사, 2004, p.383

사하는 남 경사의 수사 추적 과정을 주축으로 하며 여기에 민요섭이 일기 형식으로 쓴, 예수 시대에 기독교를 부정했던 '아하스 페르츠'의 이야기가 삽입되는 구조로 짜여져 있다. '민요섭'은 전형적인 실존주의적 인물과 마찬가지로 전통적인 기독교 세계관을 거부하는 인물이다. 어릴 때 전쟁고아가 되어 미국인 선교사의 양자로 자라난 그는 누구보다도 열심인 기독교 신자였으며 신학생이었다. 민요섭은 나환자촌이나 고아원을 다니며 사회에서 버림받고 소외된 사람들을 위하여 희생을 아끼지 않았다. 그러던 그가 점차 전통적인 기독교 세계관에 깊은 회의를 느끼고 마침내는 신을 부정하기에 이르며, 신학교도 중도에 포기하고 신과 교회에도 등을 돌리고 만다. 그는 이윽고 반기독교적 논리를 앞세우고 사회 현실적 문제에 눈을 돌린다. 내세의 삶보다는 오히려 현세에서의 삶에 무게를 두며 사회 현실에 참여함으로써 현세에서의 인간 구원에 더 큰 관심을 갖게 되고, 구체적 방법으로 직접 부둣가의 막노동을 하며 노동운동에도 가담하게 된다. 이렇게 민요섭은 이론이나 논리보다는 실천에 무게를 두게 된다. 어느 날, 현세에서 인간의 고통을 조금이라도 덜어 주기 위해 노력하던 민요섭은 '조동팔'이라는 제자를 만나게 된다. 조동팔은 민요섭의 실천 사상에 매료되어 그의 믿음과 행동을 충실히 따른다.

그러한 민요섭과 조동팔은 전통적인 신을 대신할 '새로운 신'을 찾으려고 한다. 민요섭의 일기에서 나타난 '아하스 페르츠'는 모순되고 고통스러운 현실에서 신의 은총이나 사랑보다는 자유와 정의에 더욱 가치를 두게 되었으며, 신은 죄와 고통에 번민하는 인간에게 믿음을 강요하지 말라는 메시지를 담고 있다. '아하스 페르츠'[20]는, 신이 창조한 인간세계가 죄악과 고통에 물들어 있으며, 신은 이러한 현실에서 어떠한 구원도 제시하지 못한다고 하는 '절망적인 신'의 모습으로 그려져 있다. 작가는 이러한 등장인물을 통하여 인간이 고통과 절망에 괴로워함에도 불구하고, 아무런 빛도 구원도 제시하지 않는 신의 침묵을 이야기한다.

아하스 페르츠의 일대기는 바로 민요섭이 새로운 신을 찾는 과정에서 생겨난 인물이다. '아하스 페르츠'는 새로운 신과 진리를 찾기 위하여 고향을 떠나 이집트, 가나안, 페니키아에서 소아시아, 북아시아, 바빌론, 페르샤, 인도, 로마까지 먼 구도의 길을 떠난다. 마지막 순례길인 로마의 한 거리에서 장님의 이야기를 듣고 영혼의 새로운 개안을 한 그는 유대 땅으로 다시 돌아와 쿠아란타리아 지방에서 마침내 예수를

---

20 김욱동, 『실존주의적 휴머니즘의 문학 이문열』, 민음사, 1994, p.99
이하스 페르츠에 관한 이문열의 재해석은 주목할 만하다. 서구에서는 흔히 '방랑하는 유태인'이라는 이름으로 잘 알려진 아하츠 페르츠는 그동안 서구 유럽 문학에서 상당히 중요한 역할을 하여 왔다. 이 전설적인 인물에 관한 이야기는 13세기의 문헌에 처음 보이며 그의 인종이 유태인으로 확인된 것은 비로소 17세기에 이르러서인 것으로 전하여진다. 그는 예수 그리스도가 처형당하던 날 아침 그를 조롱하고 학대하였다는 이유로 예수가 재림할 때까지 이 세상을 떠돌아다니도록 저주를 받은 것으로 알려져 있다. 그러나 이 인물에 대하여 이문열은 이제까지 알려진 것과는 다른 해석을 내린다. 즉 아하스 페르츠가 끝없이 이 세상에 떠돌고 있는 것은 예수가 내린 저주 때문이 아니라 그 스스로 내린 결심 때문이라고 그는 주장한다. 당시로는 천한 직업이었던 구두 수선공의 신분으로 맨발에 가죽 무릎받이를 하고, 손에는 깁다 만 로마군의 군화와 실 꿴 바늘을 든 채 이 세상에 떠돈다는 것은 어디까지나 기독교인들의 악의에서 날조한 것에 지나지 않는다는 것이다.

만난다. 그러나 '아하스 페르츠'는 '예수'와의 논쟁으로 갈등을 빚게

된다. '신의 아들'인 '예수'가 죽음에 이르자 '사람의 아들'인 '아하스

페르츠'는 이 세상의 고통과 절망에서 인간을 구원할 존재처럼 여겨지

게 된다.

그러나, 새로운 신을 찾고 있던 조용팔이 쓴 '쿠아란타리아書'[21]역시

그들이 찾고자 한 신의 기록을 담은 경전이다. 조용팔이 설명하는 그

들이 찾아낸 신은 다음과 같다.

"너희들의 신? 그럼 쿠아란타리아서에서 말하는.....?"

"그렇소. 우리는 벌써 오래전부터 한 신을 찾아냈소. 글재주가 모자라

거기서는 그렇게밖에 그려내지 못했지만 그 신은 우리들의 오랜 구

도(求道)의 결정(結晶)이자 이성의 최종적 추출물이었소. 대충은 읽었을

줄 믿지만─선악의 관념이나 가치판단에 관여하지 않는 신, 먼저 있

는 존재를 뒤에 온 말씀으로 속박하지 않는 신, 우리의 모든 것을 용

21   이남호, 「《사람의 아들》神의 은총과 인간의 정의」, 이문열·권성우 외, 『이문열
論』, 도서출판 三人行, 1991년 2월, p.209
아하스 페르츠를 통하여 제시되는 이러한 생각은 바로 민요섭의 그것이다. 그러
나 아하스 페르츠의 생각이 곧 민요섭의 결론이 되는 것은 아니다. 민요섭의 궁
극적인 사상은, 그가 새로 고쳐 쓴 성경이라 할 수 있는 「쿠아란타리아書」에서
제시된다. 이 제목은 아하스 페르츠가 마침내 진정한 神을 만난 곳이 쿠아란타
리아이며, 이 神이 말씀하신 것을 기록한 형식으로 되어 있기 때문이다. 이 내용
은 「사람의 아들」 안에서 뿐만 아니라 우리 소설 문학사 안에서도 기억될 만한
독창성과 깊이가 있다고 판단된다. 사실 아하스 페르츠의 기독교에 대한 부정은
절실한 것이긴 하지만 또 누구나 할 수 있는 이야기이다. 그러나 아하스 페르츠
의 생각에서 한 걸음 더 나아가, 아하스 페르츠마저 부정하여 새로운 천지창조
를 구상해낸 「쿠아란타리아書」의 내용은 야심만만한 것이며, 독창적인 것이며,
이 소설에서 가장 빛나는 부분이다.

서하고 시인하는 신, 천국이나 지옥으로 땅 위의 삶을 간섭하지 않는 신, 복종과 경배를 원하지 않고 희생과 헌신을 강요하지 않는 신, 우리의 지혜와 이성을 신뢰하며 우리를 온전히 자유케 하는 신―.(이문열 2004:364)

민요섭과 조동팔은 전통적인 기독교 세계관으로부터 이탈하여 새로운 신을 모색하게 되었다. 그 이유는 다음과 같이 유대교 속에 내재되어 있는 신의 모습이 엄격하고 무정한 '부성적' 신으로 인식되고 있었기 때문이다.

당신은 비록 사람의 몸을 빌려 왔지만 육신을 가진 우리의 진정한 비참을 모르고 있소. 언제 우리에게 지상의 빵으로 육신을 배불리고 다시 천상에 영혼의 재물을 쌓을 여유가 있었소? (중략) 당신 아버지의 저주로 땅은 가시덤불과 엉겅퀴를 냈고 좋은 기둥감 하나 얻기 위해서만도 우리는 수십 년을 기다려야 하지 않소? (중략) 저 광야의 내 첫 물음에서 당신은 그걸 거부하셨지요. 당신은 자식에 대한 부양의무를 저버린 채 효도만을 강요하는 무정한 아버지의 대리인일 따름이었소….(이문열 2004:276)

따라서 신약의 '예수'조차도 그 아버지의 대리인에 불과하다고 인식하게 되었고, 그러므로 '예수'는 '신의 아들'로서 인간의 구원과는 무관한 존재였기 때문에 '사람의 아들'이라는 '아하스 페르츠'를 조형해낼 수밖에 없었다. 하여 그들이 만들고 창조해 낸 신은 「쿠아란타리아書」에 쓰여진 "우리의 모든 것을 용서하고 시인하는 신, 천국이나 지옥으로 땅 위의 삶을 간섭하지 않는 신, 복종과 경배를 원하지 않고 희생과 헌신을 강요하지 않는 신, 우리의 지혜와 이성을 신뢰하며 우리를 온전히 자유케 하는 신"이 되었다. 이것이 그들이 찾아낸 '새로운 신'이며, 모든 것을 감싸고 포용하는 모성적 신의 모습이었다. 그리고 이것이 그들이 추구해야 할 신의 본질이라고 생각하기에 이른다.

이는 엔도 슈사쿠의 초기 문학에 나타난 신과 같은 모습의 신이다.

> 하느님이 무서운 신이라고 하는 점입니다. 하느님은 자신을 배신한 자를 벌하거나 심판하거나 하는 하느님입니다. 이는 유대교의 신이라는, 유다 민족과 결부된 하느님이 자신을 배신하는 자, 자신과는 다른 신을 숭배하고 있는 이민족과 싸우지 않으면 안 되었다, 라는 성격에서 기인하는 것인데, 그런 어려운 논의는 별개로 하고, 어쨌든 구약성서의 하느님이란 무섭고, 심판하는, 그리고 벌하는 듯한 하느님입니다.[22]

엔도 역시 두려운 '부성적' 신인 야훼의 신으로부터, 어머니와 같이 따스한, 인간의 슬픔을 감싸 안는 모성적 신을 추구하게 되었고 '예수'

---

22   엔도 슈사쿠, 『나의 예수』, 詳傳社, 1976, p.60

를 매개로 하여 '모성적' 신을 조형해냈다. 그런 의미에서, 일본 작가 엔도 슈사쿠의 '자식이 어떠한 잘못을 범하더라도 끝내는 이를 용서하고, 자식의 슬픔을 마음으로부터 위로해 주는 듯한 모친의 이미지'의 神像과, 한국의 작가 이문열의 '우리의 모든 것을 용서하고 시인하는 신, 천국이나 지옥으로 땅 위의 삶을 간섭하지 않는 신, 복종과 경배를 원하지 않고 희생과 헌신을 강요하지 않는 신'으로서의 공통점을 갖고 있음을 고찰해낼 수 있었다.

그리고, '사람의 아들'인 아하스 페르츠의 방황은 조상들의 신인 야훼의 모습 속에서 제설혼합주의(諸說混合主義, syncretism)의 흔적을 깨닫는 순간부터 시작된다.[23] 이 점 또한, 엔도에게 있어서 벗어날 수 없는 일생의 테마였다. 일본의 범신론적인 '신들'의 풍토는 유일신의 세계로 들어가기 위해서는 넘기 어려운 문제였기 때문이다. 따라서, '신들의 나라'에서 '신의 나라'로 여행하고자 할 때 "다신에서 유일신으로 바꾸려고 투쟁했던" 로마인의 고충을 확실히 느끼지 않을 수 없다고 하였으며, 모성적 신, 사랑의 신으로 변용은 엔도가 뿌리내려야 할 곳이 일본, 범신적 세계관에서 형성될 수밖에 없었던 신이었다는 점이었다. 이 문제와 동일한 문제의식을, 이문열이 조형해 낸 '아하스 페르츠'의 문제에서 공통적으로 찾아낼 수 있었다.

---

23   서영채, 「소설의 열림, 이야기의 닫힘」, 류철균 編 『살림 작가 연구 이문열』, 살림, 1993, p.178

페니키아 해변을 지나고 아빌레네를 거쳐 시리아로 접어드는 동안 아하스 페르츠가 만난 신들은 바알 외에도 많았다. 그모스(모압인들의 신) 몰록(암몬인들의 신) 키벨레(소아시아 곡신) 아티스(소아시아 목양신) 엘 가발(에메사의 태양신) 요브(제우스가 중근동에서 변형된 신) 하몬(카르타고인들의 신) 못(페니키아인들의 신) 아낫(페니키아의 곡물신) 아타나 아피이야(에기나의 月神) 밀곰(암몬인들의 신) 네르갈(구다인들의 신) 아시마(하맛인들의 신) 니브하즈 다르닥(아와인들의 신) 아드람멜 아남멜렉(스발와임인들의 신).... 아직 여러 지방에서 숭배되고 있는 신들은 물론 경전에 나오거나 대상들에게 전해 들은 적이 있는 신이면 그 편린이라도 더듬어 보기 위해 아하스 페르츠는 노력을 아끼지 않았다.[24]

여기서 이문열이 '아직 여러 지방에서 숭배되고 있는 신들'이라는 표현으로 포착한 문제는 엔도가 제기해 왔던 '신들-신'의 문제의식과 겹쳐진다. 이러한 문제의식 속에서 추구하게 된 이문열의 '새로운 신'의 모습 역시, 엔도가 도달하고자 했던 "다신에서 유일신으로"의 변이 과정의 내용과 일치하고 있음을 고찰할 수 있었다.

24   『사람의 아들』의 본문을 인용했으며, 괄호 안의 설명은 '註'를 참고로 하여 필자가 첨가하였다. p.156

2-3. 김동리 『사반의 십자가』

김동리(본명 김시종, 1913-1995)는 경북 경주시에서 5남매 중 막내로 태어나 여덟 살 때 경주 제일교회 부속학교를 졸업하고, 기독교 계통 학교인 대구 계성고등학교에 입학해 16세에 서울로 올라와 같은 기독교 계통의 학교인 경신고등보통학교 3학년으로 전학했다. 그가 작가로 데뷔한 후 『무녀도』[25]나 『사반의 십자가』[26]와 같이 기독교를 주제로 한 작품을 쓴 것은 아마도 학창 시절의 영향이 컸으리라 생각한다. 그는 토착적이고 민속적인 소재로 휴머니즘에 입각한 시와 소설을 쓰기 시작하였으며, 그러한 작품을 쓰게 된 이유는 한국의 고유한 전통 속에서 토속적인 풍습을 계승하고 한민족의 토양이었던 샤머니즘과 토테미즘에서 민족적 아이덴티티를 찾고자 했기 때문이었을 것이다.

『사반의 십자가』는 1955년 11월에 발표되어 1957년 4월까지 「현대문학」에 연재되었고, 연재가 종료된 해인 1957년 단행본으로 출간되었다. 김동리는 1982년에 이 작품을 개작하여 다시 출간하게 된다. 이 작품의 주된 등장인물은 성서의 인물인 '예수'와 '사반'이며, 소설의 배경은 한국이 아니라 예수 시대의 유대 사회와 그 주변이다. 이 '예수 시대의 유대 사회'라는 설정은, 당시 식민지 지배하에 있어야 했던 조선의 암울한 시대를 은유적으로 표현했다고 한다. 이러한 등장인물과 배경을 의도한 이유에 관해 김동리는

---

25   김동리, 『무녀도』, 을유문화사, 1947.

26   김동리, 『사반의 십자가』, 일신사, 1958.

나는 어려서부터 예배당에 다녔고, 또 중학도 미션 계통이었기 때문에, 그 당시의 우리의 불행한 처지를 예수 당시의 유대나라(로마에 대한)의 그것과 흡사하다고 일찍부터 생각하고 있었다. 따라서 나는 그 당시의 나의 정신적 체험을 (정면으로 쓴다는 것은 생각도 할 수 없는 형편이었으니까) 예수 당시의 유대 나라로 무대를 바꾸어서 생각해 보리란 생각이 어느덧 나에게 깃들여 있었던 것이다. (중략) 나는 처음부터 마음속으로 생각하여 오던 두 사람의 전형에서, 허무와 절망을 대표하는 <사반>보다 희망과 구원에 결부된 예수를 주인공으로 삼아야 하리라고 생각하게 되었던 것이다.[27]

라고 밝힌 바 있다. 그러나 이러한 애초의 의도와 계획은 '인간주의적 의식'이라는 관점에서 수정되게 된다.

내가 막연히 <희망과 구원>을 결부시키려 했던 예수의 <광명과 승리>는 <지상>의 것이 아니었기 때문이었다. 이와 같은 예수의 초월적인 천국 사상이나 피안주의가, 현대적이며 지상적이기를 요구하는 인간주의 의식과 서로 용납이 되지 않는다. 내가 인간주의를 포기하든지 그렇지 않으면, 예수를 통하여 <광명>과 <승리>를 결부시키려고 한 나의 애절한 희망을 끊든지 둘 중에 어느 것을 취하지 않으면 안 되게 되었다. 그러나 이것은 두 가지 다 나에게 있어 불가능한 일이었

27   김동리, 「《사반의 십자가》 후기」, 김동리 전집 5, 민음사, 1995, p.384

던 것이다.[28]

다시 말해 김동리가 '초월적인 천국 사상'과 '현대적이며 지상적'인 두 세계에서 고뇌한 산물로서 『사반의 십자가』가 태어난 것이다.

그는 이러한 두 세계의 갈등에 대하여, 근대 인간주의는 삶의 기준 (척도)을 신보다 인간에게 두는 점, 그 방법을 신앙보다 실증으로 삼는 점, 그 목적을 피안(천국)보다 현세(지상)로 택하는 점에 있어 각각 기독교와 대조적인 위치에서 출발하여 발전하고 종결한다고 보았다. 근대 문명은 고스란히 '신'과 '인간'이 결고튼 공방전의 산물이라고 해도 지나친 말이 아닐 것이다. '신의 사망'과 함께 공방전이 종언을 고했을 때, 인간은 어느덧 한 발짝도 전진할 수 없는 절벽에 서게 된 자기 자신을 발견하게 되었다. 오늘의 '허무의 세계', '불안과 혼돈의 풍토'는 여기서 빚어진 것[29]이었기 때문이다.

이처럼 김동리의 기독교 세계관은 '신'과 '인간'의 결고튼 공방전의 산물로서 인식되고 있으며, 이것이 그대로 투영된 작품이 바로 『사반의 십자가』이다. 해당 작품 속에는 그 대립이 구체적으로 표현되고 있다.

이 작품의 핵심 줄거리는 사반과 예수의 대립이다. 작품에서의 예수는 소외된 자들에게 사랑을 실천하기보다는 초자연적인 이적을 행하며 천상적인 구원만을 주장하는 초월주의자이다. 이러한 예수는 현

---

28   김동리, 「《사반의 십자가》 후기」, 김동리 전집 5, 민음사, 1995, p.384
29   김동리, 「《사반의 십자가》 후기」, 김동리 전집 5, 민음사, 1995, p.385

실에서는 아무런 의의를 지니지 못한 초월성만을 갖게 하였다. 반면 사반은 지상주의자이며 현세주의자이다. 그는 로마의 식민 지배 아래서 고통받는 민족을 구하기 위해 혈맹단을 조직한 민족주의자이다. 이들의 대립은 세 번의 만남을 통해서 전개된다. 그리고 대립의 극적인 절정은 마지막 두 인물의 십자가 처형 사건을 통해 이루어진다. 예수의 십자가 처형은 예수만이 아니라, 왼쪽과 오른쪽의 죄인 2명과 함께 이루어졌다. 오른쪽의 죄인은 임종에 이르러 회개한 대가로 예수로부터 "나와 함께 낙원에 이를 것이다."라는 약속을 받은 인물인 반면에, 혈맹단원이었던 왼쪽 죄인 '사반'은 마지막 순간까지 "예수여, 그대가 하나님의 아들이거든 십자가에서 내려오라!"라고 절규하며 죽어간다. 김동리는 왼쪽 죄인에 대하여 아래와 같이 설명했다.

> 나는 우도보다 좌도(左盜) 쪽에 마음이 쏠렸다. 실국의 한이 얼마나 뼈저리게 원통하고 사무치면 죽음을 겪는 고통 속에서도 위로받기를 단념했을까 싶었다. 로마 총독 치하의 당시 유대 사람들도 일제 총독 치하의 우리와 같이 그렇게 암담한 절망 속에 신음했을 것이라 생각했다. 여기서 그 좌도는 나의 가슴속에 새겨진 채 사라지지 않았다.[30]

즉 김동리에게서 사라지지 않고 남아 있던 '좌도'가 『사반의 십자가』에서 '사반'으로 그려지게 된 것이다. 그리하여 사반은 '신'과 '인

---

30   김동리, 「《사반의 십자가》 후기」, 김동리 전집 5, 민음사, 1995, p.387

간'의 공방전의 산물로서 "예수여, 그대가 하나님의 아들이거든 십자가에서 내려오라!"라는 절규를 토하게 된다. 이 사반의 절규에 착목했으므로 김동리가 이 소설의 제목을 '예수의 십자가'가 아닌 '사반의 십자가'로 지었다고 본다. 이 두 세계, '신'과 '인간'의 끝없는 투쟁이 김동리의 소설에서도 역시 나타나고 있음을 고찰할 수 있었다.

현세주의인 사반과 천상주의인 예수, 결국 두 인물은 접점을 찾지 못한다. 인간의 운명을 개척하려고 했던 사반은 죽음에 이르기까지 반항적 자세로 일관한다. 예수가 절규와 비탄으로 죽음을 맞는 데 반해 사반은 죽음을 평안히 받아들인다. 이들은 죽음을 수용하는 자세에서 차이를 보인다. 이를 두고 인간주의의 승리로 받아들이기에는 무리가 있다. 김동리는 민족의식과 인간 의식을 결부하여 신과 인간과 민족의 관계를 사반을 통하여 실현하고자 했다. 그러나 그 의도는 편협된 시각으로 효과를 거두지 못했다는 결론에 이르게 된다.[31] 따라서 김동리 자신도 한국에 뿌리내리고 있는 보수적인 기독교로부터

그러나 인생은 <불안과 혼돈의 풍토> 속에 안주할 수 없으며, <허무>로써 족히 그 목적을 삼을 수는 없다. 우리는 새로운 생명의 창조와 내일의 전진을 위하여 모든 것을 근본적으로 재검토할 필요가 있다. <인간>은 그 자신의 성장과 발전과 영광을 위하여 <근대>의 경우와 같이 반드시 <신>과 <인간>이 면목을 달리하고 손을 잡게 되는 날은

31 방민화, 「샤머니즘의 소설적 변용」, 『김동리 소설연구』, 보고사, 2005, p.225

오지 않을까. 오늘의 <허무의 계절>은 <신>과 <인간>이 다 함께 한 번씩 <거듭날> 날을 마련하기 위하여 있는 과도기가 아닐까.[32]

라며 '불안과 혼돈의 풍토'로부터 '희망의 계절'로 가기 위해서는 '신'과 '인간'이 거듭나 화합을 이루어야 한다는 '새로운 신의 모색'에 이르게 된다. 그러기 위해 김동리는 '인간'과 '신'의 관계에서, 신은 하늘에 존재하는 것이 아니라 바로 인간들이 모여 살고 있는 이 현세적 땅 위에, 다름 아닌 인간에게 있어야 한다는 것을 전하고자 했다.

그래서 『을화』[33] 이후에는, '신보다 인간을, 내세보다 현세를 택한 사람으로서 인간에게 충실하고, 현세에 충실한 길을 통하여, 신과도 통하고 내세와도 통하는 철학이나 종교를 찾아볼 수 없겠느냐'는 화두를 던지게 된다. 이것은 토착적이고 민속적인 휴머니즘에 입각한 작품을 써왔던 그에게 있어서, 기독교와의 접목도 한민족의 토양이었던 샤머니즘과 토테미즘을 벗어나서는 의의를 찾을 수 없었기 때문이었다.

김동리 자신이 1982년의 「개작에 붙여」에서 "나도 신에 대해서나 십자가에 대해서 나름대로의 해석을 가지고 있지만, 이 작품에서 그 문제를 본격적으로 다루려 했던 것은 아니다. 이 작품에 나오는 예수의 이적(異蹟)에 관한 이야기나 하닷의 점성술은 나의 다른 작품에서

---

32   김동리, 「《사반의 십자가》 후기」, 김동리 전집 5, 민음사, 1995, p.385
33   김동리, 『을화』, 문학사상사, 1986.

다루어지는 샤머니즘과도 일치함을 밝혀둔다.”[34]라고 한 내용에서도 그 배경을 알 수 있다. 이와 관련하여 김윤식이

「무녀도」나 「황토기」로 대표되는 김동리 문학에서 저러한 기독교를 소재로 한 작품의 등장이 많은 사람들에 의해 논리적 모순으로 인식되기 쉬웠음도 사실이다. 그러나 조금 주의해서 살핀다면 기독교의 이해 방식이 샤머니즘의 시선으로 윤색되었음을 알아낼 수 있다. 가령, 『사반의 십자가』의 경우를 보면 그 주인공은 사반이며, 사반 및 여주인공 실비아와 그녀의 아내 하닷이 한결같이 샤머니즘의 변형이었음이 판명된다. 이 작품들을 두고 예수의 하늘나라 설교란 유심론을 펴는 통속적 불교의 설법과 같다든지 예수의 기적 행위란 마치 동양의 도술사의 거동과 흡사하다고 지적되는 것은 이 때문이다.[35]

라고 했듯, 김동리에게 있어서 이 작품이 태동된 배경에는 샤머니즘과 토테미즘이 근거로서 자리 잡고 있음을 알 수 있다. 그리고 이러한 샤머니즘적 배경이 배제되지 않고 작품 전반에 내재된 까닭은 그것이 김동리의 기독교 세계관과 맞물려 있기 때문이다. 그는 유년 시절 접하게 된 전통적이고 보수적인 기독교관을 통하여 '신'과 '인간'의 문제로

---

34   김동리, 『사반의 십자가』, 홍성사.
      「개작에 붙여」, 『김동리 전집 5』, 민음사, 1995, p.388에서 인용.

35   김윤식, 「무녀도에서 을화에 이른 길」, 『을화 외』, 『한국소설문학대계26 해설』,
      두산동아, 1997.

고뇌하게 되었으며, 이는 필연적으로 그에게 '새로운 신' 찾기를 요구했다. 그 요구에 따라 조형된 '새로운 신'의 모습이 바로 한국의 전통 신앙에 뿌리내릴 수 있는 기독교여야 했다. 김동리는 그 '새로운 신' 찾기 여정을 통과하며 『을화』에 이르기까지의 과정을 김윤식과의 대담에서 말하고 있다.

> 「무녀도」의 1, 2차에 걸친 개작이 단편 속에서의 일이라면, 「을화」가 장편(중편)이란 점에서 구별될 터입니다. 그렇다면 <새로운 신이나 종교 찾기> 그것이 문학적 형상화로서의 <새로운 인간형의 창조>라는 이 주제가 장편(중편)으로 이루어진 것이 소설 「을화」라 할 것이다.[36]

김동리가 '새로운 신' 찾기 과정에서 조형해 낸 '신'은 샤머니즘적 바탕에서 이루어졌으며, 그 '신'은 한국이라는 전통적 풍토에서 뿌리를 내릴 수밖에 없는 신이었고, 그 기독교의 신은 전통적 샤머니즘과 토테미즘과의 융화를 통하여 이루어질 수밖에 없었음을 알 수 있었다.

신춘자가 '새로운 신' 찾기 과정에 도달한 김동리 문학에 대하여

> 비록 그 샤머니즘의 세계는 원시적인 것이었고 토속적인 것이었으나 김동리는 그것을 현대로 끊임없이 되살려 내었고, 현대에도 여전히

---

36   김윤식, 「해설《을화》론-이승과 저승 사이에 걸린 등불 하나」, 김동리 전집 6
      『을화』, 민음사, 1995, p.208

의미가 있는 샤머니즘의 세계에서 인간 구원의 메시지를 찾아내려고 하였다. 그가 찾아갔던 샤머니즘의 세계는 무엇하고도 쉽게 친화되는 세계여서 불교도, 기독교도 얼마든지 포용하는 세계였다. 마침내 그는 휴머니즘의 세계까지 샤머니즘 세계에 포용하는 수완을 보이기도 한다. 제3 휴머니즘은 그 변형된 샤머니즘의 한 형태인 것이다. 이런 맥락에서 볼 때 『사반의 십자가』는 김동리가 자신의 작품에서 일관되게 추구해 온 샤머니즘의 세계를 기독교적 색채를 더해서 변경한 것[37]

이라고 한 것에서도 알 수 있듯, 김동리의 『사반의 십자가』는 '기독교의 신'이 한국적 토양에서 어떻게 전통적 샤머니즘과 융화되었는가를 여실히 보여주는 작품이다. 김동리의 '무엇하고도 쉽게 친화되는 세계여서 불교도, 기독교도 얼마든지 포용하는 세계였다'라는 표현은, 엔도가 『깊은 강』에서 "기독교의 부활과, 불교의 전생까지도 함께 흐르는 깊은 강"으로 인식하고 있는 것과 맥을 같이 하고 있음을 알 수 있는 대목이다.

　이러한 분석을 통하여, 앞서 열거한 일본의 엔도 슈사쿠와, 한국의 이문열 문학에서 나타났던 '신'像과 동일한 '신'像이, 김동리 문학에서도 존재하고 있음을 고찰해낼 수 있었다.

37　신춘자, 「기독교의 구원과 《사반의 십자가》」, 『김동인·김동리의 기독교 문학』, 푸른사상, 2005, pp.60~61

3. 결론

본 장은 한국 작가와 일본 작가의 '기독교 문학'을 비교하여, 양국의 종교적 특징을 도출해내는 데 목적이 있었다. 구체적 작가는 일본의 엔도 슈사쿠와, 한국의 이문열, 김동리이고, 이들의 문학 속에 나타난 '신'像을 조명하여 근본적인 차이, 내지는 공통점이 있는가를 규명해내는 것에 목표가 있었다. 앞서 열거한 바와 같이, 두 나라 작가들의 작품을 통하여 도출되어진 결론은, '그리스도교'를 수용함에 있어 두 나라의 종교적 특이점이나, 근원적 차이점은 존재하지 않았고, 오히려 공통적인 요소가 많았다는 것이다.

그것은, 익히 알고 있듯 일본의 종교적 특징인 야오요로즈노 카미 (八百万の神, 팔백만의 신)[38]의 종교적 특징을 갖고 있는, 일본의 작가 엔도 슈사쿠에게 일신론의 그리스도교 수용의 문제는 그야말로 어려운 문제였다. 따라서 "우리 동양인이 신의 자식이 아니라 신들의 자식이라는 점을 부정할 수 없었다. 오히려, 그 '신들의 자식'인 자신을 인정하지 않으면 안 되었다. 때문에 거기에는 갈등이 있고, 투쟁이 있었다."라고 고백하고 있다. 하여 일신론의 엄격하고 부성적인 신을 수용하기 위해서는, 일본의 토양에 맞도록 변형시키지 않으면 안 되었다. 그 변형의 모티브가 된 것이 모든 것을 받아들이고, 용서하며, 포용하는 '예수'를 매개로 '모성적 신'을 통과하면서 '사랑의 신'에 도달하기에 이른다.

---

38   야오요로즈노 카미(八百万の神, 팔백만의 신): 일본 『古事記』에 의한 神이 팔백만이나 된다는 자연숭배사상에서 기인되는 범신론적인 신관이다.

그리고 사랑의 신으로의 변용은 엔도가 뿌리내려야 할 곳이 일본이었으므로, 야오요로즈노 카미를 바탕으로, 범신적 세계관에서 융화돼야 하고, 융화될 수밖에 없는 신이었다. 이것이 일본 작가인 엔도 슈사쿠에게 나타난 '그리스도교 문학의 신관'이었다.

그런데, 놀랍게도 이러한 양상은 한국의 작가인 이문열과 김동리에게 있어서도 공통적으로 나타나고 있었다. 이문열에게 있어서는 『사람의 아들』의 민요섭과 조동팔을 통해 전통적인 신을 대신할 '새로운 신'을 찾게 하였고, 민요섭의 일기에서 사람의 아들로 등장한 '아하스 페르츠'를 통하여 신의 모습을 제시한다. 그리고 역시 '새로운 신'을 찾고 있던 조용팔이 쓴 「쿠아란타리아書」에서 그들이 찾는 신을 조형해 낸다. 그리고 이러한 '새로운 신'을 찾아야 할 이유에 대해서, 여러 지방에서 숭배되고 있는 신들인 제설혼합주의(諸說混合主義, syncretism)에서 시작되고 있다는 점을 제시하고 있는데, 이 점에 있어서 엔도 문학의 「신들과 신과」와의 공통점을 발견할 수 있었다.

그리고 김동리의 『사반의 십자가』는 한국적 샤머니즘을 배제시키지 못한 김동리의 기독교 세계관과 맞물려 있다. 유년 시절 접하게 된 전통적이고 보수적 기독교관을 통하여 '신'과 '인간'의 문제로 고뇌하게 된 그에게 '새로운 신' 찾기가 요구되었고, 그 요구에 의해 조형된 '새로운 신'의 모습이 바로 한국의 전통 신앙에 뿌리내릴 수 있는 기독교관이었다. 따라서 김동리의 『사반의 십자가』는 '기독교의 신'이 한국적 토양에서 어떻게 전통적 샤머니즘과 융화되었는가를 보여 준 작품이었다.

　이러한 분석과 고찰을 통하여 일본의 종교문학(그리스도교 문학)과 한국의 종교문학에 나타난 '신'은 매우 공통점이 많음을 알 수 있었다. 그 이유는 한국과 일본이 같은 동양권에 속해 있으며, 인접한 나라로서 문화적, 종교적, 역사적, 사회적으로 긴밀한 관계를 맺어 왔고, 피할 수 없는 서로의 영향권 안에 있었기 때문이다. 즉 한·일 두 국가의 종교문학에 묘사되는 신과 신관의 배경에는 양국에 존재하는 동양적 샤머니즘과 범신적 혼합주의가 내재되어 있었음을 알 수 있었다. 이러한 현상이 종교적, 신앙적 형태로 맞물려 표출되어 왔으며, 작가의 의식 속에서도 갈등 양태로 나타나, 문학작품으로 표출되었다고 볼 수 있겠다.

제10장
전쟁을 바라보는 일본 작가의 시선
- 엔도 슈사쿠의 작품을 중심으로 -

1. 서론

현대에 들어 정치 이데올로기, 파시즘 등과 같은 이념적 색채를 띤 문학작품이 예전처럼 많이 등장하지 않고 있다. 이러한 현상은 현대의 세계정세가 그만큼 정치적으로 안정되어 있기 때문일 것이다. 제1차 세계대전과 제2차 세계대전이 끝나고 70년이 지난 지금, 이란과 이라크의 전쟁이나 레바논과 이스라엘의 전쟁 등 소수국의 전쟁이 이어져 오고 있기는 했지만, 세계를 혼란으로 몰아넣는 세계대전과 같은 위기는 일단 피해 가고 있기 때문이다.[1]

역사적 사건들이 한 개인의 삶에 얼마나 많은 영향을 주고 있는지는 설명이 필요치 않을 것이다. 한 개인의 삶도 그러할진대 예술가나 작가에게는 더욱더 극명히 나타날 것이고, 작가 스스로의 삶은 물론이거니와 작품 전반에까지 총체적으로 영향을 미치는 것이 자명한 사실이다. 따라서 개인으로서는 극복할 수 없는 전쟁이라는 소용돌이에 휘

---

[1]   본 논문에서는 엔도 슈사쿠의 작품에 묘사된 '전쟁'을 기초로 한다.

말려 살아야 하는 작가의 삶은 리얼리티가 극대화되어질 수밖에 없다.

본 장에서는 전쟁 중 태어나 유년기를 보내며 성장한 작가의 삶을 살펴보며, 그의 작품 속에 전쟁이 어떻게 묘사되고 있는지를 고찰한다. 그리고 전쟁을 어떻게 바라보고 수용하는가에 따라 능동적·수동적 수용으로 구분하며, 작가가 전쟁을 능동적으로 수용하는가 아니면 수동적으로 수용하는가에 따라 전쟁의 의미가 어떻게 달라지는지, 그리고 엔도는 자신이 체험한 전쟁을 어떤 시선으로 바라보고 있는지를 고찰한다.

2. 엔도 슈사쿠, 중국과 일본

2-1. 엔도 슈사쿠의 출생 시점

엔도 슈사쿠는 1923년 3월 27일 도쿄 스가모(巢鴨)에서 태어났다. 엔도가 태어난 이 시기는 일본이 청일전쟁[2]과 러일전쟁[3]에서 승리를 거둔 후이며, 제1차세계대전[4]이 독일의 항복으로 끝나고, 제국주의가 시작되어 가는 시점이기도 했다. 일본과 유럽, 미국 등은 자본주의 경제

2   청일전쟁: 1894년~1895년.

3   러일전쟁: 1904년~1905년.
대만을 청나라로부터 빼앗아 식민지로 만들고 조선을 지배하에 두는 것이 목적이었던 청일전쟁이 일본의 승리로 끝나자, 일본의 세력은 강화되었고 조선왕조는 일본의 지배 강화에 저항을 이어갔다. 일본은 조선을 지배하기 위한 다각적인 외교 운동을 모색하면서 마지막에는 러일전쟁을 결단하였고, 그 승리에 의해 1910년 조선은 일본제국에 병합되어 식민지가 된다.

4   제1차세계대전: 1914년 7월 28일~1918년 11월 11일.

를 독점적으로 펼치기 시작하였고 경제력의 판로가 필요하였기에, 많은 식민지를 만들어 세력을 넓히려 한 것이다. 일본이 조선을 침략하고 만주국을 세우면서 중국을 겨냥하며 동남아 지역을 침범한 것도 그이유에서였다.[5]

엔도가 태어난 1923년과 그가 유년기를 보낸 1930년대는 바로 이러한 역사적 소용돌이에 있었기에, 엔도는 역사적 환경을 숙명적으로 체험할 수밖에 없었다. 그가 태어난 해인 1923년에 그의 부친 엔도 쓰네히사(遠藤常久)는 26세였고, 모친 엔도 이쿠(遠藤郁)는 28세였으며 위로는 형 마사스케(正介)가 있었다. 도쿄대학 독법과(獨法科)를 졸업하고 야스다 은행에 근무하던 아버지는 이러한 상황 속에서 전근지인 중국의 다롄(大連)으로 가족을 이끌고 이주를 하게 된다. 이주를 시작한 시점은 엔도가 3살이었던 1926년이었고, 부모의 이혼으로 일본 고베(神戶)로 귀국한 1933년(10세)까지, 약 7년을 다롄에서 보내게 된다.

2-2. 이주지인 중국 다롄과 일본의 관계

부친 엔도 쓰네히사가 다롄으로 이주할 시기 중국은 일본인들에게 매우 중요한 의미를 갖고 있었다. 일부 일본인들은 중국과 일본이 불평등 조약을 강요받은 경험을 공유하고 있었기 때문에, 서양 국가의 동아시아 지배에 공동으로 저항할 의무를 갖고 있다고 생각하였다. 그

<hr>

5   하라다 게이이치 지음·최석완 옮김, 『청일 러일전쟁』, 어문학사, 2001, pp.299~300 참조.

들은 반만反滿 혁명에 고무되었고 중국이 기꺼이 이 과제에 착수하리라 믿었다.

다른 일본인들은 동아시아 지배에 저항하는 것이 일본의 의무라고 보았다. 따라서 중국이 너무나도 약하고 원자재 시장 및 공급원 이상의 것이 될 수 없다는 것은 분명하기에, 일본이 조력자가 된다면 중국이 서양에 저항할 수 있는 힘을 키울 수 있게 되리라 생각한 것이다. 즉, 일본은 자신들이 서양 세력으로부터 중국을 보호할 필요가 있고, 한편으로는 중국에서의 유리한 입장을 보전하고 중국인들이 그것을 수용하도록 설득할 필요가 있다고 생각했다. 1917년까지 이러한 보호는 중국에서 서양의 세력 범위가 성장하는 것을 제한하고 영토 분할을 방지하고자 하는 것으로서 인식되어 왔다.[6] 1918년 말에는 일본군 4, 5개 사단이 아무르강 유역에서 군사행동을 취하고 있었고, 서쪽으로는 바이칼에 이르는 철도를 장악하고 있었으며, 니콜라예프스크(Nikolaevsk)에서 발생한 일본 민간인 학살에 대한 보복으로서 사할린까지 군사행동을 확대하였다. 그러나 일본군은 혼자 힘으로 장기간 군사 부담을 지고자 하지는 않았다. 1922년 10월 그들은 아무르강에서 철수하였고 1925년에는 사할린을 떠났다.

1920년대 말경 만주에서는 중국의 서로 다른 파벌들과 군벌들 간에 권력 투쟁이 벌어지기 시작하였다. 2년 전에 국민당의 주도권을 장악한 장제스(蔣介石)는 1926년에 양쯔강 유역 이북의 관할권을 획득하

6   W.C.비즐리 지음·장인성 옮김, 『일본근현대사』, 을유문화사, 1996, p.206

기 위해 군사행동을 시작하였다. 1927년 봄에는 난징(南京)에 수도를 정하는 한편 그 해와 이듬해에 승리를 거듭하면서 베이징을 향해 자신의 권위를 확장시켜 갔다. 그 결과 장제스는 1921년 이래 만주에서 일본의 지지를 받아왔던 장쭤린과 충돌하게 되었고, 이 대결로 인해 만주는 중국의 내란에 휩쓸리게 되었다.

일본은 국제적 평판이 악화되는 것을 막기 위해 가능한 모든 외교 활동을 펼쳤다. 1931년 9월 21일 중국은 국제연맹에 호소하게 되었고, 1933년 2월 마침내 제네바협정에서 이 문제가 토의에 부쳐지자, 일본은 비난을 듣는 쪽보다는 국제연맹을 탈퇴하는 쪽을 선택하였다.

이 시기의 외상이었던 우치다 고사이(內田康哉, 1865~1936)는 이 결정을 설명하면서 잘못은 중국의 혼란에 있는 것이지 일본의 야심에 있는 것이 아니라는 주장을 하였다. 그는 세계가 "중국이 조직적인 국가가 아니라는 것, 중국의 내부 조건들과 외부 관계들은 아주 혼란스럽고 복잡하며, 불합리한 예외적인 특성들을 많이 갖고 있다는 데 그 특징이 있다는 것, 따라서 국가 간의 일상 관계를 지배하는 국제법의 일반 원칙과 관례들은 중국에 관한 한 그 효력이 상당히 수정되어 있다는 것"을 인식해야 한다고 적고 있었다.[7] 그렇기 때문에 일본은 동아시아의 질서와 "지속적인 평화"를 향한 일본 자신의 길을 따를 작정이라고 하였다.

---

[7]　Nish, Japanese Foreign Policy, pp.299~300에 수록된 원문.

1931년 만주 점령 이후 일본인들의 생활에는 유례없는 수준의 혼란

이 발생하였다. 대외적으로는 거의 끊임없이 전쟁이 이어졌다. 1937년

여름까지 중국 북부에서 단속적인 전투가 계속되었다. 이 전투는 곧 대

대적인 군사행동으로 확대되었고, 일본 전체에까지 영향을 미치게 되

었다.[8] 그리고, 이 중일전쟁[9]이 결국 태평양전쟁[10]으로 이어져 갔다.

2-3. 다롄에서의 유년 시절과 기억

여기까지가 엔도 슈사쿠가 아버지인 엔도 쓰네히사의 전근에 따라

만주(滿洲)[11] 관동주 다롄(關東州 大連)으로 이주했을 때의 시대적 배경이

다. 당시의 다롄은 일본의 조차지租借地[12]였다. 따라서 부친 엔도 쓰네히

사는 조차지인 다롄으로 가족을 데리고 이주하였고 이때 엔도 나이는

3살이었다. 그곳에서 유년기를 보내기 시작한 엔도에게 유일하게 위

로가 되어 준 것이 구로(黑)라는 개였다. 엔도는 그 시기를 다음과 같이

회상하고 있다.

---

8   본 내용은 W.C.비즐리 지음·장인성 옮김, 『일본근현대사』, 을유문화사,
        pp.205~217까지의 내용을 참고로 하였다.

9   중일전쟁: 1937년 7월 7일, 일본의 침략으로 중국 전 국토에 전개된 전쟁. 1931
        년 9월 18일의 만주사변도 일본이 중국의 동북 지방을 군사적으로 재패하고 이
        지역을 '만주국'이라 칭하며 식민지로 만든 것이다.

10   태평양전쟁: 1941년 12월~1945년 8월 15일. 일본이 미국과 서구 열강의 동남아
        식민지를 공격하면서 시작되었다.

11   중국의 동북 지방.

12   조차지(租借地): 한 나라가 다른 나라 영토 안에 지역을 빌려, 일정 기간 다스릴
        수 있는 곳.

아버지와 어머니의 불화로 우울한 나날을 보내고 있던 나에게 위로가 되어 준 것은 키우고 있던 '구로(黑)'라는 개였다. 온몸이 새까맣고 혀만이 검붉은 이 개는 지금 생각해 보면 만주 견임에 틀림없다. 구로는 내가 학교에 갈 때면 어디까지라도 따라왔기 때문에, 때로는 달리거나, 옆길로 숨지 않으면 안 되었다. 그러다가 내가 옆길에서 살짝 나타나면, 구로는 나를 비웃는 듯한 얼굴로 기다리고 있었다. 열심히 뛰어 학교에 도착해 1교시 수업을 하고 있을 때에도

"구로가 운동장에 있어."

라고 친구가 알려줘, 교실 창밖을 내다보면 구로는 운동장에 엎드려 있었다.

아버지와 어머니의 별거가 정해지고 나와 형, 엄마가 다롄을 떠나야 할 날이 다가왔다. 그 아침 나는 다롄항으로 떠날 마차에 탔다. 마차가 출발하자 구로는 아무것도 모르는 듯, 한동안 마차를 뒤쫓아 오더니, 이윽고 지쳤는지 길 가운데에 멈춰 서서 나를 바라보고 있었다. 나는 주먹으로 눈물을 훔쳤다.[13]

---

13 엔도 슈사쿠, 「그 사람, 그 무렵―구요 선생님에 대해서, 구로에 대해서(あの人、あの頃―久世先生のこと、クロのこと)」, 『엔도 슈사쿠 문학 전집 제8권』 부록 월보 10, 新潮社, 1975, pp. 3~4. 본 논문의 모든 인용문 번역은 필자가 하였다.

구로는 부모의 불화로 어두운 집안 분위기 속에서 엔도가 유일하게 의지할 수 있는 대상이 되었다. 다롄시의 大広場 초등학교에 입학한 후 집안일을 도와주는 '이'라는 중국인 소년과 구로만을 유일한 위로로 삼은 채 초등학교 5학년까지 다녔다. 이것이 유년 시절 다롄에서 7년을 보낸 엔도의 기억이다. 이후 그는 10살 때 부모의 이혼으로 귀국하게 된다.

2-4. 일본으로의 귀국

1933년 10살에 부모의 이혼으로 어머니를 따라 형과 함께 귀국하여, 고베시(神戸市)의 롯코(六甲) 초등학교로 전학해 12살에 동교를 졸업하면서 어머니에 의해 가톨릭교회에서 세례를 받게 된다. 세례명은 바오로였다. 엔도의 청소년기는 천재에 가까운 형과는 대조적이긴 했지만, '엔도는 대기만성형이야.'라는 어머니의 격려와 사랑을 받으며 자랐다. 17세에 나다(灘)중학교를 졸업하고 재수 생활을 거쳐 1941년(18살)에 조치대학(上智大學) 예과 갑류에 입학, 논문「형이상적 신, 종교적 신」[14]을 발표하였다. 1943년, 게이오대학 문학부 예과에 입학을 하게 되었지만, 부친이 원하는 의대에 입학하지 않았다는 이유로 부친의 집을 나와 아르바이트를 하며 지내야 했고, 이 시기인 1944년 호리 다쓰오(堀辰雄)와의 교류가 시작되기도 한다.

---

14   「形面上的神、宗教的神」,「上智」上智学院出版部제 1 호, 1941년 12월.

1944년은 태평양전쟁이 절정에 이른 시기이기도 했다. 일본은 미국 항공모함 부대의 둘리틀 공습(1942년 4월 18일)[15]으로 주요 도시가 피해를 입었고, 이런 일련의 사태로 일본은 미국 항공모함 부대의 격멸과 태평양에서의 재해권 완전 장악을 위해 미드웨이섬에 대한 공세에 나섰지만 미드웨이 해전에서 대패하면서 제해권과 제공권에 큰 공백을 갖게 되었다. 이후 미국은 망루 작전을 입안하여 남태평양의 섬들을 탈환하는 작전을 세우고 과달카날섬을 필두로 반격을 개시하였다. 일본은 남태평양의 섬들에서 벌어진 육전 및 해전에서 참패하였고 전략적으로 크게 중요한 필리핀마저 상실하였으며 그 과정에서 벌어진 해전에서 보유 해군의 대다수를 상실하였다.

이러한 시기였기에 대학에서의 수업은 거의 이루어지지 않았고, 가와사키의 공장에서 일을 하는 날이 많았다. 이 시기에 문과 학생들의 징병 유예 제도가 철폐되었기 때문에 본적지인 돗토리현 구라요시초(鳥取県倉吉町)에서 징병검사를 받았으나, 제1을종(第1乙種)으로 판정받아 입대를 1년 연기받게 된다.

1944년 10월에는 가미카제 특공대 제1진이 출격하였으며, 11월 B29가 도쿄를 처음으로 대공습하기에 이른다. 1945년 입대를 앞둔 엔

---

15 '둘리틀 공습'은 둘리틀 중령이 지휘하는 B-25 미첼 경폭격기 편대가 항공모함 호네트호를 출발하여 일본을 폭격한 사건이다. 지미 둘리틀 중령(당시 계급)의 지휘하에 도쿄, 요코하마, 요코스카, 가와사키, 나고야, 고베, 요카이, 와카야마 등 일본 각지를 B25 폭격기 16대로 폭격하였다. 이 공습으로 인한 사상자는 총 363명이었으며, 가옥 파괴 약 350동의 손해가 발생했다. 피해는 크지 않았지만 일본 해군 상부에 준 충격은 매우 컸으며, 그해 6월 미드웨이 작전 실행의 계기가 되었다.

도는 가루이자와(軽井沢)와 오이와케(追分)에서 지내고 있었다. 호리 다쓰오(堀辰雄)가 있는 오이와케에 갔던 날 밤, 도쿄에 대공습이 있었고 엔도가 도쿄로 돌아왔을 때는 시나노마치(信濃町)가 불타버린 후였으며 기숙사도 폐사되고 만다. 그리하여 엔도는 아버지의 허락을 받고 다시 아버지의 집으로 들어간다.[16] 이 시기에 게이오대학 문학부 예과를 수료하고 4월 게이오대학 불문과에 진학했으며, 여름방학에는 고베시(神戸市) 니가와(仁川)의 어머니 집으로 돌아왔다. 이때, 니가와에 있는 가와니시(川西) 비행장 공장을 B29가 폭격하는 것을 목격한다. 이 폭격 후 일본이 패전을 맞았기에, 1년 연기된 엔도의 입대는 이루어지지 않은 채 전쟁이 끝났다.

3. 『황색인黄色い人』에 그려진 전쟁 체험

일본이 패전한 1945년은 엔도가 22살이던 때였다. 군 입대를 앞두고 전쟁터로 출전하기 전의 심리적 긴장 속에서 시간을 보내고 있던 그에게 전쟁은 남다른 경험으로 다가왔을 것이다. 그리고 폭격에 의해 불바다가 되어버린 도쿄의 모습은 처참하였을 것이고, 곧 입대를 앞두고 있는 그에게 폭격으로 쓰러져가는 많은 생명들은 남의 일 같지 않게 다가왔을 것이다.

16   조치대학(上智大学)과 게이오대학(慶応義塾大学)이 도쿄에 있었기에 어머니와 함께 살고 있던 고베시(神戸市)에서의 통학이 불가능하여 아버지의 집에서 일시적으로 통학을 하기도 했다.

이러한 그의 체험은 후에 작가가 되었을 때 작품 속에 고스란히 그려지게 된다. 전후의 첫 유학생으로 프랑스 유학을 갔다가 2년 반 만에 돌아온 후 발표한 『황색인(黃色人)』[17]에는 그가 겪은 전쟁의 모습이 그대로 묘사되어 있다. 패전, 유학, 그리고 『황색인』을 발표하기까지 10년의 세월이 흘렀다. 10년이 경과한 후에도 그 전쟁의 잔상이 하나도 지워지지 않고 남아 작품 안에 그대로 투사되었던 것이다. 이를 통해 한 작가가 체험한 개인적 사건이 그의 작가로서의 생명에 얼마나 큰 영향을 주고 있는지 짐작해 볼 수 있으며, 나아가 그의 문학적 색채에까지 영향을 주고 있음을 다음과 같은 묘사를 통해서 느낄 수 있다.

> 가와니시(川西)의 공장에서 검은 연기가 정원으로 흘러 왔습니다. 불타오르는 소리, 뭔가 터지는 소리와 함께 무수한 사람들이 일시에 소리를 지른 것처럼, 울림이라고도 함성이라고도 할 수 없는 것이 멀리서 들려오고… 나는 그때 얼굴을 땅에 대고, 그 고분 흙의 감미로운 냄새를 떠올리려고 했습니다.[18]

---

17   엔도 슈사쿠, 『황색인』, 「群像」 11월 호, 1955.
      엔도는 유학에서 귀국한 후 발표한 『백색인』(「근대문학」, 5, 6호, 1955년)으로 아쿠타가와 문학상을 받았고, 6개월 후에 『황색인』을 발표하였다.
18   이곳에서의 『황색인』의 인용문은 필자의 번역서를 사용하였다. 엔도 슈사쿠 지음·이평춘 옮김, 『신의 아이(백색인) 신들의 아이(황색인)』, 어문학사, 2010.

황혼, B29는 기이한토를 빠져나가 바다로 사라졌습니다. 무서울 만큼 조용합니다. 2시간 전의 그 폭격으로 인한 아비규환의 지옥과 같은 장면도 마치 거짓말처럼 조용합니다. 가와니시 공장을 삼켜버린 검은 불길도 사그라졌지만, 뭔가가 폭발하는지 둔탁한 작열음이 유리가 사라진 창을 통해 희미하게 들려옵니다.

니가와(仁川)는 황폐해져 있었습니다‥‥
같은 한신(阪神)의 주택지라 하더라도 아시야, 미카케와는 달리 이곳은 공기도 건조하고 땅 색깔도 하얘 묘하게도 외국의 작은 시골 마을과 비슷한 풍경을 하고 있었습니다.

"저건 뭔가요?"
나는 노인에게 물었습니다.
"징용된 공장 노동자지."
"가와니시(川西) 공장에서 일하고 있어."

　이것이 『황색인』에 그려진 전쟁의 모습이다. 이 묘사에서 그려진 전쟁의 모습은 10년 전 엔도가 고베에서 체험한 그 모습 그대로이다. 고베의 지명들조차 변형시키지 않고 그대로 사용하고 있으며, 전쟁에 노출된 인간의 모습이 그대로 그려지고 있음을 알 수 있다.

4. 능동적 수용의 시선

그런데 이 작품에는 이토코의 약혼자인 '사에키'와 같이 전쟁에 출전하여 피를 흘리며 이념을 위해 전투에 참여하고 있는 사람과, 그렇지 않은 사람이 등장한다. 이러한 자세에 의해 전쟁의 의미가 규정되고 있음을 알 수 있는데, 두 유형의 사람들은 다음과 같이 그려져 있다.

'적기… 오사카만에… 간사이군 관구 방공사령부'

라는 젊은 남자의 상기된 목소리가 띄엄띄엄 들려왔습니다.

"방공호에 들어가는 게 좋겠어."

"뭐하고 있어? 적기가 가까이 왔는데."

멀리서 고사포 소리가 창에 전해져 왔습니다.

그 늦가을은 전쟁이 패전 쪽으로 기울어 가고 있던 때였습니다. 밤마다 도쿄에서는 하얀 깨알같이 B29 편대가 남쪽 바다에서 나타나더니, 거리를 불태우고 사라집니다. 의학부 학생인 우리는 아침마다 새로운 시체를 치우거나 죽어가는 사람들 머리맡에 앉아 있는 것이 일과였습니다.

맑은 겨울날 요쓰야 미쓰케(四谷見附) 한조몬(半蔵門) 긴자(銀座)까지의 불에 그슬린 전주와 무너진 벽만이 군데군데 남아 있는 풍경이 보였습니다. 납빛 하늘 아래에서는 누렇고 뿌연 모래 먼지가 바람결에 피어오르고, 폐허에는 고개 숙인 사람들이 발을 질질 끌며 걷고 있었습니다.

『황색인』에서 전쟁을 가장 전투적이고 투쟁적으로 받아들이는 실존 인물이 '사에키'이다. 사에키는 약혼녀를 남겨 둔 채 종군하였으며, 생명을 담보로 전쟁터에 투입되었다. 따라서 이들은 치열하게 총을 겨누고, 적군을 제거해야만 했다. 이들에게 승리와 패배는, 자신의 목숨과 직결되어 있는 것이며 나라의 존망이 걸려있는 것이다. 그러므로 이들에게 '전쟁'은 치열 그 자체이며, 생명 그 자체인 것이다. 이러한 개념에서 전쟁에 참여한 '사에키'와 같은 인물을 본 논문에서는 '능동적'이라고 정의하고자 한다.

5. 수동적 수용의 시선

그러나 '치바'와 같이 전쟁을 방관자적인 입장에서 바라보며 전쟁이 자신과는 아무 상관없다고 느끼고, 옆에서 죽어가는 사람을 보고도 어떤 슬픔도 비극도 느끼지 못하며, 그 사건들에 전혀 개입하지 않고 관여하려 하지도 않는, 무관심하고 냉담한 시선을 갖고 있는 인물이 있다. 전쟁의 비극조차도 그저 무심한 시선으로 바라보는 인물이다.

> 수많은 사람들이 죽어가고 있는 지금, 나에게는 사람들의 죽음이 지극히 당연하게 여겨집니다. 그리고 듀란 신부가 맡긴 이 일기를 읽어봐도 단지 '아, 그랬구나! 그러나 나와는 상관없는 일이야'라고 느껴질 뿐입니다.

해 질 녘 바다에 발을 담그고 미지근한 온도를 재듯이 나는 축축하고 나른한 육욕에 몸을 맡겼습니다. 어딘가에서 사람들이 죽고, 상처 입고 그리고 신음하고 있는 시각이었습니다. 당신이 비좁은 작은 방에서 그들로부터 심문받고 있는 시각이었습니다. 나와 이토코는 침대에 누워 지친 눈으로 천정을 바라보며 꼼짝하지 않았습니다.

황색인인 나에게는 당신들과 같이 죄의식과 허무 같은 심각하고 대단한 것은 전혀 없습니다. 있는 것이라곤 피로, 극심한 피로뿐, 나의 누런 피부색처럼 축축하고 무겁게 가라앉은 피로뿐입니다.
그 피로가 언제부터 시작되었는지는 모르겠습니다. 먼지가 조금씩 탁자와 책상위에 뽀얗게 쌓여 가듯 나의 눈에도 뿌옇게 막이 덮이기 시작한 지 벌써 3년쯤 된 것 같습니다.

그 여름방학 나는 상당히 피곤한 상태였습니다. 몸뿐만이 아니라 마음 또한 상당히 지쳐있었습니다. 어린 시절, 당신이 갖고 있던 그림 성서에서 본 금발과 금빛 수염을 한 그리스도, 그 백인을 소화할 기력조차 없었습니다.

전쟁에 이기든 지든 상관없었습니다.(p.115)
"하느님이 있든 없든 상관없어."(p.123)

'정말이지, 모든 것이 어찌 되든 상관없다.'(p.123)[19]

심한 피로는 전쟁과 병 때문인지, 아니면 내 자신의 본질적인 것인지 모르겠습니다. 하지만 생각해 보면, 어느 사이엔가 내가 당신의 가톨릭 신앙으로부터 떠난 것은 역시 오랫동안 느껴온 이 피로 때문이 아닐까요?

(손을 약간만 내밀면 된다) 하지만 왠지 움직이기 싫었습니다. 육체의 피곤만이 아니라 납처럼 무거운 무엇인가가 팔을 내리누르고 있어 버튼을 누를 어떤 힘도 생기지 않았습니다.

사에키의 약혼녀인 이토코는 후방에 남아 있으면서 사촌인 치바와 육욕에 빠진다. 전쟁의 포화 소리가 여기저기서 울리는 가운데서, 수많은 사람들이 죽어가고 있는 현실에서, 그들의 죽음과 아무 상관없다고 느끼는 무관심에 빠져 있다. 그러한 자신에 대하여 죄의식조차 없이, 단지 '극심한 피로'뿐이라고 느끼고 있다.

현재 일어나고 있는 전쟁과 죽음을 오직 타인의 일로 간주하고 의식하지 않으려 한다. 손만 내밀면 사람을 살릴 수 있음에도 불구하고, 움직이기 싫다는 이유로 한 사람을 죽음에 이르게 하는, 죽음의 방조

---

19   이곳의 폭수는 『황색인(黄色人)』이 한국어 번역판 『신의 아이(백색인), 신들의 아이
      (황색인)』를 기준으로 하였다.

자가 된다. 타인의 죽음에 방조자가 된 이유는, 단지 타인이기 때문이고 지금 움직이기 싫다는 이유 때문이다. 이렇게 전쟁과 타인을 냉담하게 바라만 보고 있는 인물의 시선을, 본 논문에서는 '수동적 시선'으로 정의하고자 한다.

6. 절망이 부르는 무의식

러시아의 대문호인 톨스토이는 『전쟁과 평화』를 집필했다. 그는 에필로그를 통해, 나폴레옹이 지휘하는 백만의 청년들로 구성된 군대가 왜 1812년의 시점에서 동유럽의 평원을 가로질러 러시아를 공격했는가를 나름대로 설명하기 위해서 이 소설을 썼다고 밝히고 있다. 이처럼 엔도도 자신이 체험한 전쟁 경험을 10년이라는 세월이 지난 뒤 『황색인』에서 그리고 있는데, 이는 어떤 과장도 없이 자신이 체험한 사실 그대로를 녹여낸 것이다.

예를 들어, 1944년 10월 가미카제 특공대 제1진이 출격하여 전쟁의 막바지에 이르는 정황을 작품 안에서도 1944년으로 묘사하고 있으며, B29가 11월에 도쿄를 대공습한 사건과, 하물며 고베시 니가와의 폭격 후의 모습, 가와니시 비행장 공장을 B29가 폭격하는 것을 목격한 정황을 이름조차 수정하지 않고 그대로 작품 속에 묘사하고 있다. 엔도의 소설들이 전쟁 직후의 작품이 아닌 전후 10년이란 세월이 흐른 뒤에 창작된 작품임을 감안했을 때, 전쟁의 기억이 작가의 의식 속에 얼마나 뿌리 깊이 내재되어 있었는가를 여실히 느낄 수 있는 지점이다.

그럼에도 불구하고, '전쟁'을 이토록 냉담하고 방관자적 시선으로 바라볼 수 있다는 것이 실로 놀랍다. 엔도의 이러한 방관자적인 시선은 어디서 유래하는 것일까. 이것은 엔도가 다롄에서 보낸 유년 시절과 20대에 실제로 경험한 전쟁을 통해서 형성된 것이란 추정이 가능하다. 만약 엔도가 징병검사를 무사히 통과해 패전 전에 전쟁터로 출전을 했다면 어땠을까. 그래도 이러한 냉담한 시선으로 전쟁을 바라볼 수 있었을 것인가. 그렇지 않다고 본다. 입대 날짜를 정해 놓았음에도 불구하고, 일본의 패전으로 실전에 참여하지 않은 채 전쟁이 끝났기에, 전쟁에 대한 리얼리티보다는 객관적 묘사 쪽을 선택했을 것이다.

『황색인』에 그려진 전쟁의 모습은 대부분 사실적 묘사에 그치고 있다. 전쟁을 통해 겪어야 하는 사람들의 감정이 전혀 개입되어 있지 않다. 이는 엔도가 전장에서 직접 전투하며 적군을 죽여야만 하는 상황과 마주하거나 아군의 희생을 목격하며 겪는 심리적 갈등과 비극을 구체적으로 체험하지 않았기 때문이었을 것이다. 즉 그는 입영 날짜만 잡혔을 뿐, 결국 패전으로 인해 출전하지 않은 입장이었기 때문에 전쟁의 현장 '밖'이라는 거리감을 유지하게 된 것이다. 따라서 이 작품에 나타난 전쟁의 모습은 폭격을 맞은 피해자의 입장에서 그려지고 있고, 등장 인물들 역시 "이기든 지든 상관없다, 나와는 상관없다."라는 방관자적인 시각을 갖게 된 것이다. 이것을 본 장에서는 '수동적 시선'으로 정의했다.

이는 본문 안에서 듀란 신부가 치바에게 말하는 "당신은 군대도 안 가고, 공장에서 일도 안 하면서 니가와로 돌아온 후 놀고 있습니다. 일본 경찰은 그런 사람을 어떻게 할까요?"라는 내용에서도 시사되고 있다. 이는 동시대를 살았다고 하더라도 전쟁을 바라보는 시각에는 사람마다의 차이가 있으며, 이에 절대적인 영향을 미치는 것이 그 전쟁에 참여하며 꼭 이겨야 한다는 필연성으로 투쟁을 했는가, 즉 능동적으로 투쟁했는가, 아니면 투쟁하지 않았는가임을 알 수 있는 대목이다.

『황색인』을 집필할 당시의 엔도의 입장에서는, 징병 유예로 전투에 구체적으로 개입하지 않았기에, 전쟁을 단지 객관적인 사건으로 인식하는 수동적 시선을 갖게 된 것이다. 그렇기에 "전쟁에 이기든 지든 상관없었습니다."(p.115), "정말이지, 모든 것이 어찌 되든 상관없다."(p.123)라는 냉담한 시선을 확보할 수 있었고 그것이 작품에 그대로 투영되었음을 알 수 있다.

따라서, 동시대에 같은 전쟁을 체험했다고 해서 전쟁의 무게가 누구에게나 동일할 수는 없다는 것을 고찰해낼 수 있다. 물론 전쟁 그 자체가 주는 비극성과 참담함이 모두에게 공통적인 상처로 남는다는 것은 전제되지만, 그 전쟁을 어떠한 자세로 어떠한 위치에서 체험하느냐에 따라서 전쟁은 각자에게 다른 무게로 느껴질 수 있을 것이다.

또한 이 작품에서 간과해서는 안 되는 것이 바로 '치바'의 무감각이다. 그는 참혹하고 냉혹한 무감각적 상태에 놓인 인물로서 "하느님이 있든 없든 상관없어.", "정말이지 모든 것이 어찌 되든 상관없다."라고 말하는데, 이는 죄의식의 결여와 '신의 부재'를 상징한다고 해석할 수 있다. 즉 치바라는 인물은 전쟁이라는 비극 속에서 촉발된 '신의 부재'와 매 순간 목숨의 위협을 받아야 하는 절망감이 극적으로 표출된 결과물이다. 따라서 엔도는 치바를 통해 극도의 회의감과 절망감은 참혹한 전쟁의 현실조차도 무감각하게 받아들이게 하며, 그 속에서는 죄의식조차 마비될 수 있다고 말하고 있는 것이다.

이 논문은 2019년 대한민국 교육부와 한국연구재단의 지원을 받아
수행된 연구이다(NRF-2019S-1A-5B-5A07106773).

1. 서론

본 연구는 종교문학의 기능과 역할에 관한 연구이다. 예를 들어 우리는 가까운 과거에 다음과 같은 경험을 했다. 2020년 1월부터 2023년 현재까지 예상하지 못했던 코로나 바이러스로 인해 일상생활이 정지되었고 생활의 변화가 초래되었다. 또 이로 인해 수많은 생명을 잃었다. 2015년 6월 2일에는 메르스로 인해 유치원과 초중고등학교에 휴교령이 내려졌고 2,000명이 넘는 격리 환자가 발생했다. 그리고, 2014년 4월 15일에는 진도에서 세월호가 침몰하였다. 이 사건은 대한민국은 물론 전 세계의 이목을 집중시켰고 대한민국을 소용돌이 속으로 몰아갔다. 이 사건들은 우리에게 많은 물음을 던졌다. 사고의 원인에 대한 질타보다도 사고에 노출되었을 때 반응하는 인간의 마음과 행동에 대한 물음이었다. 본 연구에서는 이 인간의 마음과 행동에 초점을 맞추고자 한다.

비극은 일견 코로나, 메르스, 세월호만의 문제가 아니며, 한순간 불

행으로 닥쳐오는 사건에 무방비로 노출되었을 때 반응하는 인간의 마음과 행동에 물음을 던지는 계기가 되었다. 전혀 예기치 못한 사건을 통하여 우리는 행복과 불행을 경험한다. 그 불행으로 인하여 우리의 삶이 통째로 흔들릴 때 우리의 마음과 의식은 작용한다. 우리의 마음과 행동을 지배하는 것은 무엇일까. 그것은 우리의 '의식'이다. 의식과 무의식의 차이는 실로 크고, 의식이 때로 우리의 행동 규범을 결정하게 된다.

본 연구는 우리가 직면하게 될 수많은 불행에서도 살아남아야 하고, 살아가기 위해 찾아야 할 것은 무엇이며, 무엇에 '의미'를 부여하며 또 다른 삶을 향해 일어설 것인가에 있다. 다시 말해 이 연구의 초점은 재생의 길을 찾기 위해 우리에게 필요한 것은 무엇일까를 고찰하는 데 있다. 아무런 비전이 제시되지 않는 혼란스러운 현실 속에서, 그래도 희망이 필요한 우리에게 요구되는 물음이며 필요이기 때문이다.

따라서 본 연구는 우리의 삶은 무엇을 통해 치유되어 가는가를 동양의 종교문학 작가인 엔도 슈사쿠와 서양의 빅터 프랭클(Viktor E. Frankl)의 작품 속에 등장하는 인물을 통하여 불행과 상처로부터 치유의 삶을 모색하는 데에 목적이 있다.

2. 본론

본 연구에서 동양의 종교문학 작가인 엔도 슈사쿠와 서양의 문학을 비교 연구 대상으로 선택한 까닭은 엔도 문학이 프랑스 유학을 통해 전개되었기 때문이다. 그는 프랑스 리옹에서 현대 가톨릭 문학을 공부하였다. 2년 반 동안의 프랑스 유학을 통해 그가 체득한 것은 동양과 서양, 동양인과 서양인의 거리감과 이질감이었고, 동양의 신과 서양의 신의 차이를 인정하는 것이었다. 그가 결핵 발병으로 유학을 중도 포기하고 귀국하여 발표한 『백색인』과 『황색인』이 그 산물이다. 엔도는 이 『백색인』으로 아쿠타가와상을 받으며 문단에서의 자리를 확고히 다질 수 있었다.

현재까지 일본과 한국에서 엔도 문학 연구의 중심은 그의 신관神觀 및 동양적 기독교관과 서양적 기독교관의 비교 분석이 주된 흐름이었으며, 그의 그리스도교 문학이 추구하는 세계를 현재의 문제 및 인간의 궁극적인 삶의 문제로 구체화 시킨 연구는 없었다. 따라서 이 연구의 주된 목적은 엔도의 문학 속에 투영된 그의 신관을 현재 우리의 불행이나 상처와 결부시켜 가시화하는 것이며, 이를 통해 사람들에게 위안과 치유를 제시할 수 있기를 희망한다. 국내외 안팎으로 개인적, 사회적 불행을 겪고 있는 많은 사람들에게는, 그래도 희망을 놓지 않게 하는 무엇인가가 필요하고 위로가 필요하기 때문이다. 그러므로 현실이 인문학을 필요로 한다면, 우리가 학자로서 응답할 수 있는 길은 문학작품의 주인공을 통하여 상처와 불행 속에 있는 사람들에게 희망을 제시하는 길일 것이며 이것이 우리에게 요구되는 학문의 의의이고 본 연구의 목적이라 할 수 있겠다.

한편, 선행 연구 중에서 엔도 문학이 다음과 같이 비판되는 면도 있다.

> 엔도 슈사쿠(이하, 엔도)가 일본을 대표하는 가톨릭 작가라고 하는 것은 익히 알려져 있다. 가톨릭 작가로서 엔도의 고뇌는 일본이라는 나라의 풍토 속에서 어떠한 방식으로 가톨릭 신앙이 뿌리내려질 수 있을 것인가에 있었으며 아울러 엔도가 단죄하고 엄벌하는 신이 아닌 용서하고 사랑을 베풀어 주는 신의 모습을 추구했다는 것은 엔도 문학을 집약하는 데 있어서 주된 내용이 되어 왔다. 그에 더하여 마지막 순문학 작품인 『깊은 강』에서 종교다원주의의 색채가 드러나고 있다는 점에서 가톨릭 작가 엔도의 한계를 말하기도 한다. (중략)
> 엔도가 행한 예수에 관한 그와 같은 해석은 인간의 고통을 함께 짊어지고 가는 동반자 예수의 모습을 보여 준다는 것으로 그간 논의되어 왔으나 다른 순문학 작품 속에 드러나는 측면을 통해서도 알 수 있듯이 엔도는 기적 등을 행하여 전지전능한 자리에 존재하는 것이 아닌 동양인의 입장에서 비교적 근접하게 인식될 수 있는 신의 모습을 형상화하고 그와 같은 신의 모습을 만들기 위해 오히려 가톨릭에서 말하는 논리를 부정하는 역설을 드러낸다.[1]

---

1   김정봉, 「가톨릭 작가 엔도 슈사쿠 문학에 관한 비판적 고찰」, 한국일본어문학회, 한국일본어문학회학술발표대회논문집, 2014, pp.201~205

본 논문에서는 이러한 비판적 고찰을 토대로 종교문학[2]이 궁극적으로 추구해야 할 것이 교리와 논리인지, 아니면 근원적 사랑과 삶의 문제인지, 무엇이 궁극적으로 종교문학이 지향해야 할 바인지 검토하면서 종교문학의 기능과 역할에 관한 연구를 진행하고자 한다.

그러기 위하여 분석할 중점 내용은 일본의 대표적 종교문학 작가인 엔도 슈사쿠와 서양의 빅터 프랭클의 작품에 그려진 인물 분석이다. 이를 통하여 인간에게 있어서 참담한 고통과, 그 고통을 통하여 도달하는 곳이 죽음인지, 아니면 위로를 통한 치유인지를 문학작품을 통하여 분석한다.

2-1. 엔도 슈사쿠

엔도는 1923년 도쿄에서 출생하여 12살에 바오로라는 세례명으로 가톨릭 세례를 받았다. 이 세례는 그의 문학 여정에 결정적인 영향을 주었는데, 이는 그가 평생 동안 종교적 문제로 고뇌한 계기이자 가톨릭 문학 작가가 되는 시발점이었다. 그러나 세례는 그에게 긍정적인 역할만을 한 것이 아니라 갈등의 요소로 작용했다. 그가 신앙을 스스로 선택해 받은 세례가 아니라 어머니에 의해 강요된 세례였기 때문이다. 이는 그가 성장하는 동안 그를 괴롭히는 요인이기도 했다. 그렇지

---

2   각주 1의 인용문에서 엔도 문학을 가톨릭 문학이라고 칭하고 있으나, 본 논문에서 필자는 엔도 문학을 종교문학이라는 범주 안에서 생각하려고 한다. 왜냐하면 가톨릭이라는 틀 안에서만이 아니라, 보다 폭넓은 종교의 범주 안에서 논을 진행하기 위해서이다. 이는 엔도 문학이 최종적으로 도달하고자 한 세계이기도 하기 때문이다.

만 그러한 갈등이 엔도 문학 50년을 굳건히 다지는 견인 역할을 하였으며, 종교문학의 본질을 추구하게 하여 그만의 독자적 세계에 이르게 하였다.

엔도는 게이오대학 불문과를 졸업하고 1950년 전후 최초의 유학생으로 프랑스에 유학하며 현대 가톨릭 문학을 공부하였다. 그러나 그는 돌연 발병한 결핵으로 2년 반 만에 유학 생활을 포기해야 했고, 1953년에 귀국한 후 본격적 작품 활동을 시작하여 아쿠타가와상을 수상한 『백색인』(1955) 등 수많은 대표작들을 남기게 된다. 그의 작품들에 나타난 인물을 분석하면 다음과 같다.

『황색인』(1955)[3]에는 모두가 죽어가는 전쟁이라는 상황 속에서, 인간 규범의 잣대가 그리스도교의 계율이고 윤리라고 믿는 인물이 등장한다. 그는 이 계율과 윤리에 위배되는 것을 '죄'로 인식하고, 두려움에 떨며 '죄의식'을 느끼고 있다. 그가 느끼는 죄의식과 두려움은 '신의 형벌'로부터 기인한다. 즉, 그는 신의 계율과 규범을 어기는 오류를 범했기에 죄의식을 느끼며 신의 형벌로부터 자유로울 수 없었다. 그는 절망 속에서 끝없는 자책과 회한과 죄의식에 고통받으며 결국 죽음에 이르게 된다.

---

3   엔도 슈사쿠의 『황색인(黃色い人)』은 1955년 11월 호 「群像」에 발표되었고 『遠藤周作文学全集』 제1권에 수록되었다. 한국어판 번역서는 이평춘 옮김, 『신의 아이(백색인), 신들의 아이(황색인)』, 어문학사, 2010, p.106

『잡종견(雜種犬)』(1966)[4]은 보잘것없는 잡종견에 관한 이야기이다. 주인공 스구로는 '구우(食う)'[5]라는 개에 대한 추억을 가진 인물이다. 구우는 춥고 암울하던 시절, 누구에게도 위로받지 못하고 불안에 떨던 어린 스구로의 주변에 머물며 유일하게 그의 위로가 되어 주었던 개였다. 아버지와 어머니가 서로를 미워하며 상처 주던 나날, 방과 후에도 집으로 돌아가지 못하고 밖을 배회하던 스구로가 자신의 아픔과 슬픔을 이야기할 수 있는 유일한 상대가 바로 구우였다. 그 한 마리의 까만 잡종견만이 소년 시절 스구로의 친구가 되어 주었다. 구우가 곁에 있어 스구로는 그의 외로움을 이야기할 수 있었고, 그런 스구로에게 있어 구우는 자신의 슬픔을 알고 있는 유일한 대상이었다.

스구로는 부모가 이혼하여 고모 댁에 잠시 맡겨지게 되면서 구우와 이별하게 되었는데, 그가 탄 마차가 시야에서 사라질 때까지 달리며 따라오던 구우를 지금도 잊지 못한다. 이러한 과거 때문에, 스구로는 결혼 후 우유 가게에서 얻어 온 잡종견을 보며 어린 시절 자신의 유일한 동반자였던 구우를 떠올리고 더욱 애착을 느끼게 된다. 그는 추억 속의 이름을 그대로 따 잡종견에게 '구우'라는 이름을 지어 준다. 잡종견 구우는 부모의 불화로 슬픔과 혼돈에 빠져 있던 스구로의 유일한 벗이었고, 슬픔을 나누는 존재였고, 언제나 옆에 있어 주는 위로자였다. 스구로는 다

---

4   엔도 슈사쿠, 『雜種犬』, 「群像」, 1966년 10월 호 발표.
     이평춘 옮김, 「잡종견」, 『엔도 슈사쿠 단편 선집』, 어문학사, 2015, p.71
5   구우(食う)는 '먹다'라는 뜻의 동사이다. 너무 먹이를 많이 먹기 때문에 '먹보'라는 뉘앙스로 붙여진 이름이다.

시 키우기 시작한 구우에게서 어린 시절 자신의 모습을 발견하고 위로
자가 되어 준 옛 친구 구우의 모습을 회상하며 똑같은 애정을 느낀다.

아내도 아들도 구우에겐 무관심하고 정을 주지 않았다. 스구로만이
사랑으로 구우를 보살핀다. 그러나 남편이 원하기에 마지못해 개를 들
였던 아내는, 구우가 수놈이 아니라는 것을 핑계 삼아 구우를 얻어 온
우유 가게에 돌려보내라고 한다. 구우가 만일 새끼라도 낳으면 난감하
다는 이유에서다. 아내의 말에 따라 구우를 데리고 나온 스구로 앞에
구우가 가만히 서 있다. 겨울 황혼 녘, 구우는 하얀 눈 속에서 주인을
슬픈 눈으로 조용히 바라보고 있다.[6]

『침묵』(1966)[7]은 그리스도교 탄압 역사 속에서 순교와 배교를 고민하
는 인간의 나약함과 인간의 고통 앞에 침묵하는 신 사이에서 고뇌하던
로드리고가 후미에(踏絵)[8]를 밟게 되는 과정을 그린 소설이다. 격심한

6   '구우(食う)': 엔도 문학에는 이 '구우(食う)' 또는 '구로(黑)'라는 개가 자주 등장하
     며 중요한 역할을 한다. 엔도의 자전적 체험 속에 등장하는 동물이다. 어린 시절
     다롄에서 지낼 때 실존했던 개로서 엔도에게 많은 위로가 되어 주었다. 엔도는
     이후 고통의 순간마다 위로를 받았던 이 개를 떠올리며 추억한다. 기억 속에 남
     아 있는 '구우'는 엔도 문학 과정에서 위로자와 동반자로 성장하였고 다양한 인
     물과 구관조 등으로 그려지면서, 종국에는 동반자 예수에 이르게 한다.

7   엔도 슈사쿠의 『침묵(沈默)』은 1966년 3월, 新潮社에서 「純文學 특별 작품 단
     행본」의 한 권으로 간행되었고 후에 『新潮日本文学遠藤周作』(1969년 2월 新潮社),
     『現代文学遠藤周作集』(1971년 9월 講談社) 등에 수록되었으며 『遠藤周作文学全
     集』 제6권(1975년 2월 新潮社)에 수록되었다.

8   후미에(踏絵)는 일본의 에도시대(1603-1868)에 이르러 그리스도교 박해가 본격화되
     며, 신자인지 아닌지를 가리기 위해 밟게 한 성화이다. 막부는 엄격히 그리스도교
     신자들의 전향을 유도하였고, 후미에를 밟은 자는 배교자가 되어 목숨을 건질 수
     가 있었으나, 밟지 않은 자는 순교하게 되었다. 따라서 이 후미에는 일본 그리스
     도교 역사에서 매우 중요하고 상징적 의미를 갖는 고유명사로 사용되고 있다.

탄압 속에서 신앙을 지키며 순교하는 신자도 있지만, 신의 존재를 의심하며 배교하는 사람도 있었다.

> 이 시련이 神으로부터 무의미하게 주어졌다고는 생각지 않습니다. (중략) "무엇 때문에 하느님은 이런 고통을 내리시죠?" 그러고 나서 그는 원망스러운 듯한 눈을 내게 돌리며 말했던 것입니다. "신부님, 아무것도 나쁜 짓을 하지 않았는데."
> 흘러버리면 아무것도 아닌 겁쟁이의 이 푸념이 왜 이렇게도 예리한 바늘처럼 내 가슴을 아프게 찌르는가? (중략) 이 일본의 검은 땅은 많은 신자들의 신음 소리로 가득하고, 신부의 붉은 피가 흐르고, 교회의 탑이 무너져가고 있음에도 불구하고 神은 자신에게 바쳐진 너무도 무고한 희생을 보고 여전히 침묵沈黙하고 계신다.

박해의 땅인 일본에 숨어들어 온 신부 로드리고는 일본인 신자 기치지로에 의해서 밀고되어 관헌에 연행된다. 그곳에서 자신의 신학교 스승이자 주교였던 페레이라와 만난다. 페레이라는 로드리고에게 정신적인 고통을 주면서 배교를 권한다. 로드리고의 배교에 대한 고통은 그때부터 시작된다. 그는 '왜 神은 침묵하고 있는가?'라는 의문으로 고통스러웠다. 신부인 자신이 후미에를 밟으면 감옥에 갇힌 신자들을 살려 준다는 약속이, 그에게 후미에를 밟게 한다. 그때,

밟아도 좋다. 너의 발의 아픔을 내가 가장 잘 알고 있다. 밟아도 좋아.
나는 너희들에게 밟히기 위해 이 세상에 태어났고, 너희들의 아픔을
나누기 위해 십자가를 진 것이다.

라는 음성이 들려 왔다. "나는 너희들에게 밟히기 위해 이 세상에 태
어났고, 너희들의 아픔을 나누기 위해 십자가를 진 것이다."라고 로드
리고에게 말을 건넸다.

> "밟아도 좋다. 지금 너의 발은 아플 것이다. 이제까지 나의 얼굴을 밟
> 은 사람들과 마찬가지로 아플 것이다. 네 발의 아픔만으로 충분하다.
> 나는 너의 그 아픔과 고통에 함께한다. 그 때문에 나는 존재하기에."
> "주여, 당신이 늘 침묵을 지키고 계시는 것을 원망하고 있었습니다."
> "나는 침묵하고 있었던 것이 아니다. 함께 고통스러워하고 있었다."

엔도는 『침묵』에서 예수의 음성을 등장시키며 '神의 침묵'을 깼다.
그 방법으로 인간의 물음에 응답하는 신을 등장시켰고, '너의 고통과
함께하고 있다'는 '동반자 예수'를 그려냈다. 로드리고에게 말을 건네
는 예수는 '네가 고통을 겪고 있을 때, 나도 곁에서 고통스러워하고 있
다. 나는 끝까지 네 곁에 함께 있'는 존재에 도달하게 된다. 엔도는 인
간이 보편적으로 겪게 되는 고통에 관하여 다음과 같이 이야기한다.

다른 한 사람이 나와 고통을 나누고 있는 듯한 느낌을 주는 것이다. 모든 고통에는 반드시 고독감이라는 것이 따른다. 마치 자신만이 세상 속에서 홀로 이 고통을 맛보고 있는 듯한 느낌이 드는 것이다. (중략) 그리고 그럴 때, 다른 한 사람이 손을 잡아줌으로써 자신의 고통을 나누는 사람이 있다는 생각은 고통으로부터 이 고독감을 쫓아내는 것이다. 그렇게도 고통스러웠던 마음이 서서히 진정되는 것은 그 때문이었다.[9]

엔도 문학에서 인간의 고통의 문제는 "모든 고통에는 반드시 고독감이라는 것이 따른다. 그럴 때, 다른 한 사람이 손을 잡아줌으로써 자신의 고통을 나누는 사람이 있다는 생각은 고통으로부터 이 고독감을 쫓아내는 것이다. 고통스러웠던 마음이 서서히 진정되는 것은 그 때문이었다."라는, 고통의 고독과 연대감에 대한 이야기로 제시된다.

절망이 절정인 그 순간, 인간은 오히려 자발적 고립을 선택한다. 누구도 개입할 수 없고 개입을 허용하지 않는 고집스러운 고립이 인간을 더욱더 큰 절망에 이르게 한다. 엔도는 그러한 모습으로 고통을 통과하고 있는 자에게 먼저 손을 내밀어 주는, 그리고 그 손을 기다리고 있는 인간의 모습을 제시한다. 고통의 절정에서도 인간은 누군가의 손을 기다리고 있다는 이 아이러니가 오히려 인간을 희망으로 안내하고

9   엔도 슈사쿠, 「고통에 대하여(苦しみについて)」, 『사랑의 여명(愛のあけばの)』, 読売新聞社, 1976. 6.

있다. 아무리 철저히 무장된 고립이라고 할지라도 다가와 내미는 손을 기다리고 있으며, 거부할 수 없다는 것에 인간의 나약함과 진실이 숨어 있다. 그리고 그 결정적인 순간, 인간은 그 손을 거부하지 않고, 그 손을 잡고 일어서며 희망을 향해 서게 된다. 엔도는 고통에 직면한 인간의 본질적인 모습을 제시하며, 연대감으로서 현실적이고 구체적인 답을 제시하고 있다.

우리는 고통의 순간 바늘귀만큼의 위로라도 있으면, 그 힘으로 고통의 과정을 건너갈 수 있을 것이며 그 과정을 통과하며 치유를 경험할 수 있다. 어차피 누구도 대신할 수 없는 자신만이 건너야 할 고통의 몫을, 그래도 견뎌내기 위해서 인간에게 필요한 것은 손잡아 주는 위로이다.

혼자서 이 길을 걷고 있는 것이 아니라 누군가 자신의 고통의 무게를 알고 있고, 그 길에 손을 잡고 동행해 준다는 위로가 있을 때, 그래도 포기하지 않고 걸어갈 용기를 낼 수 있다. 이 체험은 어느 특정된 사람에게만 일어나는 현상이 아니라 보편적인 인간 누구나가 동감할 수 있는 부분이라고 하겠다.

엔도는 그 대상으로서 '구우'라는 잡종견을 등장시켰고, '구관조'를 등장시켰으며, 50여 년의 문학 여정을 통과하며 종국에는 인간의 고통을 함께하는 '예수'를 등장시키면서 '동반자 예수'에 이르게 된다. 엔도 문학 중기 이후부터 등장하는 '예수'의 도입으로 인하여 엔도의 神觀에도 변화가 찾아온다. 초기 엔도 문학에서는 발견할 수 없었던 새로운 시도와 변화가 이런한 예수像을 제시하면서 발전하게 되었고, 동양문학 속에서 더구나 종교문학 작가 중에서 엔도만이 갖게 되는 독창성을 확보하게 되었다. 이 점이 오늘날까지 엔도 문학이 읽혀 오고 있으며, 많은 독자층을 확보할 수 있게 된 이유라고 사료된다. 따라서 문학이, 더욱이 종교문학이 궁극적으로 추구해야 할 비전을, 엔도는 고독의 연대감과 동반자 의식으로 확장시킬 수 있었다.

2-2. 빅터 프랭클(Viktor E. Frankl)

본 논문에서는 고통의 자기 해석이 무엇보다도 중요한 논점이 되기에, 고통을 해석하고 받아들이는 과정을 확장시키기 위해 정신의학자인 빅터 프랭클(Viktor E. Frankl, 1905~1997)을 도입하여, 그의 '로고테라피(logotherapy)'이론을 접목시키면서 진행하고자 한다.

빅터 프랭클은 오스트리아 빈에서 태어났다. 아버지 가브리엘은 공무원이었고 어머니 엘사는 많은 랍비를 배출시킨 집안 출신으로 경건한 유대인 중산층이었다. 2남 1녀의 차남인 빅터는 유대식 기도와 교육을 받으며 성장하였다. 그러나 유대인이라는 이유로 2차 세계대전 시 강제수용소인 아우슈비츠에 갇히는 경험을 하게 된다.

그는 1923년에 빈 의과대학에 입학한다. 그리고 신경학과 정신의학을 전공하며 의학 공부와 심리 치료 연구에 집중하였다. 당시 정치적으로나 경제적으로나 혼란스러웠던 빈에서 청소년 상담 센터를 세워 자살자를 줄이는 결과를 낳을 만큼 심리 치료에 몰두하였다.

프랭클은 이전의 심리학적 기반에 자신이 체험한 수용소의 현실에 연구를 더하여 '로고테라피(logotherapy)' 이론을 창안해냈다. 로고테라피란 로고스(logos)와 테라피(therapy)를 결합한 신조어이며, 이 이론의 목표는 인간이 과거에 얽매이기보다는 미래를 지향하도록 만들고, 무의식이나 자아에 머물지 않고 더 높은 곳으로 나아가게 하는 데 있다. 이 이론을 구체화 시켜 발표한 것이 『죽음의 수용소』이다.

『죽음의 수용소』(1946)[10]는 그가 유대인이라는 이유로 체포되어 아우슈비츠 수용소에 송치되었던 체험을 기반으로 한 책이다. 수용소에서 부모와 아내 그리고 어린 두 자녀는 죽음을 맞았다. 셀 수 없을 만큼 많은 유대인들과 가족들이 생명을 빼앗겼으나 프랭클은 기적적으로 살아남게 된다. 그는 생명을 위협받는 극적인 상황 속에서도 어떻게 해서든 살아남으려는 인간의 에고이즘과 대면해야 했고, 그러한 수용소 안에서의 체험을 수십 장의 휴지에 적으며 기록으로 남겼다. 이 기록이 사상가로서의 프랭클을 탄생시키는 단초가 되었다.

2-3. 의미 요법

프랭클은 인간에게 있어 가장 기본적인 정신 자세는 '의미를 지향하는 의지(Will to Meaning)'라고 했다. 이것은 '고통에도 필연 의미가 있을 수 있다'고 하는 종교적 수용을 암시하고 있다. 따라서 인간은 예

---

10   Viktor E. Frankl, 『*Man's search for meaning: an introduction to logotherapy*』, 1946. 정태시 옮김, 『죽음의 수용소—인간의 의미 탐구』, 제일출판사, 1981.

측하지 못한 고통에 직면했을 때, 죽음을 선택하지 않는 한 방어기제가 작동되어 어떠한 방법으로든 그 고통으로부터의 탈출을 꿈꾸는 의지를 갖게 된다. 프랭클은 그것을 로고테라피라는 '의미론'으로 접근하고 있다. 그의 로고테라피 이론은 '인간은 무엇 때문에, 어떤 의미로 살아야 하는가'라는 물음을 기반으로 하는데, 이는 앞서 언급했듯이 그가 아우슈비츠 수용소에서 겪은 체험에서 발원한다. 그는 부모, 형제, 아내와 자녀가 죽어가는 극단적인 상황에서 살아남으며 "왜 살아야 하나 하는 인생의 의미를 가지고 있는 사람은 어떻게 해서든지 살아나갈 수가 있다(He who has a why to live can bear almost any how)."라는 이 의미 요법에 도달했고, 이 경험이 후에 그의 자전적 작품 『죽음의 수용소』에 기록되었다.

빅터 프랭클의 '의미 요법'은 상황의 변화가 인간의 삶을 변화시키기보다는, 아무리 불행한 상황에서도 그 불행을 해석하는 자의 의미 부여를 통하여 상황을 받아들이는 마음이 '로고테라피'이기에, 이 이론을 접목시키며 연구를 심화시키고자 한다. 우리가 직면한 다양한 형태의 고통 중에서도, 죽음이 아닌 새로운 비전을 우리가 요구하고 있기 때문이다.

2-4. 로고테라피(logotherapy)의 필연성

정신의학자인 빅터 프랭클은 2차 대전 중 유대인 강제수용소 아우슈비츠에 번호-119104로 3년 동안 수감되었다. 그는 부모와 아내 그

리고 어린 두 자녀까지 잃고, 목숨조차 위협받는 극한 상황에서 3년
의 시간을 보냈다. 다음 인용되는 구절은 그의 『삶의 의미를 찾아서』
(1969)에 나타난 '의미'를 다루고 있다.

> 아우슈비츠 수용소로 끌려갔을 당시 나는 출간을 앞둔 책의 원고를
> 압수당했다. 이 원고를 반드시 써내야겠다는 나의 의지는, 확실히 내
> 가 혹독한 수용소에서 버티는 데 도움이 되었다. 예를 들어 바이에른
> 의 수용소에서 티푸스에 걸려 고열에 시달리고 있을 때도, 나는 나중
> 에 풀려나는 날 원고를 다시 쓸 때 도움이 될 수 있도록 하기 위해서
> 종잇조각에다가 수없이 메모를 했다. 내가 쓰러지지 않고 바이에른의
> 수용소에서 살아남을 수 있었던 것은, 어두컴컴한 바라크 안에서도
> 원고를 되살리려고 했던 노력 덕분이었다고 생각한다.[11]

　프랭클은 목숨을 위협받는 수용소 안에서도 빼앗긴 원고를 다시 복
원하고자 하는 의지를 갖고 있었다. 이와 같은 긴박한 긴장 속에 있을
때 사람은 정신적으로 건강할 수 있다. 오히려 무기력한 상태에서 벗
어나 강렬한 삶의 욕구와 의지를 갖게 되고, 설령 그 욕구가 좌절되었
다 해도 어떻게든 회복하려는 노력을 하게 된다. 노력이 좌절될 때는
좌절에 머물러 있지 않고 자신이 찾아야 할 대상에 의미를 부여하며

11　　Viktor E. Frankl, 『*The will to meaning: foundations and applications
　　　of logotherapy*』, 1969. 이희재 옮김, 『삶의 의미를 찾아서』, 아이서브, 1998,
　　　pp.172~173

그 의미를 찾고자 한다. 그 노력은 의미를 찾고자 하는 의지가 있어야만 가능하다.

의지는 스스로의 선택에 의한 것이고, 선택이 자신의 삶을 결정짓는다는 것을 알게 된다. 프랭클로서는 원고를 빼앗겼다 할지라도 그 원고를 다시 써야만 한다는 강한 의지가 있었고, 그것을 완성시키기 위해 살아남아야만 했다. 따라서 원고를 다시 써야만 한다는 강한 의지에 의해서, 자신이 겪고 있는 그 고통에도 필연 의미가 있을 것이라고 스스로를 위로하였다. 그리고 그 고통의 의미 부여가 로고테라피라는 이론으로 확립되어 갔다.

프랭클의 『죽음의 수용소』의 후작인 『삶의 의미를 찾아서』의 서문을 썼던 고든 알포트는 프랭클의 의미 요법에 관하여 다음과 같이 이야기하고 있다.

> 로고테라피(logotherapy)란 '의미를 통한 요법(therapy through meaning)'이다. 의미는 주관적이다. 아무리 절망적 상황과 피해갈 수 없는 운명 앞에서도 삶의 존재 의미를 찾아야 한다는 스스로의 의지와 선택이 있을 때 고통을 넘어가는 법을 알게 된다. 상황을 바꿀 수 없다면, 상황에 직면한 인간이 달라져야 한다. 고통도 의미가 있다는 사실을 깨닫게 되는 순간, 고통은 더 이상 고통만은 아니게 된다.
> 삶은 고통이며 살아갈 수 있기 위해서는 고통 속에서 의미를 찾아낼 수 있어야 한다는 실존주의의 핵심 명제와 만나게 된다. 삶에 목적이

라는 것이 있다면 고통과 죽음에도 틀림없이 목적이 있을 것이다. [12]

　　고든 알포트가 말하는 '삶의 목적'은 실로 커다란 문제를 제기하고
있다. 인간에게 있어 '삶의 목적'이야말로 생과 사를 가르는 이정표가
되기 때문이다. 삶의 목적이 있고 희망을 찾고자 하는 의지가 있을 때,
고통에도 이유가 있다는 것을 인정하게 된다. 그러나 삶의 목적을 상
실한 자에게는, 고통은 단지 피하고 싶은 아픔일 뿐이다. 고통 속에서
의미를 찾는다는 것은 거의 불가능하다.

　　그렇기에 고통의 의미와 로고테라피의 의미 부여조차도 삶에 대한
의지와 목적이 있을 때 가능한 것이다. 때문에 우리에게 중요한 것은,
적어도 삶에 대한 의지와 목적만큼은 상실하지 않는 것이다. 희망만은
포기하지 않는 것이다. 그래야만, 고통의 의미 및 로고테라피 이론이
가시화되며 현실화될 수 있는 것이다.

　　따라서 빅터 프랭클의 로고테라피 이론은, 인간의 삶에 대한 의지
가 전제되어야만 가능한 이론이다. 그렇기에 우리에게는 삶의 목적과
희망만은 상실하지 않도록 끈질기게 매달리는 힘이 필요하다. 그래야
만 고통의 의미 부여를 통해 절망이라는 늪에서 빠져나올 수도 있고,
희망을 찾을 수도 있는 것이다. 그 삶의 목적과 희망이 전제되고 나서
야, 프랭클의 "의미만 찾을 수 있다면 어떤 고통도 기꺼이 감수할 수

12　　고든 알포트, 『삶의 의미를 찾아서』 서문. 빅터 프랭클 지음·이희재 옮김, 아이
　　　서브, 1998, p.8

있는 것이 바로 이런 이유에서이다."[13]라는 이론이 현실화될 수 있다.

진정한 삶의 의미란 피치 못할 고통의 의미까지도 포함하는 것이기 때문이다. 나는 수용소에서 생활하는 동안 깊이 깨달은 사실이 하나 있다. 정확한 통계 자료도 나와 있는데, 확률로 따졌을 때 스물여덟 명 중에서 한 명만이 수용소에서 살아 돌아올 수 있었다. 아우슈비츠에 첫발을 내디딘 순간 나는, 외투 깊숙이 숨겨 온 원고를 살린다는 건 전혀 꿈도 꾸지 못할 상황이라는 것을 깨달았다. 그리하여 나는 내 정신적 자식을 잃는 고통을 겪어야 했고 그 일을 극복해야만 했다. 이제 내게 남은 것은 아무것도 없는 것 같았다. 육신의 자식도, 정신의 자식도, 그 어느 쪽도 내게는 없다! 그런 상황에 처하게 된 나는, 나의 삶은 궁극적으로 아무런 의미도 없는 것이 아닌가 하는 의문에 직면하게 되었다. (중략)

그런데 나는 내가 그토록 열심히 찾으려고 애쓰고 있던 이 질문에 대한 대답이 이미 나에게 마련되어 있었고, 또 그 후 곧 그 해답이 나에게 주어지리라는 사실을 아직 깨닫지 못하고 있었다. 나에게 문득 깨달음이 온 것은, (중략) 어느 수감자가 입었던 누더기 옷을 배급받게 되었을 때였다. 새로 입은 옷의 주머니에는 내 원고 뭉치 대신 히브리어

13   Viktor E. Frankl, 『*The will to meaning: foundations and applications of logotherapy*』, 1969. 이희재 옮김, 『삶의 의미를 찾아서』, 아이서브, 1998, p.185

로 씌여진 기도서에서 찢어낸 종이 한 장이 들어 있었다. 그것은 유대교의 기도문 중에서 가장 중요한 '셰마 이스라엘' 부분이었다.[14]

빼앗긴 원고를 다시 쓰고 싶다는 강한 의지를 갖고 있던 프랭클은 그냥 지나쳐도 이상치 않을 우연을 기적으로 만들었다. 입고 있던 자신의 옷을 벗어 내주고 어느 수감자의 옷으로 바꿔입은 그는, 이미 가스실로 끌려간 남자가 수없이 주먹 안에 쥐고 있었을 찢어진 기도문 한 장과 만나게 된다.

그 옷의 주머니에 들어 있던, 히브리어로 쓰인 '셰마 이스라엘'[15]. 이 기도문과의 기적 같은 만남을 통해 프랭클은 자신의 원고를 종이에 적어 놓으며 기록으로 남겼다. 어쩌면 기도서의 '셰마 이스라엘'을 자신에게 필요한 언어로 해석했기 때문에 가능한 일이었을 것이다.

즉, 기도서의 '셰마 이스라엘'이 프랭클에게 말을 걸 수 있었던 것은 프랭클 스스로가 강한 의지와 마음으로 희망을 기다려왔기 때문이다. 그 희망이 '셰마 이스라엘'을 그에게 의미 있는 언어로 육화시키는

---

14   앞의 책.

15   '셰마 이스라엘(이스라엘아 들어라, 히브리어: שמע ישראל)' 구약성서 신명기 6장 4~9절의 내용.
      "이스라엘아 들어라. 너희는 마음을 다하고 목숨을 다하고 힘을 다하여 주님을 사랑해야 한다. 너희는 이 말을 너희 자녀에게 거듭 들려주고 일러주어라." 이는 유대인들이 아이들에게 아침저녁으로 하루 두 번씩 읽어 준다고 하는 성경 구절로, 유대인들의 핵심적인 신앙고백이다. '셰마 이스라엘'은 이 성서 내용의 첫 구절이다.

기적을 만들어낸 것이다. 따라서 희망을 기다린 사람에게 희망이 찾아오는 기적이 이루어질 수 있었다.

프랭클은, 아우슈비츠역에 도착하자마자 자신의 누더기 옷마저 벗어 주고 가스실로 끌려간 그 남자의 삶과의 기적 같은 만남을 통하여 수용소 안의 기록을 『죽음의 수용소』로 남기게 되었다. 그리고 '셰마 이스라엘'과의 만남을 통해 자신의 고통에도 의미가 있다는 깨달음을 얻게 되고, 그 의미를 붙잡고 살아남아 수용소를 벗어날 수 있었다. 그는 "내가 쓰러지지 않고 바이에른의 수용소에서 살아남을 수 있었던 것은, 어두컴컴한 바라크 안에서도 원고를 되살리려고 했던 노력 덕분이었다."[16]라는 그의 말로 집약되는 의지와 희망, 그리고 고통의 의미부여에 의한 자기 해석을 통하여 살아남을 수 있었다.

자유의 몸으로 돌아온 그는 저서 32권을 집필하며 정신의학 전통을 계승한 유럽의 대표적 정신의학자가 되었다.

3. 결론

본 연구는 우리가 예측하지 못한 사이에 직면하게 될 수많은 고통에 대한 화두를 던진다. 그리고 그 화두에서도 살아남아야 하고, 살아가기 위해 우리가 찾아야 할 것은 무엇이며 무엇에 '의미'를 부여하며

---

16   Viktor E. Frankl, 『The will to meaning: foundations and applications of logotherapy』, 1969. 이희재 옮김, 『삶의 의미를 찾아서』, 아이서브, 1998, p.173

일어설 것인가에 물음을 던진다. 이것은 특히 종교문학이라고 하는 범주 안에서는 더욱 분명한 해답을 필요로 한다. 그것을 찾기 위해 빅터 프랭클을 도입하였고, 그의 로고테라피의 의미를 통한 요법을 접목시켰다.

정리하자면, 본 연구의 핵심이 '엔도 슈사쿠 종교문학의 의미 요법'에 있었던 만큼 고통이라는 현실에 직면한 우리에게 그래도 위로와 희망이 필요하기 때문에 프랭클의 '로고테라피 이론'을 접목시킨 것이다. 종교를 통한 믿음과 신앙의 자세가 고통을 승화시키는 방법이듯이, 로고테라피의 의미 요법을 통해 고통을 견디게 하는 동력을 발견하고 싶었기 때문이다.

> 심리 치료의 목표는 영혼을 치료하는 것이다. 그러나 종교의 목표는 영혼을 구원하는 것이다. (중략) 종교는 의도치 않아도 결과적으로 정신건강에 심리 치료적인 효력을 발휘한다. 종교가 인간에게 다른 어느 곳에서도 찾을 수 없는 안전감과 보호를 제공하기 때문이다. 즉 초월적이고 절대적인 것에서 안전과 보호를 제공하기 때문이다. (중략) 로고테라피에서 종교는 대상에 불과하다 해도, 종교는 로고테라피에서 상당히 중요한 것이다. 로고테라피의 로고스가 영을, 나아가 의미를 뜻하기 때문이다.[17]

---

17   Viktor E. Frankl, 『*Arztliche Seelsorge: grundlagen der logotherapy und existenzanalyse*』, 1946. 유영미 옮김, 『빅터 프랭클의 영혼을 치유하는 의사』, 청아출판사, 2017, pp.333~335

그러한 의미에서 '엔도 슈사쿠 종교문학의 의미 요법'은 심리학적 접근만이 아니라 종교의 핵심인 영혼의 문제까지 생각해야 했다. 엔도 문학이 궁극적으로 추구하고자 했던 것은 강자보다 약자였고, 버리는 사람보다 버림받은 사람이었다. 기적을 행하는 예수보다는 기적을 행하지 않더라도 고통받는 사람을 외면하지 않는 예수였다. 나아가 고통을 겪고 있는 자 곁에서 조용히 동행해 주는 동반자였다. 만약 엔도가 선민의식이나 강자 의식을 추구했다면 엔도 문학의 동반자 의식은 탄생하지 않았을 것이다. 오히려 약자와 고통받는 사람에게 시선을 두었기 때문에, 기적보다는 묵묵히 곁에서 동행해 주는 '동반자' 의식이 탄생할 수 있었다.

따라서 "모든 고통에는 반드시 고독감이라는 것이 따른다. 마치 자신만이 세상 속에서 홀로 이 고통을 맛보고 있는 듯한 느낌이 드는 것이다. (중략) 그리고 그럴 때, 다른 한 사람이 손을 잡아줌으로써 자신의 고통을 나누는 사람이 있다는 생각은 고통으로부터 이 고독감을 쫓아내는 것이다. 그렇게도 고통스러웠던 마음이 서서히 진정되는 것은 그 때문이었다."[18]라는 엔도의 말과, 빅터 프랭클의 로고테라피인 "의미만 찾을 수 있다면 어떤 고통도 기꺼이 감수할 수 있는 것"[19]의 의미 요법

---

18   엔도 슈사쿠, 「고통에 대하여(苦しみについて)」, 『사랑의 여명(愛のあけぼの)』, 読売新聞社, 1976. 6.

19   Viktor E. Frankl, 『The will to meaning: foundations and applications of logotherapy』, 1969. 이희재 옮김, 『삶의 의미를 찾아서』, 아이서브, 1998, p.185

은 맥을 같이 하고 있다.

엔도 슈사쿠는 곁에서 자신의 손을 잡아 주는 '동반자 의식'과 '고통의 의미'를 그의 문학의 모티브로 삼았다. 그것이 그가 일본 가톨릭 문학을 대표하는 작가로 설 수 있게 했다. 따라서 엔도는 상처와 고통에 놓여 있는 작품 속 인물들에게 '고통의 의미'를 묻고 있으며, 모색과 극복의 과정을 제시함으로써 종교문학의 역할과 기능을 성실히 수행하였다.

또한, 이 연구를 통하여 더욱더 확신을 가질 수 있었던 것은 한국의 젊은 작가의 다음과 같은 글을 통해서였다. 다음의 글은 김혜나 작가의 『청귤』이라는 단편 소설집의 「작가의 말」이다.

> 소설은 나에게 절망 속에 희망이 있다는 사실을 알려 주었고, 요가는 나에게 고통 속에 환희가 있다는 사실을 알려 주었다. 세월은 끊임없이 나를 무릎 꿇리고 상처 입힐 것이다. 그럼에도 나의 소설과 요가는 일어나고 또 일어나 앞으로 나아갈 것이며, 나는 결코 패배하지 않을 것이다.[20]

이 연구를 수행하며 확인할 수 있었던 것은 인종, 종교, 성별과 관계없이 공통적으로 갖고 있는 요소가 있었다. 그것은 위로와 희망을 갖고자 하는 소망이었다. 이 연구가 사람에 관한 연구인 만큼, 고통에

---

20   김혜나, 「작가의 말」, 『청귤』, 은행나무, 2018, p.246

처한 사람들은 어떠한 대상인가를 통해 위로받기를 원했고, 그 위로와 대상을 통하여 희망을 찾으며 다시 일어서는 법을 터득하려 했음을 알 수 있었다.

그러기 위해서, 엔도 슈사쿠에게는 잡종견과 구관조와 예수가 있었고, 프랭클에게는 의미 부여의 로고테라피와 '셰마 이스라엘'이 있었고, 김혜나 작가에게는 소설과 요가가 있었다. 이러한 모습은 문학이 공통적으로 추구하고 있는 것이기는 하나, 특히 종교문학에서는 더욱더 그 가치가 발현되는 것이다. 고통 속에서 적어도 절망과 죽음에 이르지 않도록, 희망만은 놓지 않도록, 자신의 로고테라피(logotherapy)를 찾을 수 있도록 제시하는 것이 종교문학의 목적이자 기능과 역할일 것이다.

후 기

　『침묵』은 엔도 슈사쿠의 대표작이다. 본 연구서의 마무리에 『침묵』에 관한 개인적인 체험을 소개하고자 한다. 오래전에 반복해 읽었으며 책꽂이에 꽂아 보관하고 있던 이 책을 다시 찾아 읽게 된 계기가 있었다. 그 계기를 통해 진정한 명작이란 무엇이고, 무엇이어야 하는가라는 물음을 갖게 되었다. 그리고 훌륭한 명작이 한 사람의 삶을 어떤 방향으로 이끌 수 있는지를 조명하고 싶어졌다. 그 계기란 다음과 같다.

　여름방학이 끝나고 새 학기가 시작되자 학교는 다시 활기를 찾았고 캠퍼스엔 많은 학생들이 복귀했다. 첫 주간의 오리엔테이션 수업이 끝나고 강의실을 나오자 낯익은 남학생 한 명이 기다리고 있었다. 4년 전 수업을 들었던 학생이었고, 군대를 간다는 이야기를 듣고 간단한 송별식을 했던 학생이었다. 그리고 2년 반이 지나 복학생이 되어 학교로 돌아온 것이다. 연구실에서 함께 이야기를 나누며 필자는 자신의 신념과 말이 그 학생에게 어떤 영향을 주었는가를 깨닫게 되었다. 전공 과목이 아니었기에 수업 중 가볍게 엔도 슈사쿠의『침묵』의 줄거리를 소개했을 것이다. 그리고 필자는 기억에서 잊고 있었다. 그런데 그학생은 군대에서 받았던 군인 월급을 꼬박꼬박 모았다가 제대 후 침묵의 현장인 일본 나가사키(長崎)에 다녀왔다고 했다.『침묵』에 대한 나름의 해석과 신앙관으로 작품을 반복해 읽었고 그 순교와 배교의 장소에 가보고 싶었다고 했다. 제대 후 혼자서 일본을 찾아가고 나가사키의 순교지를 걷다 온 그 학생을 보며 필자는 생각하게 되었다.

40년 전 엔도의『침묵』을 처음 읽고, 엔도 연구자가 되어 이 자리에 서 있는 필자와 다름없이, 그 학생의 삶이 어느 방향으론가 흘러가고 있다는 것을. 그리고 그『침묵』의 역사는 2024년인 현재까지 이어져 오고 있다는 것을.

엔도 슈사쿠가『침묵』을 발표한 시기는 그의 나이 43세인 1966년이다. 신초샤(新潮社)의 '순문학 특별 작품 단행본'으로 간행되었고, 한국에서 최초로 번역서가 나온 시기는 6년 후인 1973년이며, 현재까지 다섯 곳의 출판사에서 출간되었다.

구체적으로 살펴본다면 최초의 번역자는 김윤성이다. 그는 1973년 7월 성바오로 출판사와 바오로딸 출판사에서 동시에『침묵』의 번역본을 출간했다. 1970~1980년 초에는 이 두 출판사의 엔도 번역서가 중심이 되었으니, 이 시기에 엔도를 접한 한국의 독자는 이 버전을 읽었다고 볼 수 있다. 그러다가 1982년 5월 공문혜의 번역으로 세 번째 버

전이 홍성사에서 출간되어 초판 47쇄라는 판매 부수를 올렸고, 2003
년 1월에 개정판이 나와 현재까지 이르고 있다. 네 번째 버전은 1982
년 김효자의 번역으로 중앙일보사(오늘의 세계문학15)에서 출간되었다. 다
섯 번째가 이용균의 번역으로 1992년 오상출판사에서 출간되었다. 이
모든 『침묵』의 한국어 번역서는 50년 동안 100쇄를 넘기며 현재까지
읽혀오고 있는 책이다.

그러던 것이 1, 2판 39쇄를 넘긴 바오로딸에서 2009년 3판 1쇄를
간행하며 「다시 읽고 싶은 명작 2」로 이 책을 선정하기에 이른다. 바
오로딸에서 『침묵』을 명작으로 선정한 나름의 이유가 있었을 것이고,
그 이유가 일반 독자들이 생각하는 명작의 의미와 크게 다르지 않으리
라 사료된다. 명작이란 무엇인가. 후세의 독자들은 무엇을 명작이라고
부르고 있는가. 무엇이 엄격한 군 생활을 마친 한 청년을 나가사키까
지 이끌었는가. 나가사키에는 어떤 함축적인 의미가 내포되어 있는가.

이 소설은 순교와 배교 사이에서 고민하는 인간의 나약함과 인간의
고통에 침묵하는 神에 대해 고뇌하던 로드리고 신부가 후미에(踏絵)를
밟게 되는 과정을 그린 소설인데, 후미에를 선택하게 된 배경에는 일
본의 기리시탄(キリシタン) 탄압 역사와 유일신이 뿌리 내릴 수 없는 일
본의 정신 풍토가 자리하고 있었다.

엔도는 『침묵』을 집필하게 된 계기에 대하여 "수년 전, 나가사키에
서 본 낡은 하나의 후미에-거기에는 검은 발가락 흔적이 남아 있었는

데 오랫동안 마음속에서 지워지지 않고, 그것을 밟은 자의 모습이 입원 내내 나의 마음을 움직이기 시작했다. 그리고 작년 1월부터 이 소설을 쓰기 시작했다."라고 했다.

"밟아도 좋다. 너의 발의 아픔을 내가 가장 잘 알고 있다. 밟아도 좋아. 나는 너희들에게 밟히기 위해 이 세상에 태어났고, 너희들의 아픔을 나누기 위해 십자가를 진 것이다." 이 음성을 듣고 로드리고는 후미에를 밟았다. 신은 그런 형태로 인간의 고통에 응답하고 있었다. 로드리고는 배교자가 되었다. 이제까지 셀 수 없을 정도로 그리워해 온 그리스도의 얼굴. 이제까지 사랑해 오고 자신을 지탱해 준 이의 얼굴을 밟았다. 그러나, 사랑을 실천하기 위해 후미에를 밟은 그를 누가 배교자라고 할 수 있을 것인가라는 질문은 현재까지 계속 이어져 오고 있다.

『침묵』을 읽은 복학생인 그 청년은 로드리고 신부가 정말 배교자인지를 알고 싶었을 것이다. 그것을 찾기 위해 혼자서 나가사키를 방문했을 것이다. 아마도 신앙이라는 이름으로 살아가는 동안, 이 질문의 답을 찾기 위해 고뇌하는 사람이 있다면, 나가사키를 방문하는 사람이 있다면, 다양한 침묵의 현장을 찾는 이들이 있다면, 그리고 침묵의 현실을 견딜 수 있게 한다면, 그것이 바로 명작의 힘일 것이다.

2024년 11월, 이문열 부악문원 창작실에서
저자 이평춘

엔도 슈사쿠
연보

아쿠타가와상(芥川賞)을 수상할 쯤(32세) '제3의 신인(第3の新人)'들
왼쪽에서 다섯 번째가 엔도이다

왼쪽부터 요시유키 준노스케(吉行淳之介 1924-1994), 쇼노 준조 (庄野潤三 1921-2009),
야스오카 쇼타로(安岡章太郎 1920~2013) 오누마 탄(小沼丹 1918-1996), 엔도 슈사쿠,
미우라 슈몬(三浦朱門 1926~2017), 소노 아야코(曽野綾子 1931~2025)

엔도 슈사쿠 연보

1923년(다이쇼 12년) 출생

3월 27일, 도쿄도 스가모(東京都 巢鴨)에서 부친 엔도 쓰네히사(遠藤常久, 26세), 모친 엔도 이쿠(遠藤郁, 28세)의 차남으로 태어났다. 2살 위의 형 마사스케(正介)가 있다. 부친은 도쿄대(東京大) 독법과独法科를 나와 야스다은행(安田銀行)에 근무하고 있었고, 모친은 우에노(上野)의 도쿄음악학교(현 도쿄예술대학) 바이올린과를 나온 음악가였다. 결혼 전의 성은 다케이(竹井)였다.

1926년(다이쇼 15년, 쇼와 원년) 3세

부친의 전근으로 만주 다롄(大連)으로 가족 모두가 이주했다.

1929년(쇼와 4년) 6세

다롄시의 大広場 초등학교에 입학, 도우미인 중국인 소년의 사랑과 보살핌을 받았다. 어머니는 매일 아침부터 저녁까지 바이올린 연습을 하였다. 추운 겨울날 손가락에서 피가 묻어날 정도로 연습을 이어 가는 어머니를 보며 감동을 받는 동시에 예술가로서의 엄격함과 가치를 마음에 새겼다.

9살 경부터 부모의 불화가 시작되어 매일 어두운 마음으로 통학을 하였고 암울한 집으로 돌아가기 싫어 방과 후 길을 배회했다. 이 시기 집에서 기르던 까만 잡종견 구로(黑)는 어린 엔도 곁을 지키며 동행해 주는 존재였다. 이 잡종견 구로는 훗날 문학적 상상력으로 확장되면서 동반자의 이미지로 연결된다.

1933년(쇼와 8년) 10세

양친의 이혼으로 어머니가 두 아들을 데리고 일본으로 귀국한다. 엔도는 이모(모친의 언니)가 거주하는 고베시(神戸市)에 정착, 고베시 롯코(六甲) 초등학교로 전학하게 된다. 이모의 권유로 가족이 니시노미야시(西宮市) 슈쿠가와(夙川) 성당에 다니기 시작한다.

1935년(쇼와 10년) 12세

3월, 롯코 초등학교를 졸업하고 사립 나다(灘) 중학교에 입학한다.

6월 23일, 형과 함께 슈쿠가와 성당에서 세례를 받았으며 세례명은 바오로이다.

이 시기부터 예수회의 페터 헤르초크(Peter J. Herzog / ヘルツォーク) 신부로부터 영성 지도를 받는다.

1940년(쇼와 15년) 17세

3월, 나다(灘) 중학교를 졸업했으나 진학 시험 불합격으로 재수 생활을 시작한다.

1941년(쇼와 16년) 18세

4월, 조치(上智) 대학 예과 갑류(독일어반)에 입학한다.

12월, 교우회 잡지인 「上智」(上智학원출판부 발행) 제1호에 논문 「형이상학적 신, 종교적 신(形而上学的神、宗教的神)」을 발표한다.

이 해부터 헤르초크(ヘルツォーク) 신부가 조치(上智) 대학교의 교수가 된다.

1942년(쇼와 17년) 19세

2월, 조치(上智) 대학 예과에서 퇴학(수료). 니이가와(仁川)에서 다시 수험 공부를 시작한다.

1943년(쇼와 18년) 20세

4월, 게이오대학(慶応義塾大学) 문학부 예과에 입학한다. 의학부에 진학하기를 원했던 부친의 뜻을 따르지 않게 되면서, 일시적으로 머물던 부친의 집을 떠나 가톨릭 학생 기숙사에 들어간다. 기숙사 입사가 계기가 되어 사감이자 철학자인 요시미쓰 요시히코(吉満義彦)를 만나게 된다.

1944년(쇼와 19년) 21세

요시미쓰 요시히코(吉満義彦)의 소개로 호리 다쓰오(堀辰雄)를 방문한다. 호리는 객혈을 하여 병상에 있었는데, 엔도는 이러한 호리를 만나기 위해 한 달에 한 번 정도 그를 방문한다. 호리가 서명한 새 책 『광야(曠野)』를 받고 감격하며, 그 책을 통해 프랑수아 모리아크(François Mauriac, 1885~1970)의 이름과 소설론을 처음으로 알게 된다. 호리를 통해 '서양인의 신'과 '일본인의 신들'의 문제를 인식하고, 모리아크의 소설론에 주목한다. 이를 통해 인간 심층 심리의 문제 및 작가로서의 자세 등을 배우게 되는데 이것이 엔도에게 결정적인 영향을 주게 된다.

1945년(쇼와 20년) 22세

도쿄 시모키타자와(下北沢) 고서점에서 발견한 『프랑스 문학 소묘』를 통해 가톨릭 작가의 문제 및 프랑수아 모리아크를 접한다. 이 책의 저자인 사토 사쿠(佐藤朔)가 게이오대학 불문학과 강사였던 것이 계기가 되어 불문학에 관심을 갖게 되며, 불문학과로 진학할 결심을 하게 된다. 게이오대학 문학부 예과를 수료한 후, 게이오대학 불문학과로 진학한다.

1947년(쇼와 22년) 24세

12월 평론 「신들과 신과(神々と神と)」(「四季」 제5호, 12월), 「가톨릭 작가의 문제(カトリック作家の問題)」(「三田文学」, 12월)를 발표한다. 좋은 스승들의 영향

을 받으며, 문학과 가톨릭 문제에 대한 평론으로 두각을 나타낸다.

1948년(쇼와 23년) 25세

3월, 게이오대학 불문학과를 졸업한다. 「호리 다쓰오론 각서1(堀辰雄論覚書1)」, 「호리 다쓰오론 각서2(堀辰雄論覚書2)」, 「호리 다쓰오론 각서3 ― 마취목꽃론―범신론의 세계(花ぁしび論―汎神論の世界)」를 「高原」 3, 7, 10월 호에 각각 발표한다.

5월, 『가톨릭 다이제스트』 일본어판 편집장이었던 헤르초크 신부의 편집 일을 돕는다.

1949년(쇼와 24년) 26세

편지 형식으로 썼던 「신들과 신과(神々と神と)」의 수신자인 노무라 히데오(野村英雄)의 유고 정리와 「노무라 히데오 시집(野村英雄詩集)」 편집일에 관여한다. '미타문학(三田文学)'의 동인이 된다.

1950년(쇼와 25년) 27세

6월 4일, 전후 최초의 유학생으로 프랑스 현대 가톨릭 문학 공부를 위해 도불한다. 승선한 배에서 가르멜 수도회 사제인 이노우에 요지(井上洋治) 신부를 만났고, 한국전쟁 소식을 듣게 된다. 프랑스 리옹 대학 대학원에 입학한다. 르네 바디 교수의 지도로 현대 가톨릭 문학을 연구하지만, 그리스도교와의 거리감만 깊어져 연구를 이어 갈 의욕을 상실한다. 어떻게 하면 거리감으로 느껴지는 그리스도교와 친숙해질 수 있을까라는 고뇌를 자신만의 테마로 삼아 소설을 쓰고 싶다고 느끼게 된다.

1951년(쇼와 26년) 28세
결핵이 발병하여 혈담을 토하는 등 체력 저하를 겪는다. 그 와중에도 일본의 가톨릭 다이제스트에 「프랑스 거리의 밤(フランスの街の夜)」(8월 호). 「시골뜨기의 불란서 여행(赤ポットの仏蘭西旅行)」(11월 호-7월 호) 등을 연재한다.

1952년(쇼와 27년) 29세
혈담이 이어져 6월부터 9월까지 스위스 국경 근처인 콘부르의 국제 학생 요양소에서 지내다가 리용으로 돌아온다. 12월, 죠르단 병원에 입원한 채 죽음의 위기를 느낀다.

1953년(쇼와 28년) 30세
결핵 발병으로 유학을 이어 갈 수 없어 2년 반의 유학 생활을 마치고 2월에 귀국, 매주 기흉 치료를 받는다. '미타문학(三田文学)'의 선배들과 교류를 재개, 헤르초크 신부 대신에 『가톨릭 다이제스트』 편집장이 된다. 12월, 『가톨릭 다이제스트』가 종간된다.
이 해, 모친이 갑작스런 뇌출혈로 향년 58세의 나이에 사망한다. 애착이 강했던 모친의 임종을 지키지 못한 후회가 두고두고 엔도에게 남는다.

1954년(쇼와 29년) 31세

4월, 문화학원(文化學院)의 강사가 된다. 「현대평론(現代評論)」에 참가해 『마르키 드 사드 평전(マルキ・ド・サド評伝)』을 발표하고, 7월 최초의 평론집 『가톨릭 작가의 문제(カトリック作家の問題)』를 하야카와쇼보(早川書房)에서 간행한다. 첫 소설 『아덴까지』를 「三田文学」에 발표, 이때부터 '제3의 신인(第3の新人)' 활동을 시작한다.

1955년(쇼와 30년) 32세

7월, 「백색인(白い人)」으로 제33회 아쿠타가와상(芥川賞)을 수상한다.

9월, 게이오대학 불문학과 후배인 준코(順子)와 결혼한다.

11월, 「황색인(黃色い人)」을 「群像」에 발표한다.

12월, 첫 단편집 『백색인·황색인(白い人·黃色い人)』을 講談社에서 간행한다.

1956년(쇼와 31년) 33세

장남 류노스케(龍之介)가 탄생한다. 조치(上智) 대학 문학부 강사로 재직하게 되었다.

1957년(쇼와 32년) 34세

규슈(九州) 대학 의학부를 취재하며 쓴 『바다와 독약(海と毒薬)』을 「文学界」에 발표한다. 이 작품이 높이 평가받으며 문단의 지위가 확고해졌다.

1958년(쇼와 33년) 35세

『바다와 독약(海と毒薬)』으로 제5회 신초샤(新潮社) 문학상, 제12회 마이니치(每日) 출판문화상을 수상한다.

1960년(쇼와 35년) 37세

1959년 11월부터 1960년 1월까지 자료 준비와 순례를 위해 프랑스, 영국, 스페인, 이탈리아, 그리스, 이스라엘, 이집트 등을 방문하였는데, 긴 여행이 원인이었는지 4월에 폐결핵이 재발했다. 도쿄대 전염병 연구소 병원에 입원, 병세가 회복되지 않아 12월에 게이오대학 병원으로 전원한다.

1961년(쇼와 36년) 38세

1월 7일의 첫 번째 수술과 2주 후의 두 번째 수술을 받지만 실패로 끝나면서 긴 투병 생활이 이어지게 된다. 12월, 생사 기로를 감수하며 세 번째 수술을 결심한다. 수술 전날, 종이에 그린 후미에(踏絵)를 체험한다. 6시간의 수술 중 일시적으로 심정지가 있었지만, 다시 생환한다. 투병 당시 엔도의 곁을 지켜 주던 구관조가 있었는데, 엔도가 수술을 받는 사이 그를 대신하기라도 한 듯 죽음을 맞는다.

1962년(쇼와 37년) 39세

2년 2개월의 입원을 끝내고 퇴원한다. 이 해는 체력이 회복되지 않아 짧은 에세이만을 집필했다.

1963년(쇼와 38년) 40세

1월, 병상에서 일어난 후 최초의 장편소설 『내가·버린·여자(わたしが·棄てた·女)』를 「주부의 벗(主婦の友)」에 연재(12월까지)한다. 이 작품은 두 번의 영화와 뮤지컬로 만들어지면서 엔도의 사랑받는 작품 중 하나가 된다. 12월, 작가 미우라 슈몬(三浦朱門)의 세례식에서 대부를 선다.

1964년(쇼와 39년) 41세

봄, 나가사키(長崎) 여행 시 16번 관에서 우연히 후미에(踏絵)를 보게 된다. 거기엔 후미에를 밟았던 검은 발가락의 흔적이 남아 있었다. 그 순간 죽음과 대면해야 했던 자신의 입원 생활과 가슴에 남아 있던 어떤 것이 자극되면서, 한 편의 소설을 쓰고 싶다는 충동을 느끼게 된다.

1965년(쇼와 40년) 42세

1월, 병상 체험과 나가사키에서 본 후미에를 연결시킨 장편소설 『만조의 시각 (満潮の時刻)』을 「潮」에 연재(1월 호~12월 호)한다. 여름부터 가을까지 가루이자와(軽井沢)에서 지내며 『침묵(沈黙)』의 초고를 완성한다.

1966년(쇼와 41년) 43세

3월, 장편소설 『침묵(沈黙)』을 新潮社에서 간행하고 문제작으로 센세이션을 일으킨다. 인간의 약함에 공감하고 고통을 나누는 모성적 그리스도상이 감동을 주면서 순문학으로서는 드물 정도의 베스트셀러가 되지만, 한편 '밟아도 좋다'라는 부분의 오해로 일시적 금서 취급을 받기도 했다. 『침묵(沈默)』으로 제2회 다니자키 준이치로(谷崎潤一郎) 상을 수상한다.

1968년(쇼와 43년) 45세

1월, 어머니와 헤르초크 신부를 제재로 한 소설 「그림자(影法師)」를 「新潮」에, 어머니를 제재로한 소설 「6일간의 여행(6日間の旅行)」을 「群像」에 발표한다.

『내가·버린·여자(わたしが·棄てた·女)』가 영화로 제작되어 개봉, 4월 극단 '기자(樹座)'를 결성하여 좌장이 된다.

5월부터 「성서 이야기(聖書物語)」를 「나미波」에 5년간 연재(1968년 5월~1973년 6월 호까지)하며 성서 연구에 집중한다. 후에 이 성서 이야기를 기초로 한 『예수의 생애』, 『그리스도의 탄생』, 『나의 예수』가 출간된다.

1969년(쇼와 44년) 46세

1월, 어머니를 제재로한 소설 「모성적인 것 (母なるもの)」을 「新潮」에 발표한다. 장편 준비를 위해 이스라엘을 방문하며 신약성서의 배경을 순례한다.

1971년(쇼와 46년) 48세

『사해 부근』의 제Ⅷ장인 「知事」를 1971년 1월 호 「新潮」에 발표하였고, 제Ⅹ장의 내용인 「쑥 파는 남자」를 1971년 겨울 호 「季刊藝術」에 발표했다. 그리고 제Ⅳ장의 「알패오」를 1971년 7월 「新潮」, 제Ⅵ장의 「대사제 안나스」를 1971년 10월에 「群像」, 제ⅩⅡ장의 「백부장」을 1971년 11월의 「新潮」에 발표한다.

『침묵』의 첫 번째 영화가 개봉되었다.

1972년(쇼와 47년) 49세

3월 미우라 슈몬(三浦朱門), 소노 아야코(曾野綾子) 등과 같이 로마를 방문해 교황 바오로 6세를 알현한다. 이때 교황으로부터 "일본의 타 종교와 협력하여 활동해 주기를 바란다."라는 이야기를 듣는다. 이후 자료 준비를 위해 3번째로 이스라엘에 방문한다. 『침묵』이 스웨덴, 노르웨이, 프랑스, 네덜란드, 폴란드, 스페인에서 번역 출간된다.

1973년(쇼와 48년) 50세

6월 동반자 예수를 형상화한 장편 『사해 주변(四海のほとり)』을 新潮社에서 간행한다. 동양인이 이해할 수 있는 예수상을 추구하며 오랜 시간 성서 연구를 해 온 결실로 『예수의 생애(イエスの生涯)』가 新潮社에서 (10월) 간행된다.

1976년(쇼와 51년) 53세

6월, 소설의 인물 고니시 유키나가(小西行長) 취재를 위해 한국에 방문한다. 또한 폴란드 아우슈비츠에 방문한다.

「5일간의 한국 여행(五日間の韓国旅行)」을 「海」 9월 호에 발표한다.

7월, 『나의 예수(私のイエス)』가 祥伝社에서 간행된다.

1977년(쇼와 52년) 54세

1월, 아쿠타가와상(芥川賞) 선고위원이 된다.

5월, 형 마사스케(正介)가 갑작스러운 식도정맥류 파열로 사망(향년 56세)한다. 엔도는 사이가 좋았던 혈육을 잃음으로써 고아가 되었다고 회고했다.

1978년(쇼와 53년) 55세

6월, 『예수의 생애(イエスの生涯)』(이탈리아어판)가 국제 다그 함마르시욀드상을 수상한다.

9월, 『그리스도의 탄생(キリストの誕生)』이 新潮社에서 간행된다.

1979년(쇼와 54년) 56세

2월, 『그리스도의 탄생(キリストの誕生)』으로 제30회 요미우리문학상(読売文学賞)의 평론·전기상을 수상한다. 46년 만에 다롄을 방문하여 유년 시절을 보냈던 집에 방문한다.

12월 31일, 『사무라이(侍)』를 탈고한다.

1981년(쇼와 56년) 58세

체력 저하를 겪었고, 고혈압과 당뇨에 간장병마저 악화되어 新宿朝日生命病院에 입원하는 등 자택에서 치료를 이어 가는 투병 생활을 한다. 이 시기 늙음을 의식하게 되며 죽음에 대한 불안이 높아졌다.

4월, 마더 테레사의 일본 방문을 축하하기 위해 「마더 테레사의 사랑(マザー・テレサの愛)」을 読売新聞에 게재한다.

1984년(쇼와 59년) 61세

5월, 제47회 국제 펜클럽 도쿄대회 전체 회의 중 세계 문학가들 앞에서 <문학과 종교-무의식을 중심으로(文学と宗教−無意識を中心として)>라는 제목으로 강연한다

10월, '마음이 따듯해지는 병원(心あたたかな病院)' 캠페인의 보고 기사로서 「이러한 치료를 원한다(こんな治療がほしい)」를 読売新聞 석간에 4일간 연재한다.

1985년(쇼와 60년) 62세

4월 영국, 스웨덴, 핀란드를 여행하였고 런던의 호텔 리츠에서 그레이엄 그린(Graham Greene, 1904~1991)을 우연히 만나 이야기를 나눈다.

6월, 일본 펜클럽 제10대 회장에 선임된다. 미국에 건너가 산타클라라

대학에서 명예박사 학위를 받는다.

1986년(쇼와 61년) 63세

3월, 프랑스 유학 이후, 마음에 남아 있던 악의 문제와 노인의 기도가 담긴 장편소설 『스캔들(スキャンダル)』을 新潮社에서 간행한다.

5월, 극단 기자(樹座)의 제2회 해외 공연을 런던에서 상연한다.

1987년(쇼와 62년) 64세

10월, 한국문화원의 초대로 방한, 작가 윤흥길과 만난다.

11월, 『침묵(沈默)』의 무대인 나가사키(長崎) 소토메초(外海町)에 '『침묵』의 비碑'가 완성, 제막식에 부부 동반으로 참석한다.

침묵의 비碑에는 "인간이 이토록 슬픈데 주여, 바다가 너무도 파랗습니다(人間がこんなに哀しいのに主よ海があまりに碧いのです)"라고 새겨져 있다.

1988년(쇼와63년) 65세

1월, 전국(戦国) 3부작 「반역(反逆)」을 読売新聞에 다음 해 2월까지 연재한다.

8월, 국제펜클럽의 서울대회에 일본펜클럽 회장으로서 출석하여 9월에 귀국한다.

1989년(쇼와 64년·헤이세이 원년) 66세

4월, 2기 4년을 역임한 일본펜클럽 회장을 사임한다.

12월, 부친 쓰네히사(遠藤常久)가 사망(향년 93세)한다. 모친을 버린 부친을 오랜 세월 용서하지 못하였으나, 최후에는 부친에 대한 연민 등으로 병문안을 하기도 한다. 그해 "노인을 위한 노인에 의한 자원봉사"를 제창하며, 자원봉사 그룹인 '실버 모임(銀の会)'을 발족했다.

1990년(헤이세이 2년) 67세

2월, 장편 『깊은 강(深い河)』 취재를 위해 인도에 방문, 뉴델리 국립박물관에서 차문다상을 보고 베날레스를 취재한다.

8월, 창작 일기를 쓰기 시작한다. 이것이 엔도 사후에 「《깊은 강》 창작 일기(《深い河》創作日記)」라는 제목으로 간행되었다.

1992년(헤이세이 4년) 69세

9월, 『깊은 강(深い河)』의 초고를 탈고한다. 조치 대학 르네상스 연구소의 국제회의 개회식에서 <기리시탄과 현대(キリシタンと現代)>라는 타이틀로 강연한다. 이 시기에 신부전 진단을 받았다.

10월, 준텐도(順天堂) 대학병원에 검사를 위해 입원한다. 당뇨병 진행에 의한 안저 출혈 소견을 받는다.

11월, 퇴원 후 울적한 기분을 잊으려 『깊은 강(深い河)』의 초고 교정에 몰입한다.

1993년(헤이세이 5년) 70세

5월, 준텐도 대학병원에 재입원. 신장병으로 복막 투석 수술을 받는다. 이후 3년 반 동안 입퇴원을 반복하는 투병 생활이 이어진다.

6월, 여명이 얼마 남지 않음을 의식하면서 문학과 인생이 집대성된, 마지막 장편소설 『깊은 강(深い河)』을 고단샤(講談社)에서 간행한다.

1994년(헤이세이 6년) 71세

『깊은 강(深い河)』으로 제35회 마이니치(每日) 예술상을 수상한다.

1995년(헤이세이 7년) 72세

6월, 영화 <깊은 강(深い河)>(구마이 게이(熊井啓) 감독)이 개봉되었다.

9월, 뇌내출혈로 준텐도 대학병원에 긴급 입원, 이후 이야기를 할 수 없는 상태로 준코 부인과 손을 잡는 것으로 의사소통한다.

11월, 문화훈장상을 수상한다.

12월, 퇴원한다.

1996년(헤이세이 8년) 73세

4월, 신장병 치료를 위해 게이오대학병원(慶応義塾大学病院)에 입원한다. 복막 투석에서 혈액 투석으로 전환, 기적적으로 2주간 정도 상태가 호전되자 미완성이었던 「사토 사쿠 선생님의 추억(佐藤朔先生の思い出)」을 구술 필기하여 8월에 「미타문학(三田文学)」에 발표한다.

9월 29일 오후 6시 36분, 폐렴에 의한 호흡 부전으로 입원 중 사망에
이르렀다. 당시 손은 잡고 있던 준코 부인에게 '나는 이제 빛 속으로
들어와 어머니와 형을 만났으니 안심하구려!'라는 메시지가 전해졌다
고 한다.

유지에 따라서 『침묵』과 『깊은 강』, 두 권의 책이 관에 넣어졌고 도쿄도
(東京都) 후추시(府中市) 가톨릭 묘지에 어머니와 형 사이에 잠들어 있다.

*본 연보는 아래의 자료를 참고로 하여 작성하였다

「日記年譜·著作目録」, 『遠藤周作文学全集15』, 新潮社, 2000年 7月

「遠藤周作の世界展-母なる神を求めて」, ㈱アートテイズ, 1995年 5月

山根道広, 『遠藤周作-その人生と《沈黙》の真実』, 朝文社, 2005年 3月

*엔도의 작품은 전집 15권에 이를 만큼 방대하다.

본 연보는 본서의 내용과 부합되는 주요 이력과 작품을 중심으로 작성
하였다.

엔도 슈사쿠 遠藤周作 문학 연구

-신과 인간의 문학-

초판 1쇄 발행일 2025년 3월 31일

지은이 이평춘

펴낸이 박영희
편 집 조은별
디자인 김수현
마케팅 김유미
인쇄·제본 제삼인쇄

펴낸곳 도서출판 어문학사
주 소 서울특별시 도봉구 해등로 357 나너울카운티 1층
대표전화 02-998-0094 **편집부1** 02-998-2267 **편집부2** 02-998-2269
홈페이지 www.amhbook.com
e-mail am@amhbook.com
등 록 2004년 7월 26일 제2009-2호

X(트위터) @with_amhbook
인스타그램 amhbook
페이스북 www.facebook.com/amhbook
블로그 blog.naver.com/amhbook

ISBN 979-11-6905-041-8(93830)
정 가 26,000원